Adeline und der

Mord im Château

Camille Audette
Christophe Villain
c/o Peter Bingel
Pettenkoferstrasse 2
45470 Mülheim an der Ruhr

ISBN: 978-3-98942-423-4

Telefon: +49 1737419642
Mail: Camille@C-Villain.de

Coverdesign by: Giusy Amé / MagicalCover.de
Bildquelle: Illustration von Duy Phang
Korrektorat: Birgit van Troyen

Adeline und der Mord im Château

Südfrankreich-Krimi mit Adeline Fréchet

Camille Audette
Christophe Villain

Personenverzeichnis

- Adeline Fréchet: Aushilfe im Café Fleur und angehende Reporterin
- Céleste Chinon: Besitzerin eines Immobilienunternehmens
- Antoine Chinon: Célestes ältester Sohn und Geschäftsführer der Firma
- Isabelle Chinon: Ehefrau von Antoine, mit einem Hang zum Luxus
- Delphine Chinon: Tochter von Céleste und Unternehmerin
- Louis Chinon: Sohn von Céleste Chinon und Vater von Fréderic
- Fréderic Chinon: ehrgeiziger Enkel von Céleste Chinon
- Charles Chinon: verstorbener Sohn von Céleste und Ehemann von Hermine
- Hermine Chinon: Witwe von Charles Chinon, die vom Geld der Familie lebt
- Sybille Chinon: Tochter von Hermine und Antikapitalistin
- Christian Duchamps: Anwalt und Vertrauter von Céleste Chinon
- Madeleine Aubray: Kindermädchen von Isabelle Chinon
- Monsieur Mazet: Besitzer und Geschäftsführer der Residenz
- Sébastien: Rezeptionist und Barmann
- Oscar: temperamentvoller Küchenchef
- Paulette: Köchin und Konditorin
- Monsieur Clairon: begeisterter Vogelbeobachter
- Simone Melan: Adelines Tante und resolute Ziegenzüchterin
- Carmen: Besitzerin des Café Fleur
- Marguerite: Bibliothekarin, Adelines beste Freundin
- Régis Boyer: langjähriger Bürgermeister
- Mathieu Passard: beliebter Chef de Police
- Jean-Luc Avent: Feldhüter von Beauregard
- Philippe: begnadeter Koch in der Bégude
- Charlotte: leitet die Pension in der Bégude
- Philippe Rousseau: Capitaine de Police aus Nîmes
- Fabienne Gaudry: Lieutenant de Police aus Nîmes
- Julie Bettencourt: Journalistin aus Paris

Beauregard

Jemand klopfte an der Zimmertür. Nicht sonderlich kräftig, aber doch laut genug, um Adeline zu wecken.

»Geh weg«, nuschelte sie schläfrig, drehte sich um und zog die leichte Sommerdecke über den Kopf. Der Roman, dem sie eine schlaflose Nacht verdankte, rutschte vom Bett und fiel auf den Stapel der noch ungelesenen Bücher, die sie vor ein paar Tagen aus der städtischen Bücherei von Beauregard mitgenommen hatte. Du liest schneller, als ich an neue Sachen rankomme, kommentierte Marguerite, die Bibliothekarin und ihre beste Freundin, ihre regelmäßigen Besuche, während sie Adelines Fundstücke an der Ausleihtheke einscannte. Wahrscheinlich hatte sie recht, was aber auch daran lag, dass die Bücherei aus zwei mickrigen Räumen im Anbau des Bürgermeisteramts bestand, in die Marguerite die maximal mögliche Anzahl an Büchern quetschte.

»Es ist Zeit aufzustehen. Ich fahre jetzt zur Arbeit«, rief ihre Mutter durch die geschlossene Tür. »In der Küche liegen Baguette und zwei Croissants, in der Kanne ist noch ein Rest Kaffee und im Kühlschrank Orangensaft.« Schritte entfernten sich, kurz darauf knarrte die alte Holztreppe, die ins Erdgeschoss führte.

Die Schulferien hatten begonnen und ihre Mutter hätte eigentlich frei, doch heute trafen sich die Lehrer der Grundschule zu einem gemeinschaftlichen Frühstück, bevor sie sich alle in den Sommerurlaub verabschiedeten. Auch in ihrem Wohnzimmer standen bereits die gepackten Koffer. Am Sonntag würden ihre Eltern zu Verwandten ans Meer fahren, um dort zwei Wochen zu verbringen. Adeline hatte abgelehnt mitzukommen. Im Café Fleur war viel zu tun und sie konnte das Geld gebrauchen, das ihr der Aushilfsjob einbrachte.

Sie legte sich auf den Rücken, gähnte anhaltend und sah zur Zimmerdecke, an der noch immer der Storch aus Holz hing, den ihre älteren Geschwister an das Nesthäkchen weitergereicht hatten. Wahrscheinlich waren sie froh gewesen, das Spielzeug losgeworden zu sein, doch ihr Vater liebte ihn und zog jedes Mal, wenn er ihr Zimmer betrat, an der Schnur, die am Bauch des Vogels befestigt war. Dann bewegte er die Flügel und es sah fast aus, als würde er fliegen, mit einem Baby in einem Tuch im Schnabel. Inzwischen war sie achtzehn, trotzdem brachte sie es nicht übers Herz, ihn abzuhängen.

Adeline setzte sich im Bett auf und verschränkte die Beine in einen Schneidersitz. Es war nicht nur der Storch an der Decke, auch sonst hatte sich im letzten Jahrzehnt nicht viel in ihrem Zimmer geändert. Zur Grundschulzeit hatte sie die Farbe Rosa geliebt und das sah man der Einrichtung deutlich an. *Es wird Zeit, hier rauszukommen.* Sie reckte sich, gähnte erneut lautstark und stand auf. Carmen erwartete sie im Café Fleur. Ein Blick auf den Radiowecker ermahnte sie, sich besser zu beeilen, ihre Chefin legte Wert auf Pünktlichkeit. Im Hof startete der Motor des Renault Twingo. Sie stand auf, ging zum Fenster und schob den Vorhang zur Seite. Langsam rollte der Wagen aus dem Hoftor und verschwand hinter den hohen Rhododendronsträuchern. Adeline winkte ihr nach, auch wenn ihre Mutter es nicht mehr sehen konnte. Sie ging in das kleine Badezimmer, zog den karierten Pyjama, den sie in Avignon in einem Secondhandladen gekauft hatte, aus und warf ihn in den geflochtenen Wäschekorb, der in der Ecke stand. Sie brauchte dringend eine Dusche, um wach zu werden.

Ihr Haare waren noch feucht, als sie die kleine Küche betrat. Für Adeline war es das Herz des Hauses. Es roch nach Lavendel, den ihre Mutter in eine zierliche Schale gefüllt und auf eine Kommode gestellt hatte. Die Möbel waren altmodisch und über die Generationen der Familie weitergereicht worden. Sie passten nicht zusammen und doch fühlte sich Adeline nirgends so geborgen wie hier. Auf dem Küchentisch lag ein großer Umschlag, der an sie adressiert war. Ihre Mutter musste ihn aus dem Briefkasten geholt haben. Sie warf einen Blick auf den Absender und packte ihn in den Rucksack. Sie würde ihre Post später öffnen. Es eilte nicht und sie wusste, was sich darin befand. Einmal biss sie in das Croissant, steckte den Rest in eine Papiertüte, die sie in ihrem Daypack verstaute, und nahm einen Schluck lauwarmen Kaffee, bevor sie das Haus verließ.

Adeline schob ihre rote Vespa aus der Garage, wischte Staub von der Sitzbank und setzte den offenen Helm auf. Die lockigen, brünetten Haare schauten darunter hervor und fielen bis weit über ihre Schultern. Der Motor knatterte, sie gab Gas und fuhr los. Am Himmel stand keine Wolke und der Fahrtwind war angenehm warm. Von zu Hause brauchte sie nur wenige Minuten bis zum Marktplatz von Beauregard, einem beschaulichen Städtchen an der Gardon im Languedoc. Mit minimalem Aufwand könnte im Stadtkern ein historischer Film gedreht werden, ohne dass es jemandem sonderlich merkwürdig vorkommen würde. Avignon oder Nîmes waren innerhalb einer halben Stunde mit dem Auto zu erreichen, aber die Einheimischen fuhren nur dorthin, wenn es sich nicht vermeiden ließ. Was man brauchte, gab es im Ort und was es nicht gab, brauchte man wahrscheinlich nicht, jedenfalls war das die generelle Einstellung der Einwohner. Eine Ansicht, der sie nicht unbedingt zustimmte. Um ihren Traum zu verwirklichen, musste sie Beauregard hinter sich lassen.

Jemand hupte anhaltend und riss sie aus ihren Gedanken. Ein rotes Cabrio brauste mit röhrendem Motor in der von Platanen gesäumten Allee haarscharf an ihr vorbei. Adeline zuckte erschrocken zusammen, wich abrupt nach rechts aus und bremste hart. Der Hinterreifen der Vespa rutschte über den unbefestigten Seitenstreifen, Kies spritzte zur Seite und der Roller hüpfte über das Wurzelwerk der Bäume. Sie klammerte die Hände um die Griffe am Lenker und schaffte es, mit einer ordentlichen Portion Glück, den Platanen auszuweichen, bevor sie zum Stehen kam.

»Du Arsch«, brüllte sie dem roten Sportwagen hinterher und ärgerte sich, dass der Mann sie mit Sicherheit nicht mehr hören konnte. »Klar, der kommt aus Paris.« Die 75, das Kennzeichen der Hauptstadt, hatte sie erkennen können. Vom Fahrer jedoch nur eine schwarze Mütze und die schulterlangen, blonden Haare, die im Fahrtwind wehten.

»Das war knapp«, murmelte sie. Ihr Herzschlag raste und sie lehnte sich schwer atmend auf den Lenker. *Und der Mistkerl hat noch nicht einmal angehalten, um sich zu entschuldigen. Hoffentlich setzt er die Karre gegen einen Baum.* Adeline wartete, bis sich ihr Atem beruhigte und die Knie nicht mehr zitterten. Dann zog sie den Gurt des Helms straff und fuhr zurück auf die Straße. *Besser nicht,* korrigierte sie ihren Wunsch. *Der arme Baum würde mir leidtun.*

Café Fleur

Vor dem Café Fleur stellte sie den Roller auf dem Bürgersteig unter einem der Balkone ab. Carmen besaß einen grünen Daumen und lebte ihre Liebe für Pflanzen hemmungslos aus. Von den mit Blumenkästen und -töpfen übersäten Balkonen ihrer Wohnung in der ersten Etage wuchs ein bunter Vorhang herab, der bis zu der Markise über den Tischen auf dem Bürgersteig reichte. Noch stand die Sonne nicht allzu hoch, doch am Nachmittag würden die Gäste sich über den Schatten freuen. Genau wie Adeline, die nicht auf einen glühend heißen Fahrersitz der Vespa steigen musste.

»Adeline«, rief jemand und sie erstarrte. Es gab nur eine Person, die ihren Namen so nervtötend auf der letzten Silbe betonte und in die Länge zog: ihre Tante Simone. *Keine Chance, ihr zu entkommen.*

»Was ist los? Freust du dich nicht, mich zu sehen, Kindchen?«, fragte die Frau und marschierte auf sie zu.

Sie drehte sich langsam um und zwang ein Lächeln auf ihre Lippen. »Guten Morgen, Tante Simone. Wie geht es?«

»Es muss«, war die Standardantwort der Frau mit akkurat zurückgekämmten Haaren und einem festen Dutt, in einer dunklen Hose aus einem groben Baumwollstoff und einem rotschwarz gemusterten Hemd, das einem Holzfäller perfekt gestanden hätte. Die älteste Schwester ihrer Mutter, die auf die sechzig zuging, betrieb eine Ziegenfarm am Rand der Stadt. Für ihren Käse sahnte sie regelmäßig Preise und begeisterte Kritiken ab. Kein Wunder, dass sich die Gourmet-Restaurants der Umgebung darum rissen. Außerdem stand sie im Ruf, ihre Meinung selten für sich zu behalten. Tatsächlich besaß sie zu allem und jedem eine eigene Meinung, meist keine vorteilhafte. Was ihr als Gemeinderätin auch zustand, wie sie fand.

»Ich werde erwartet.« Adeline schaute zum Eingang des Cafés. »Meine Schicht fängt gleich an und Carmen ist streng, was die Arbeitszeiten betrifft.«

»Etwas Besseres, als hier Kaffee auszuschenken, hast du nicht gefunden?« Sie warf ihrer Nichte einen mitleidigen Blick zu. »Aber nachdem du dein Abitur in den Sand gesetzt hast, bleiben dir ja nicht viele Möglichkeiten.«

»Ich habe es nicht in den Sand gesetzt«, widersprach sie leise. *Nun ja, jedenfalls nicht so richtig.*

»Da habe ich Gegenteiliges gehört.«

Adeline zuckte resigniert mit den Schultern. Nichts anderes hatte sie von ihrer Tante erwartet. Sie konnte sich nicht daran erinnern, jemals von ihr für etwas gelobt worden zu sein.

»Was sagt deine Mutter dazu?«

»Dass sie überzeugt ist, ich werde meinen Weg im Leben finden.«

»Optimistisch war sie schon immer, selbst als kleines Kind. Stets mit der rosaroten Brille unterwegs.« Sie schüttelte ungläubig über so viel Naivität mit dem Kopf und schnalzte leise mit der Zunge.

»Ich bin ja nicht durchgefallen. Den Abschluss habe ich locker geschafft.« *Nur nicht so gut, wie sie gehofft hatte.*

»Die Stadtverwaltung hat noch eine Stelle zu vergeben.« Ihre Tante nickte, als würde sie sich selbst zustimmen und ihren Einfall großartig finden. »Ich frage mal für dich nach. Das bin ich meiner Schwester schuldig.«

»Danke, aber das muss nicht sein«, wiegelte Adeline ab. »Mach dir keine unnötige Mühe, ich finde schon etwas Passendes.«

»Unsinn. Besonders viele Möglichkeiten stehen dir ja nicht offen, oder willst du deinen Eltern ewig auf der Tasche liegen?«

»Nein, natürlich nicht«, gab sie sich geschlagen. Wer wollte das schon?

»Heiraten ist ja ebenfalls keine Option, wie ich höre«, fuhr Simone in einem nachdenklichen Ton fort.

Adeline seufzte innerlich. Tante Simone hatte sich hochgearbeitet: von ihrem Versagen auf dem in der Schule, zum Versagen, eine ordentliche Arbeit zu finden, bis zu ihrem Versagen auf dem örtlichen Heiratsmarkt. Wenigstens wusste sie nichts von den Absagen der Journalistenschulen, bei denen sie sich beworben hatte.

»Nein, den Richtigen habe ich noch nicht gefunden«, sagte sie mit gespielter Resignation in der Stimme. *Vielleicht reicht das, um das Thema zu beenden,* hoffte sie.

»Man muss schon ein paar Frösche küssen, bis man seinen Prinzen findet«, beglückte sie Adeline mit einer ihrer Lieblingsredensarten.

»Das nehme ich mir zu Herzen, ganz bestimmt.« Sie würde alles versprechen, nur um verschwinden zu dürfen.

Ihre Tante musterte sie mit einem strengen Blick. Was sie sah, schien sie zu missbilligen. Wäre Adeline eine Ziege, müsste sie wohl um ihr Leben bangen.

»Du bist aber auch viel zu dürr, das sieht nicht gesund aus. Etwas mehr Speck auf den Rippen könnte nicht schaden.«

Instinktiv verschränkte Adeline die Arme vor der Brust und verbiss sich eine gehässige Bemerkung über die füllige Figur ihrer Tante.

»Und nicht zu früh aufgeben, sonst bleibst du bei einem der Frösche hängen, so wie deine Mutter.«

»Papa ist doch kein Frosch«, protestierte sie.

»Na ja, einen Prinzen stelle ich mir anders vor.« Sie schaute auf ihre Armbanduhr. »Jetzt muss ich mich beeilen, auf dem Hof warten sie schon. Ich melde mich bei deiner Mutter wegen der freien Stelle.« Tante Simone trat einen Schritt vor, schlang ihre Arme um ihre Nichte und drückte sie in ihrer zupackenden Art kräftig an sich. Der Geruch der Ziegen, der in ihren Kleidern hing, raubte Adeline den Atem. Erst als sie verzweifelt nach Luft schnappte, ließ ihre Tante sie los, und Adeline taumelte einen Schritt rückwärts. Ohne ein Wort des Abschieds wandte die Frau sich ab und marschierte über den Marktplatz. Sie war bald zwischen den Häusern verschwunden, doch die Drohung, sich in ihr Leben einzumischen und der Geruch nach Ziegen hingen noch schwer in der Luft.

Adeline richtete sich auf und schob ihre Knochen wieder an die anatomisch vorgesehenen Stellen. Demnächst würde ihr bestimmt einiges einfallen, das sie hätte antworten können. Etwas richtig Schlagfertiges, dass die Frau zum Schweigen gebracht hätte. Leider fielen ihr solche Sachen erst Stunden später ein. Wahrscheinlich erinnerte sich ihre Tante dann schon gar nicht mehr an die Beleidigungen, die sie Adeline an den Kopf geworfen hatte.

»Nimm Simone nicht so ernst. Sie hat das Maul eines Teufels, aber das Herz eines Engels.«

Sie drehte sich um. Jean-Luc, der Garde champêtre, der Feldhüter von Beauregard, saß in seiner schlecht gebügelten Uniform an einem Tisch im Schatten der Markise. Graue Bartstoppeln überzogen sein von der Sonne gebräuntes Gesicht, das von tiefen Falten durchzogen waren. Er war deutlich über sechzig und der Blick seiner dunklen Augen sprach davon, dass er vieles in seinem Leben gesehen hatte. Nicht immer Angenehmes.

»Hast du das nicht auch vom Rottweiler deiner Nachbarn behauptet?«

»Stimmt. Ein wirklich schönes Tier. Eine Schande, dass sie ihn einschläfern mussten.«

Sie fragte nicht nach dem Grund, was wahrscheinlich besser war, und ließ den Vergleich zwischen dem Rottweiler und ihrer Tante unwidersprochen stehen. Ganz abwegig fand sie ihn tatsächlich nicht.

»Bringst du mir noch einen Kaffee?«, fragte Jean-Luc. »Dann muss ich mich auf den Weg machen.« Er sah zu seinem Dienstfahrrad, das an dem Stamm einer der Platanen lehnte.

»Selbstverständlich.«

Beauregard war eines der letzten Städtchen in der Umgebung, das sich noch einen Feldhüter leistete. Er unterstand dem Bürgermeister, genau wie die Police municipale, die in einem Gebäude gegenüber dem Bürgermeisteramt untergebracht war. Für gewöhnlich gönnte Jean-Luc sich jeden Morgen ein kleines Frühstück im Café, dann schwang er sich auf sein Rad und fuhr in die Felder, die den Ort umgaben, um am späten Nachmittag zu seinem Schreibtisch in der Polizeistation zurückzukehren.

Sie hatte keine Ahnung, was genau seine Aufgabe war und wie er seinen Tag verbrachte. Irgendwann würde sie ihn fragen, aber jetzt musste sie sich beeilen, Carmen wartete bereits auf sie.

Die meisten Frühstücksgäste waren aufgebrochen, die Spülmaschine war eingeräumt und lautstark am Laufen, Carmen schnipselte Gemüse in der Küche und bereitete einen Eintopf als Tagesgericht vor. Im Café liefen Popsongs aus den 80ern, die viele der Stammgäste auswendig mitsingen konnten. Adeline saß auf einem Hocker am Ende des Tresens, von dem sie die Krümel des Schokoladencroissants abwischte, den sie gerade gegessen hatte. Vor ihr lag die Hochglanzbroschüre, die sie aus dem Umschlag gezogen hatte. Jede der Journalistenschulen, die sie angeschrieben hatte, besaß eine ähnliche Broschüre: Schicke Bilder der Klassenräume und Einrichtungen, gutaussehende Studenten in teuren Klamotten und Danksagungen oder Lebensläufe erfolgreicher Abgänger. Nicht sonderlich kreativ, und doch schlug ihr Herz schneller bei der Vorstellung, irgendwann einmal in einem der Hörsäle zu sitzen und Wissen in sich aufzusaugen, umgeben von Menschen, mit denen sie einen gemeinsamen Traum teilte. Seit der Grundschule war es ihr Ziel, Journalistin zu werden. Am liebsten bei einer der großen Pariser Tageszeitungen: Le Figaro, Le Monde oder Le Parisien. Bisher hatte sie jedoch nur Absagen auf ihre Bewerbungen erhalten. Der Notenschnitt, der von den Schulen verlangt wurde, lag deutlich unter dem, den sie erreicht hatte. Adeline, es reicht nicht, hervorragende Arbeiten zu schreiben, du musst dich mehr am Unterricht beteiligen, aus dir herauskommen und zeigen, was in dir steckt, äffte sie in Gedanken ihre Lehrer nach. Es stimmt ja, ich bekomme einfach meine Klappe nicht auf. Daher lagen ihre mündlichen Noten nur in einem passablen Bereich. Bei weitem nicht ausreichend für eine renommierte Journalistenschule und schlecht genug, um sie in den Augen von

Tante Simone zu einer bemitleidenswerten Schulversagerin abzustempeln. Genau wie die Dozenten in den Journalistenschulen mich sehen und meine Bewerbung rasch zur Seite schieben. Sie seufzte und legte die Broschüre weg.

»Was machen deine Pläne?«

Adeline drehte sich um. Carmen stand hinter ihr und schaute über ihre Schulter auf die Unterlagen. Sie mochte etwa Mitte dreißig sein, mit dunklen Augen, langen, schwarzen Haaren, die sie heute zu einem Zopf geflochten hatte. Ihre Chefin gehörte zu den wenigen Menschen, die freiwillig nach Beauregard gezogen waren. Adeline fragte sich häufig, aus welchem Grund. *Vielleicht versteckt sie sich vor der Mafia oder der Polizei. Oder sie läuft vor einer tragischen Liebesbeziehung davon. Wegen weniger dramatischen Gründen würde kein vernünftiger Mensch hierherziehen.*

Adeline tippte mit dem Zeigefinger auf die Hochglanzbroschüre. »Mein Schnitt ist zu mies. Sie nehmen mich nicht. Die meisten haben mir bereits abgesagt. Die restlichen werden es wohl ebenso tun.«

»Nicht aufgeben. Irgendwann klappt es. Du bist ja noch jung.« Sie nahm Adeline in die Arme und drückte sie sanft an sich. Im Gegensatz zu Tante Simone roch sie nach einem blumigen Deo.

Selbst wenn sie sie annehmen würden, ein Blick auf die Studiengebühren sorgte für Ernüchterung. Die Unterstützung von ihren Eltern würde nicht reichen. Um sich das Studium leisten zu können, musste sie auf jeden Fall nebenher Geld verdienen. Deswegen hatte sie sich gegen den Urlaub entschieden, sie wollte lieber im Café arbeiten und etwas sparen.

»Danke. Ein bisschen Aufmunterung kann ich gebrauchen.«

»In der Zwischenzeit kannst du weiterhin hier bei mir aushelfen. Du machst dich prima und die Gäste mögen dich.«

»Das Café ist die Rettung in meinem verhunzten Leben«, platzte es aus ihr heraus. Sie sah sich bereits in einem tödlich langweiligen Schreibtischjob in der Gemeindeverwaltung. Wenn Tante Simone sich etwas in den Kopf gesetzt hatte, würde der Bürgermeister klein beigeben und ihr den Job zuschustern. Jede Stimme zählte im Gemeinderat und die Frau besaß eine mächtig laute Stimme.

»Bring Madame Chinon noch eine Tasse Tee, das bringt dich auf andere Gedanken.«

»Das wäre bereits die dritte. Immer mit einem Schuss aus ihrer Flasche. Sollte ich ihr besser ein Taxi rufen?« Sie hob den Kopf und schaute hinaus. An einem der runden Tischchen saß die elegant gekleidete Frau, die Adeline auf deutlich über siebzig schätzte und die mehrmals in der Woche ins Café kam.

»Die trinkt uns alle unter den Tisch und geht kerzengerade zurück nach Hause«, sagte Carmen und grinste.

Adeline nickte. Zutrauen würde sie es der rüstigen Frau, die in dem Seniorenheim im Schloss wohnte und meistens zu Fuß in den Ort kam. Das Château de Beauregard thronte auf einem Hügel über der Stadt wie ein gigantischer Klotz. Einer der inzwischen lange verstorbenen Schlossherren musste wohl selbst an der Ästhetik seines Anwesens gezweifelt haben und hatte Türme an den Ecken und mehrere Balkone angebaut, was aber auch nicht viel geholfen hatte. Es blieb ein klobiger Trutzbau aus dem späten Mittelalter, der sich niemals mit der Eleganz der Loire-Schlösser würde messen können. Heute gehörte das Château Monsieur Mazet, einem erfolgreichen Geschäftsmann aus Avignon, der einige moderne und ästhetisch genauso zweifelhafte Neubauten auf dem Parkgelände errichtet und das Anwesen in eine luxuriöse Altersresidenz und Hotel umgebaut hatte. Madame Chinon musste zu den wohlhabenderen Menschen gehören, da sie das nötige Einkommen besaß, dort ihren Lebensabend zu verbringen. Aus dem Ort kannte Adeline sonst niemanden, der sich diesen Luxus leisten konnte.

Adeline nahm den Tee vom Tablett und stellte die Tasse mit dem Aufdruck des Cafés auf den Tisch vor Madame Chinon. Die grauhaarige und zierliche Person schaute hoch und lächelte sie freundlich an. In ihren Augen blitzte eine Lebensfreude, die Adeline immer wieder verblüffte.

»Vielen Dank.«

»Gerne. Kann ich sonst noch etwas für Sie tun?«

»Setz dich doch kurz zu mir«, lud sie Adeline überraschend ein. Bisher waren sie über ein paar freundliche Sätze nicht hinausgekommen. Sie sah sich um. Im Café war es leer und die wenigen Gäste, die draußen saßen, hatte sie von hier aus im Blick.

»Ein Moment geht sicher«, erwiderte sie zögerlich. Was konnte die Frau von ihr wollen?

»Da oben«, Madame Chinon schaute zum Schloss, das auf einem Hügel über dem Städtchen thronte, »gibt es ja kaum junge Leute, mit denen man reden könnte. Nur so alte wie mich.« Sie fasste in ihre Handtasche und holte einen silbernen Flachmann heraus, den sie aufschraubte und etwas in ihren Tee kippte. »Schau nicht so empört. Heute habe ich einen Schluck wirklich nötig.« Sie atmete tief aus und packte den Flachmann zurück in die Tasche.

»Es scheint mir ein herrlicher Sommertag zu werden. Kein Wölkchen am Himmel und übermäßig heiß ist es auch noch nicht. Genießen Sie den Tag.«

»Oh nein. Morgen habe ich Geburtstag«, erwiderte Madame Chinon.

»Vorher gratulieren bringt Unglück, nicht wahr?«

»Unglück bringt hauptsächlich meine Familie, die im Laufe des Tages hier eintrifft und erwartet, dass ich vortäusche, mich über ihre Anwesenheit zu freuen.«

»In der Residenz wohnen bestimmt einige Menschen, die sich Familienbesuch wünschen würden.«

Die Frau nippte an ihrem Tee und nickte zufrieden, bevor sie ihn wieder abstellte. Die Mischung schien ihr zuzusagen.

»Das stimmt wohl, aber deren Familien spekulieren auch nicht darauf, dass sie bald das Zeitliche segnen. Meine tut das und ich traue einigen von ihnen zu, dem natürlichen Lauf der Dinge etwas nachzuhelfen.«

»Jetzt übertreiben Sie aber.« *Wahrscheinlich liest sie auch gerne Krimis und hat eine Ader für Dramatik.*

Die Frau wiegte skeptisch den Kopf und verzog die Mundwinkel zu einer abweisenden Miene. Wie es aussah, schätzte sie ihre Familie tatsächlich nicht sonderlich.

»Der Erste, der nachgesehen hat, ob ich noch immer am Leben bin, war Fréderic, der älteste meiner Enkel. Ihm traue ich ohne weiteres zu, eigenhändig nachzuhelfen, falls es zu lange dauert, bis ich von der Bühne verschwinde. Schließlich nimmt er den Weg von Paris auf sich, dafür erwartet er eine angemessene Gegenleistung.«

»Ach«, wehrte Adeline ab. »Wer würde einer netten Frau wie Ihnen etwas zuleide tun?«

»Einige, die auf ein beträchtliches Erbe spekulieren«, sagte sie und klang dabei überraschend nachdenklich. »Außerdem halten mich nicht alle für eine *nette* Person.«

»Fährt Ihr Enkel vielleicht einen roten Sportwagen, ein Cabrio?«, fragte Adeline, der ein Verdacht kam. Allzu viele Menschen aus Paris verschlug es nicht nach Beauregard.

»Oh ja. Er leistet sich gerne solche teuren Spielzeuge, auch wenn er noch keinen Tag in seinem Leben wirklich gearbeitet hat.« Sie drehte den Kopf und suchte den Augenkontakt zu Adeline. »Woher kennst du ihn? Ist er dir über den Weg gelaufen?«

»Nicht gelaufen, aber gefahren. Er bleibt mir sicher in Erinnerung.« Sie blieb vage. Beinahe wäre sie ein Opfer dieses Rasers geworden.

»Eigentlich wollte ich dich fragen, ob du Interesse hast, dir etwas Geld dazuverdienen?«

»Oh.« Damit hatte Adeline nicht gerechnet. »Wie kommen Sie darauf?«, antwortete sie überrascht.

»Du hast die Schule beendet und es sind Sommerferien. Statt die Zeit zu genießen, bevor es mit der Uni oder einer Ausbildung losgeht, hilfst du bei Carmen aus. Daher nehme ich an, dass du noch am Überlegen bist, was du mit deinem Leben anfangen willst. Und wer braucht in diesem Alter kein Geld?«

»Das stimmt wohl.« Mit dem Letzteren lag sie vollkommen

richtig, zusätzliche Einnahmen konnte sie gut gebrauchen. Was sie mit ihrem Leben anfangen wollte, war ihr allerdings klar. Den Traum, als Journalistin zu arbeiten, würde sie nicht begraben, auch wenn bisher nur Absagen eingetroffen waren. Irgendeine Möglichkeit würde sich ergeben.

»Zeit hätte ich und etwas dazuzuverdienen hört sich gut an. Was müsste ich dafür tun?«

»Monsieur Mazet, unser Hausherr in der Residenz, hat mit dem Hotel und der Wohnanlage alle Hände voll zu tun und leider momentan einige Personalausfälle. Daher bräuchte ich eine freundliche Person, die während des anstehenden Familientrubels etwas aushilft, Kaffee und Kuchen bringt, sich um die Blagen meiner Verwandtschaft kümmert, wenn wir uns über die Finanzen der Firma streiten, mich hin und wieder aufheitert, und andere Kleinigkeiten. Du kannst doch mit Kindern umgehen, oder?«

»Auf Kinder aufpassen ist eine meiner Lieblingsbeschäftigungen«, bog sie die Wahrheit leicht zurecht. Während der Schulzeit hatte sie hin und wieder als Babysitter ausgeholfen, meist bei Freunden der Familie, für kostenlose Pizza statt Geld. Es hörte sich nicht sonderlich anstrengend an und etwas anderes tat sie im Café Fleur auch nicht. »Ich würde gerne aushelfen.«

»Perfekt. Dann sehe ich dich morgen im Château. Am frühen Nachmittag, nach dem gemeinsamen Familienessen.«

»Ich werde dort sein.«

Das Röhren eines überdimensionierten Motors näherte sich. Kurz darauf kam der rote Sportwagen in Sicht und hielt am Bordstein vor dem Café. Im Parkverbot.

»Wenn man vom Teufel spricht«, murmelte Madame Chinon und nahm einen ordentlichen Schluck von ihrem verbesserten Tee. »Da kommt Fréderic.«

Ein Mann, vielleicht Mitte dreißig, stieg aus. Er trug ein weißes Poloshirt, Jeans und helle Segeltuchschuhe. Mit den Fingern der rechten Hand strich er die schulterlangen Haare zurück, die ihm ins Gesicht fielen. Wahrscheinlich hätte sie ihn attraktiv gefunden, doch das gekünstelte Lächeln, als er seine

Großmutter grüßte, und der abwertende Blick, den er ihr zuwarf, ließen sie innerlich schaudern. Sie begann zu verstehen, wieso seine Großmutter annahm, dass er ungeduldig auf seine Erbschaft wartete.

»Hallo Fréderic, wie hast du mich gefunden?«, begrüßte Madame Chinon ihren Enkel. Besondere Freude, ihn zu sehen, schwang nicht gerade in ihrer Stimme mit.

»Ich war im Schloss und habe dich vergeblich gesucht. Also habe ich mich auf die Suche nach meiner Lieblingsgroßmutter gemacht. Ich sorge mich um dich. Du bist schließlich nicht mehr die Jüngste.«

»Jetzt hast du mich ja gefunden. Dann muss ich nicht zu Fuß nach Hause gehen.«

Er blieb vor dem Tisch stehen und schaute auf Adeline hinab.

»Geht das Geschäft so schlecht, dass die Angestellten es sich leisten können, rumzusitzen und sich den Gästen aufzudrängen?«

»Sei nicht so unhöflich. Ich habe Adeline eingeladen. Wir hatten etwas Privates zu besprechen.« Sie griff nach ihrem Stock und klopfte fest auf den Boden. Das Benehmen ihres Enkels verärgerte sie sichtlich.

»Schon gut. Ich muss tatsächlich wieder an die Arbeit«, sagte Adeline, um die Situation zu retten. »Wir sehen uns morgen.« Sie stand auf und ließ Madame Chinon und ihren Enkel zurück. Als sie zurückblickte, hatte er sich bereits auf ihren Stuhl gesetzt und die Schokopraline von der Untertasse geklaut, die sie mit dem Tee gebracht hatte.

Bücherei

Am frühen Nachmittag beendete Adeline ihre Arbeit im Café Fleur. Bis auf einige Stammgäste war es ruhig. Régis Boyer, der Bürgermeister von Beauregard und Mathieu Passard, der Chef der Police municipale, saßen gemeinsam an einem der Tische auf dem Bürgersteig. Die Polizeistation war nur mit zwei Polizisten, ihm und Brigadier Morant, sowie dem Feldhüter, Jean-Luc Avent, besetzt. Auch wenn der Chef de Police im Dienst war, hielt ihn das nicht davon ab, sich regelmäßig ein Glas Rotwein und das Tagesgericht im Café Fleur zu gönnen.

Mathieu Passard war in den Fünfzigern und ein kleiner Bauchansatz ragte über den Bund seiner Uniformhose. Der Mann strich nachdenklich über seine Halbglatze. Was er an Haaren auf dem Kopf verlor, gewann er an seinem Vollbart, wie er immer wieder gerne erzählte. Die Police municipale unterstand dem Bürgermeister Boyer, der dieses Amt innehatte, solange Adeline sich erinnern konnte. Die beiden trafen sich einmal in der Woche im Café Fleur und nannten es ein Arbeitstreffen. Viel zu berichten hatte Mathieu Passard eher selten. In Beauregard hatte er glücklicherweise nur wenig zu tun. Verbrechen gab es hier kaum und die meisten Einwohner schlossen nicht einmal ihre Haustür ab. Hin und wieder wurde er wegen Ruhestörung oder Ladendiebstahl gerufen, aber den Großteil des Tages verbrachte der Polizeichef damit, gut gelaunt durch den Ort zu flanieren und sich mit den Leuten auf der Straße zu unterhalten. Durch seine Anwesenheit vermittelte er den Bewohnern der Stadt ein Gefühl von Sicherheit. Jedenfalls behauptete der Mann das gerne. Das Aufschreiben von Falschparkern überließ er Brigadier Morant. Er selbst verabscheute es, Leute, die er persönlich kannte, zu verärgern. Etwas, das dem meist schlecht gelaunten Brigadier keine schlaflose Nacht bereitete.

Adeline wollte noch ein paar Zeitschriften durchblättern, bevor sie nach Hause fuhr. Die Vespa ließ sie vor dem Café stehen, die Bücherei lag nur wenige Schritte entfernt auf der gegenüberliegenden Seite des Marktplatzes.

»Hallo«, rief Adeline, nachdem sie die städtische Bücherei betreten hatte und niemand vorfand. Die beiden Zimmer hatte Marguerite bis fast zur Decke mit Büchern vollgestopft. Was nicht in die Regale passte, steckte in Kartons oder stapelte sich auf mehreren Tischen, die sie vom Flohmarkt mitgebracht hatte. Sie war ein Jahr älter als Adeline und wohnte in einer Art Wohngemeinschaft in der Bégude de Sainte-Claire, einer ehemaligen Kutschenstation, außerhalb der Stadt. Hin und wieder half Adeline bei der Renovierung des baufälligen Gemäuers. Zur Belohnung gab es ein leckeres Abendessen und an heißen Tagen eine Abkühlung im Fluss. Eine ruhige Badestelle lag nur einen kurzen Spaziergang von der Bégude entfernt.

Sie nahm eine der Zeitschriften vom Tisch und wollte sie durchblättern, als Marguerite auftauchte. Einen Karton mit Büchern in den Händen drückte sie von außen mit der Schulter gegen die Tür. Adeline lief zu ihr und hielt die Tür auf.

»Vielen Dank.« Sie drängte sich an ihr vorbei und sah sich um, doch eine freie Stelle konnte sie nicht entdecken. Marguerite zuckte mit den Schultern und stellte den Karton auf die Ausleihtheke. Mit der flachen Hand klopfte sie Staub von der Shorts und dem Batik-T-Shirt, die sie trug. Krauses dunkles Haar umrahmte ihr schmales Gesicht und sie warf Adeline ein perfektes Lächeln zu, wie es sonst nur in der Werbung für Zahnpasta vorkam.

»Neuzugänge?« Adeline trat näher an den Karton.

»Ja. Aber die müssen noch katalogisiert werden. Also Finger weg!«

»Sagtest du nicht, das Budget wäre aufgebraucht? Wo hast du die wieder aufgetrieben?«

»Ein Freund hat seinen ersten Job in Marseille angenommen und war froh, ein paar Sachen loszuwerden. Eine große Wohnung kann er sich nicht leisten und zum Wegschmeißen konnte er sich nicht durchringen. Also habe ich ihm die interessantesten abgenommen.« Sie griff in den Karton und holte ein Video heraus. »Bei dem hier musste ich sofort an dich denken: Das erstaunliche Leben des Walter Mitty.«

»Kenne ich nicht. Wieso an mich?«

»Es ist die Geschichte eines Tagträumers, genau wie du«, sagte sie, legte einen Arm um Adelines Schultern und zog sie zu sich. »Aber er ergreift die Chance, die sich ihm bietet, ein echtes Abenteuer zu erleben.«

»Dazu müsste sich die Gelegenheit für ein Abenteuer ergeben. Nicht mal das habe ich«, sagte Adeline und ließ den Kopf hängen. »Was bleibt mir, als hin und wieder etwas zu träumen?«

»Eine Absage bekommen?« Marguerite drückte sie fester an sich, bevor sie hinter die Ausleihtheke ging und damit begann, die erbeuteten Schätze in den Katalog aufzunehmen.

»Sogar zwei in dieser Woche.« Adeline kam zur Theke und setzte sich darauf. Aus ihrem Rucksack holte sie eine Flasche Wasser und öffnete sie. »Ich schaffe es nicht einmal über die erste Hürde. Mein Notendurchschnitt ist zu mies. Die nehmen in den Journalistenschulen nur die allerbesten Schulabgänger. Da gehöre ich definitiv nicht dazu«, sagte sie leise.

»Dafür schreiben die aber ziemlich viel Mist in den Zeitungen«, erwiderte Marguerite und verzog abschätzig den Mund. »Vielleicht reicht es einfach, gute Beziehungen zu haben, um einen Job zu ergattern.«

»Die habe ich noch viel weniger als perfekte Noten.«

»Dafür kannst du spannend schreiben. Ich habe deine Artikel in der Schulzeitung gerne gelesen.«

»Das bringt mich nicht in die Redaktion einer richtigen Zeitung.«

»Es führen viele Wege nach Rom«, sagte Marguerite und schaltete den altertümlichen Computer an, auf dem sich das Verwaltungsprogramm der Bücherei befand.

»Ich will nicht nach Rom, ich will nach Paris, für eine Zeitung recherchieren; Artikel schreiben, die die Leute begeistern. Ich will auf die Titelseite.« Sie seufzte und die Begeisterung, die ihre Stimme für einen Augenblick erfüllt hatte, erstarb und machte einem resignierenden Ton Platz. »Aber da führt für mich kein Weg hin, wie es aussieht.« Die Einsicht schmerzte und sie auszusprechen versetzte ihr einen Stich ins Herz.

»Kannst du dich noch an Marcel erinnern?«

»Aus der Schule?« Adeline nickte. »Der Große mit den dunklen Locken und dem Motorrad?«

»Ich war derart verschossen in den Kerl, dass ich nur noch Augen für ihn hatte. Aber er hat sich null für mich interessiert, dabei hätte ich alles für ihn getan. Alles! Irgendwann habe ich gemerkt, was für ein unausstehlicher Snob er war und wie unsäglich dumm ich mich verhielt.«

»Na ja, über Geschmack lässt sich streiten.«

»Genauso geht es dir. Du träumst von dem einen Job, den du unbedingt haben willst, aber nicht bekommst. Für dich gibt es nur einen Weg: an einer superteuren und elitären Journalistenschule angenommen zu werden und dann nach Paris in die Redaktion einer hippen Zeitung.«

»Das ist mein Plan, seit ich die Grundschule abgeschlossen habe«, bestätigte Adeline und nickte.

»Ich weiß, du hast von nichts anderem geschwatzt. Aber das ist dein Problem: Diese Schulen interessieren sich null für dich. Genau wie Marcel sich nicht für mich interessiert hat.«

»Und was hilft mir das?«

»Mach die Augen auf und schau dich um. Bestimmt gibt es noch andere Wege, deine eigenen Artikel zu schreiben und zu veröffentlichen.«

Adeline seufzte. »Das hört sich sehr nach dem Man-muss-viele-Frösche-küssen-Vortrag von Tante Simone an.«

»Ganz unrecht hat sie nicht. Die Frau ist eine Realistin.«

»Alles läuft über die Zeitungen in Paris oder man versackt in der Provinz und wird vergessen«, erwiderte Adeline.

»Quatsch. Wer wissen will, was in unserer Gegend wichtig ist, geht auf einen Kaffee oder einen Pastis ins Fleur, danach weiß er Bescheid und muss sich keine Zeitung kaufen.«

»Eine bisschen mehr als Klatsch und Tratsch von Beauregard sollte es schon sein.«

»Jetzt bist du snobistisch. Die Leute wollen wissen, was in ihrer Umgebung passiert, nicht welcher Prominenter in welcher Pariser Bar mit welchem anderen Prominenten versackt ist. Das interessiert hier keinen. Eine Menge Leute machen eigene Podcasts, Videos oder Livestreams im Netz. Die sind schneller als jede Zeitung und näher an ihren Lesern. Geld kann man damit auch verdienen. Wahrscheinlich sogar ganz anständig, wann man es klug anstellt.«

»Ich weiß nicht so recht«, sagte Adeline zögerlich. »Reden ist keine Stärke von mir, deswegen sind meine Noten auch nur durchschnittlich. Bei der Vorstellung, wie viele Leute einem möglicherweise zuhören, bekomme ich bestimmt kein Wort raus oder stottere die ganze Zeit, und vor einer Kamera zu stehen ist für mich der reinste Horror. Daran will ich überhaupt nicht denken.«

»Ach was, du hast eine angenehme Stimme und ein Haufen Leute würde deinen Kanal abonnieren, um dir zuzuhören, wie du über die coole Bücherei von Beauregard berichtest und schlaue Sachen über die Bibliothekarin sagst.«

Adeline atmete tief aus und ließ ihre Schultern sinken. »Ich wünschte, ich wäre so selbstsicher wie du. Bin ich aber nicht.« Sie tippte auf das Video, das auf der Theke lag. »Tagträumen ist eher mein Ding.«

»Glaub ich nicht«, sagte Marguerite und gab die Daten eines Buchs in den Computer ein.

»Du hast mehr Vertrauen in mich als ich selbst«, erwiderte Adeline und lächelte ihre Freundin sanft an.

»Du hast viele Stärken, du musst sie nur rauskramen und für dich nutzen.«

»Dann mache ich mich auf die Suche danach.« Sie kramte die Bücher, die sie zurückgeben wollte, aus ihrem Rucksack und legte sie auf die Theke.

»Komm morgen Abend bei uns vorbei. Philippe kocht reichlich und du isst wie ein Spatz, das fällt kaum auf.«

»Sehr gerne.« Sie liebte es, Zeit in der Bégude zu verbringen. Das Anwesen strahlte eine Ruhe und Beständigkeit aus, wie es nur Gebäude beherrschten, an denen einige Jahrhunderte vorbeigezogen waren. Außerdem war Philippe ein begnadeter Koch und sie ließ sich gerne verwöhnen.

»Vorher habe ich einen Job in der Residenz. Danach komme ich zu euch. Meine Eltern sind dann bereits im Urlaub.«

»Du arbeitest im Château?« Sie pfiff leise vor Überraschung. »Bei der reichen Bourgeoisie.«

»Madame Chinon feiert Geburtstag. Ihre Familie kommt aus Paris und ich soll beim Catering aushelfen.«

»Ist bestimmt eine unangenehme Bande«, sagte Marguerite und holte weitere Bücher aus dem Karton.

»Wie kommst du darauf?«

»Wenn es freundliche Menschen wären, hätte die Frau sicher einen Platz in einem Altersheim in der Nähe von Paris bekommen können. Geld, um das zu bezahlen, hat sie schließlich. Aber sie hat es vorgezogen, ans andere Ende des Landes zu ziehen. Mir würde das zu denken geben.«

»Da ist was dran.« Ihre Begegnung mit Fréderic Chinon bestätigte die Vermutung ihrer Freundin.

»Zahlt sie wenigstens gut? Reiche Leute werden nicht reich, weil sie ihre Arbeiter anständig bezahlen, sonst hätten sie nicht so viel Geld.« Marguerite kam direkt auf die wesentliche Frage.

»Ich bin zufrieden«, wich Adeline aus. Erst jetzt wurde ihr klar, dass sie vergessen hatte, sich danach zu erkundigen. Sie kannte die Frau nur aus dem Café, vielleicht war sie ein unsäglicher Geizhals und sie würde es bereuen, so rasch zugesagt zu haben. *Morgen werde ich sie fragen, auch wenn ich nur schlecht wieder aus der Zusage rauskomme.*

Château de Beauregard

Am nächsten Tag arbeitete Adeline vormittags im Café, aß eine Portion vom Tagesgericht und fuhr danach mit dem Motorroller zum Château de Beauregard, das sie bisher nur von außen kannte. Sie nahm die engen Kurven, die durch ein Waldstück den Berg hinaufführten, mit viel Schwung, bis vor ihr das

Pförtnerhaus mit einem spitzzulaufenden Dach aus rötlichen Tonziegeln auftauchte. Dahinter lagen eine Allee aus Eichen und ein breiter Graben, der das Schloss vollständig umgab. Der einzige Zugang zum Innenhof des Anwesens führte über eine schmale Steinbrücke, die an einem Tor mit einer hölzernen Ziehbrücke endete. Nur Efeu und eine Handvoll bunter Sonnenschirme, die auf einer Terrasse vor einem Wintergarten aufgestellt waren, unterbrachen das monotone gelbliche Braun der Fassade. Langsam rollte sie über den kiesbestreuten Hof, auf dem einige Nobelkarossen parkten. Das rote Cabrio von Fréderic Chinon erkannte sie augenblicklich. Es war direkt neben der breiten Eingangstreppe geparkt. Der Parkplatz für die Angestellten befand sich außer Sichtweite auf der Rückseite des Schlosses. Dort stellte sie die Vespa im Schatten eines Baums ab.

Adeline hatte sich für eine schwarze Jeans, Ballerinas und eine weiße Bluse entschieden. Sie besaß nur ein einziges helles Oberteil, das für einen solchen Anlass geeignet war. Damit es nicht schmutzig wurde, hatte sie es erst nach ihrer Schicht im Café angezogen. Sie zupfte die Bluse zurecht und ging die Eingangstreppe hinauf. Ein Flügel der mächtigen Eingangstür stand offen und führte direkt in eine Halle. Adeline blieb stehen und schaute zu der mit Stuck, Malereien und viel Blattgold verzierten Decke, die weit über ihr schwebte. Eine angenehme Kühle herrschte in der Halle, die nur zwei hohe Fenster in den massiven Wänden aufwies, und die Hitze des Sommertages draußen hielt. Durch eine breite Glastür sah sie in den quadratischen Innenhof, in dem Stühle, Tische und Sonnenschirme aufgestellt waren, doch im Augenblick war er menschenleer. Die Bewohner schienen es vorzuziehen, die Mittagshitze in ihren Zimmer zu verbringen.

»Kann ich helfen?« Ein Angestellter, höchstens einige Jahre älter als sie, mit kurz geschnittenen blonden Haaren und auffallend blauen Augen, trat hinter die Rezeption. Er trug ein weißes Hemd und einen dunklen Schlips, eine schwarze Jacke mit einem Mitarbeiterschild hing an einem Haken an der

Wand. Er sah ihr mit einem freundlichen Lächeln entgegen. Leute in ihrem Alter verirrten sich wohl eher selten in diese luxuriöse Residenz. Und schon gar keine, deren Bankkonten ähnlich mager waren wie ihres.

Vielleicht gibt es einen Angestellteneingang, den ich hätte nehmen sollen.

»Ich bin als Aushilfe hier. Madame Chinon hat mich für ihre Geburtstagsfeier angestellt.«

»Ach, du bist das. Sie hat dich angekündigt.« Er kam hinter dem Tresen heraus und reichte ihr eine Hand. »Ich heiße Sébastien.«

»Adeline.« Sie nahm die ausgestreckte Hand und er drückte ihre fest und etwas länger als üblich.

»Die Familie sitzt beim Essen.« Er sah auf die bunte Swatch-Uhr an seinem Handgelenk. »Das wird wohl noch eine Weile dauern, der Hauptgang wird gerade serviert. Dann nutzen wir die Zeit und ich zeige ich dir das Haus. Jedenfalls den Teil, den du kennen solltest.«

»Beeindruckend«, sagte sie und sah zu der Treppe aus hellem Granit, die ins obere Stockwerk führte. »Das Château gehört zu Beauregard, aber ich war noch nie hier drin.«

»Man gewöhnt sich recht schnell daran«, sagte er in einem beiläufigen Ton, als versuchte er, sich als besonders weltmännisch darzustellen, was sie ihm nicht abnahm. Bestimmt war er ebenfalls nur eine Aushilfe, wahrscheinlich ein Student für den Sommer. »Dort oben«, er zeigte auf den Treppenaufgang, »musst du nicht hin. In der ersten Etage befinden sich die Hotelzimmer. Die Besucher unserer Gäste schätzen es, hier im Schloss wohnen zu können. Jedenfalls die meisten. Die anderen, die lieber Abstand halten möchten, finden in Beauregard eine passable Unterkunft.«

Adeline nickte. Demnach nannten sie die Bewohner der Residenz ihre Gäste. *Sehr vornehm.*

»Das hört sich so an, als müsste ich eher in den Keller«, scherzte sie.

»Ganz genau«, erwiderte Sébastien in einem erstaunten Ton, als hätte er ihren Scherz nicht erkannt. »Woher weißt du das?«

»War nur eine Vermutung.«

»Dann komm mit.«

Er ging voraus und wartete an einer Tür, die durch einen Wandbehang verdeckt war. Dahinter lag eine schmale Treppe, die in einem engen Bogen hinunter ins Dunkle führte. Es klickte und die Deckenlampen schalteten sich an und füllten das Treppenhaus mit einem kalten Licht.

»Bewegungsmelder«, erklärte er unnötigerweise.

»Kenne ich von zu Hause.«

Am Fuß der Treppe führte ein Gang tiefer in den Bauch des Schlosses und die niedrige Gewölbedecke zwang Sébastien, an manchen Stellen den Kopf einzuziehen.

»Links liegen die Vorratsräume und der Weinkeller, auf der rechten der Folterkeller und die Küche.«

»Der was?«

Er grinste breit und ging weiter. *Demnach bin ich nicht die Einzige mit einem Sinn für schrägen Humor.*

»Hier ist das Reich von Maître Oscar«, sagte er und öffnete die Tür. Dahinter erstreckte sich eine moderne Küche, die hell erleuchtet war. Eine Handvoll Köche huschten zwischen den blank geputzten Edelstahlregalen und Gasherden hin und her. In den Pfannen zischte Fleisch und aus den Töpfchen quoll Dampf. Jemand hackte in einem schnellen Stakkato Gemüse. Adeline sah fasziniert hin.

»Hast du nichts anderes zu tun, als uns bei der Arbeit zu stören?«, fuhr eine Bedienung Sébastien an. »Aus dem Weg!«

Sie sprangen zur Seite und ließen die Frau vorbei, die ein vollgeladenes Tablett trug und in einem Aufzug verschwand.

»Der geht direkt in das Restaurant«, erklärte Sébastien. »Und in den großen Speiseraum für die Bewohner der Residenz. Falls sie es nicht vorziehen, in ihren Zimmern oder Bungalows zu speisen.«

»Roomservice in einem Altersheim? Echt nobel.«

»Wir nennen das Château nicht Altersheim. Es ist eine Residenz für Senioren. Unsere Gäste verlangen einen gehobenen Service und wir tun, was in unserer Macht steht, dem zu entsprechen. Hier soll sich jeder wie zu Hause fühlen.«

Entweder ist er einer von den Altklugen oder er hat den Satz auswendig gelernt. Bestimmt aus den Verkaufsunterlagen, die sie an betuchte Rentner verschicken.

»Hier rein.« Er ging vor ihr her in die Küche.

»Was willst du? Wir haben zu tun«, rief einer der Köche, der eine gestärkte und makellos weiße Jacke mit zwei Reihen silberner Knöpfe trug. Die dunkelrote Mütze, die schräg auf seinem Kopf hing, hob ihn vom Rest der Mannschaft ab.

»Das ist Adeline, sie wird heute bei der Feier von Madame Chinon aushelfen.« Er beugte sich zu ihr. »Oscar ist der Küchenchef, verdirb es dir nicht mit ihm, er kann eine echte Diva sein«, flüsterte er ihr zu.

»Gut, wir sind knapp mit Personal. Aber ich kann niemanden gebrauchen, der uns auf den Füßen steht. Kommt mit!« Er marschierte auf sie zu und wedelte mit einem mit Sauce beschmierten Kochlöffel, wie mit einen Taktstock, mit dem er das Arbeitstempo vorgab. »Die Küche sieht vielleicht harmlos aus, aber das täuscht, wir haben Gas, kochendes Wasser, Messer in jeder Größe, siedendes Öl. Kein Ort für ungeschickte Hände. Du fasst hier nichts an, verstanden?«, fuhr er sie in einem barschen Ton an.

»Absolut. Ich kann überhaupt nicht kochen, also behalte ich meine Finger bei mir«, antwortete sie.

Der Mann stutzte, rückte seine Kochmütze zurecht und musterte sie aufmerksam.

»Selbsterkenntnis ist der erste Schritt auf dem Weg zur Demut«, sagte er. »Und daher Grundvoraussetzung für eine reibungslose Zusammenarbeit. Halte dich an die Anweisungen, die wir dir geben, und es wird ein angenehmer Tag werden.« Er schaute zu ihrem Begleiter. »Obwohl ... die Chinons zu bedienen, ist so eine Sache für sich. Nein.« Er kratzte sich an der Kochmütze und verzog seinen Mund. »Es wird eher kein angenehmer Tag werden.«

»Sind die so schlimm?« Sie sah fragend zu Sébastien.

»Ach, woher denn? Vielleicht etwas anspruchsvoller als die meisten Gäste, aber keine Raubtiere, wie Oscar sie darstellt.«

Der Küchenchef warf ihm einen skeptischen Blick zu. Er teilte die Meinung des jungen Mannes offensichtlich nicht.

»Wie auch immer, hier rein! In der Kaffeeküche kannst du dich nützlich machen und stehst niemandem im Weg.« Der Koch schob sie in einen schlauchförmigen Nebenraum. »Das ist dein Reich. Alles vollkommen harmlos.« Er ging einen Schritt weiter und legte die Hand auf eine vollautomatische Kaffeemaschine. »Kennst du dich mit sowas aus?«

»Ja. Einfach am Display einstellen, was man möchte, die passende Tasse drunter stellen und auf den Knopf drücken. Der Rest geht von allein. Hin und wieder Bohnen einfüllen und den Behälter ausleeren.«

»Stimmt. Nicht so gut wie eine richtige Espressomaschine, aber idiotensicher. Wer kann heute schon einen wirklich guten Espresso zubereiten?«

Danke für das Kompliment. Mit einer Espressomaschine umzugehen hatte sie im Café Fleur von Carmen gelernt. Es hatte eine Weile gedauert, aber inzwischen bekam sie einen ordentlichen Espresso und die Herzchen im Milchschaum halbwegs souverän hin.

»Dort drüben ist die Kühltheke mit Kuchen und Desserts. Alles ist vorbereitet und servierfertig. Getränke sind im Kühlschrank. Eiscreme in der Gefriertruhe. Serviertabletts, Besteck, Teller und den Rest findest du in den Schränken. Bei Sonderwünschen komm zu mir, ich bin immer in der Küche. Sobald die Essenszeit vorbei ist, schicke ich Paulette, eine der Sous-Chefinnen. Sie kann dir zur Hand gehen, falls nötig.«

»Cocktails und Alkohol bestellst du bei mir an der Bar«, sagte Sébastien. »Ich bin nämlich auch der Barmann. Der gute Geist des Schlosses, sozusagen.«

»Cool.«

»Genug geflirtet, an die Arbeit«, beendete der Küchenchef ihre Einweisung und ließ sie stehen.

»Ein angenehmer Mensch«, murmelte Adeline.

»Die Mittagszeit ist immer etwas stressig und Oscar macht gerne ein Theater, als würde er an seinem ersten Michelin-Stern arbeiten. Eine Künstlerseele. Ansonsten ist er ziemlich in Ordnung.«

»Dann kann der Tag ja nur ein Erfolg werden.«

»Was kann schon schief gehen?« Er hörte sich an, als würde ihm dazu allerhand einfallen, was er aber lieber verschwieg.

Sébastien brachte Adeline zurück in die Halle, wo sie auf Madame Chinon warten sollte. Sie betrachtete die antiken, mit Brokat überzogenen Stühle mit ihren zierlichen, geschnitzten Beinchen und fragte sich, ob sie tatsächlich zum Sitzen oder nur zur Dekoration herumstanden, als eine Gruppe elegant gekleideter Menschen die Treppe herunterkam.

»Ein Teil der Familie«, flüsterte er ihr zu.

»Ich weiß, einem von ihnen bin ich bereits begegnet.« *Und es hätte leicht meine letzte Begegnung sein können, so wie er gestern über die schmale Straße gerast ist.*

»Monsieur Chinon«, begrüßte Sébastien einen Mann, etwa Ende 50, der einen hellen Sommeranzug trug und die Gruppe anführte. »Darf ich Ihnen Adeline vorstellen? Sie wird bei der heutigen Feier für Ihre Wünsche zuständig sein.«

»Es freut mich, Sie kennenzulernen«, sagte Adeline. »Madame Chinon hat mich engagiert, auszuhelfen, vielleicht die Kinder zu beschäftigen …«

»Auf diese absurde Idee kann auch nur deine Mutter kommen«, unterbrach sie eine stark untergewichtige Frau, die leicht als die Tochter des Mannes hätte durchgehen können. »Als würden wir die Kinder einem beliebigen Schulmädchen überlassen.« Sie wandte sich an Adeline. »Natürlich haben wir unsere eigene Gouvernante dabei.« Sie rümpfte die Nase und marschierte weiter. Nur eine Wolke ihres schweren Parfüms blieb zurück.

»Großmutter hat einen Narren an der Kleinen gefressen. Das Leben in der Provinz scheint ihr nicht sonderlich viel Abwechslung zu bieten, dass sie sich solche Gesellschaft aussucht«, kommentierte Fréderic Chinon ironisch. »Bring mir einen Espresso. Einen doppelten. Und einen Cognac, den kann ich nach dem Essen gebrauchen. Dem Koch fehlt es an Finesse, aber in einem Ort wie diesem kann man kaum mehr verlangen. Wir sind auf der Terrasse.«

Daraufhin ließ er sie wortlos stehen und folgte der Frau, die durch die Halle stürmte und deren Absätze laut auf dem Steinfußboden knallten. *Gut, dass Maître Oscar ihn nicht gehört hat. Aber seinen Bemerkungen nach hat er bereits die Bekanntschaft mit Fréderic Chinon gemacht.*

»Ich muss mich entschuldigen«, wandte Monsieur Chinon sich an sie und lächelte gequält. »Meine Frau beabsichtigte nicht, abfällig zu sein, aber manchmal ist sie sehr geradeheraus und die Erziehung der Kinder liegt ihr ausgesprochen am Herzen.«

»Ich verstehe«, sagte Adeline. *Selbstverständlich wollte sie mich beleidigen, oder wenigstens ihre schlechte Laune an mir auslassen.* Sie fragte sich, wer die Frau wohl verärgert hatte? Und wieso waren ihre Kinder nicht bei ihr, wenn sie ihr doch so sehr am Herzen lagen?

»Wie Fréderic sagte. Sie finden uns auf der hinteren Terrasse.« Er nickte ihr zu und verabschiedete sich. Die beiden kamen Adeline vor, als würden sie nicht im Geringsten zueinander passen, die dürre Frau mit dem aufbrausenden Temperament und der Mann, der eher den Eindruck eines Menschen mit einer Vorliebe für ein ruhiges und harmonisches Umfeld machte.

Eine wirklich nette Familie. Sie begann zu verstehen, wieso der Küchenchef mit den Augen gerollt hatte. Die Frau sah aus, als würde sie von einem Salatblatt leben und Fréderic Chinon bereitete es offensichtlich Vergnügen, das Küchenpersonal mit seinen Kommentaren zu demütigen. Selbst dem Sohn von Madame Chinon schienen seine Ehefrau und sein Neffe peinlich zu sein.

»Antoine Chinon«, sagte Sébastien und sah ihm hinterher. »Der älteste Sohn von Madame Chinon, mit seiner Frau Isabelle. Von ihr würde ich Abstand halten. Sie kann ausgesprochen giftig werden, wenn ihr etwas nicht passt.«

»Ein guter Rat, an den ich mich gerne halte.« *Allerdings wird der Job es mir schwer machen, ihr aus dem Weg zu gehen. Bei meinem Glück kippe ich ihr den Kaffee über das Kleid.*

»Da kommt deine Auftraggeberin.« Er schaute in Richtung des Aufzugs. Madame Chinon war in Begleitung eines Mannes, vielleicht Anfang vierzig, in einem grauen Anzug, der ihm hervorragend stand. *Wahrscheinlich maßgeschneidert,* vermutete sie, obwohl sie sich nicht sonderlich mit teurer Kleidung auskannte. Madame Chinons Hand lag auf seinem Arm, in der anderen hielt sie ihren Stock. Die beiden schienen sich zu mögen. Jedenfalls sah sie entspannter aus als gestern im Café in der Gegenwart ihres Enkels. Adeline begann ebenfalls zu verstehen, wieso sie ihrer Familie zutraute, sich über ihr Ableben zu freuen. Weder Fréderic noch ihre Schwiegertochter wirkten, als würde es ihnen Freude bereiten, sie zu besuchen.

»Da bist du ja, Adeline«, begrüßte die Frau sie. »Darf ich dir Christian Duchamps vorstellen? Er vertritt die juristischen Belange unseres Unternehmens.«

»Sehr erfreut.«

»Ganz meinerseits.« Er besaß eine angenehm sanfte Stimme und ein freundliches Lächeln. Das Letztere konnte sie nach der Begegnung mit dem Rest der Familie hervorragend gebrauchen.

»Ihren Sohn und seine charmante Frau haben wir bereits getroffen«, sagte Sébastien.

Der Anwalt betrachtete sie und sein Lächeln vertiefte sich.

»Jetzt fragen Sie sich bestimmt, ob die Entlohnung angemessen ist oder nur eine Art Schmerzensgeld darstellt. Nicht wahr?«

Da er so schnell hinter ihre Gedanken gekommen war, vermutete sie, dass er selbst ähnliche Überlegungen hegte, da er für die Familie arbeitete. Aber dem schicken Anzug und der teuer aussehenden Uhr an seinem Handgelenk nach musste seine

Entlohnung mehr als angemessen sein. Sie hoffte, ihre würde das ebenfalls sein.

»Du bringst sie in Verlegenheit.« Madame Chinon warf ihm einen mahnenden Blick zu.

»Ganz und gar nicht«, behauptete Adeline. »Ich komme gleich auf die Terrasse und nehme die Bestellungen auf.«

»Sehr schön.« Madame Chinon blickte zu ihrem Begleiter. »Dann versuchen wir, meinen Geburtstag angemessen zu begehen und hoffen, dass ich noch einige weitere erleben darf.«

»Sie werden uns alle überleben, davon bin ich überzeugt«, schwindelte der Mann charmant.

»Darf ich?«, fragte Adeline und zeigte auf den freien Platz auf der Bank, die im Schatten eines Baums stand. Das Kindermädchen der Familie hob den Kopf vom Buch hoch, lächelte sie an und rückte ein Stück zur Seite.

»Selbstverständlich. Gönn dir eine Pause und setz dich. Hier ist genug Platz für zwei.« Adeline schätzte die Frau auf Ende zwanzig. Ihre blonden Haare waren streng zurückgekämmt und am Hinterkopf zu einem Dutt gesteckt. Ihr blasser Teint und die hellblauen Augen ließen ihr Gesicht zierlich erscheinen. Flecken von Sonnencreme, die noch nicht vollständig eingezogen war, sprenkelten die hohen Wangen.

»Danke.« Sie setzte sich neben die Frau und streckte die Beine aus. Gerne hätte sie die Schuhe ausgezogen und die Füße massiert, doch das fand sie unangemessen. Die letzten Stunden war sie treppauf und treppab gelaufen, um die Gäste mit Kaffee, Tee, flaschenweise Sekt und Snacks zu versorgen. Oscar hatte Paulette geschickt, um ihr zu helfen, Kuchen und Gebäck in Miniformaten zu Café Gourmands zu arrangieren, die sie der Familie servierte. Die beiden Teenager von Isabelle und Antoine hatten die zierlichen Eclairs, Macarons und die mit Puderzucker bestreuten Erdbeertörtchen sofort entdeckt, die Tabletts abgeräumt und waren mit ihrer Beute verschwunden.

»Wo sind die Kinder abgeblieben?«, fragte sie das Kindermädchen. So viel wie sie mitgenommen hatten, musste ihnen inzwischen schlecht sein.

»In ihrem Zimmer. Videospiele.« Sie lächelte und tippte mit dem Zeigefinger auf das Buch. »Das gibt mir etwas Zeit zum Entspannen.«

»Und ich komme her und störe. Es tut mir leid.« Adeline wollte aufstehen, doch die Frau gab ihr ein Zeichen, sitzenzubleiben.

»Überhaupt kein Problem. Ich freue mich, mit jemandem zu reden, der kein Teenager ist.«

Adeline nickte zustimmend. Allerdings irrte sich die Frau. Mit achtzehn gehörte sie gerade noch zu den Menschen, die unter den Begriff Teenager fielen.

»Ich heiße Madeleine«, stellte das Kindermädchen sich vor. »Bestimmt hat Madame Chinon mich mal wieder als Gouvernante vorgestellt. Das klingt vornehmer.«

»Adeline«, erwiderte sie. »Du arbeitest schon lange für die Familie?«

»Seit ein paar Jahren. Das ist meine dritte Geburtstagsfeier in Beauregard. Ein hübscher Ort. Sehr ruhig. Ich verstehe, was die alte Dame an der Residenz schätzt.«

»Das stimmt. Aber manche Leute würden behaupten, es wäre ziemlich langweilig bei uns in der Provinz. Hier passiert selten etwas Aufregendes.«

»Eine angenehme Abwechslung zu Paris, auch wenn die Familientreffen anstrengend ist. Keiner spricht es offen aus, aber es geht nicht um den Geburtstag, sondern um die Firma. Also um Geld und Einfluss. Da bleibt Isabelle kaum Zeit, sich um die Kinder zu kümmern, und ich bin im Dauereinsatz.«

»Das tut mir leid.«

»Nicht schlimm, ich mag die beiden gerne. Sie kommen eher nach dem Vater und haben nicht das Temperament ihrer Mutter geerbt.«

»Ich kenne die meisten Familienmitglieder noch nicht.« Vorgestellt hatte sich ihr tatsächlich keiner der Gäste.

»Es sind ja glücklicherweise nicht viele. Rechts neben Madame Chinon sitzen ihr Sohn Antoine und seine Frau Isabelle. Auf der anderen Seite Christian Duchamps.« Sie drehte sich zu ihr, lächelte verschmitzt und zwinkerte ihr zu. »Ein echter Frauenliebling. Was er auch weiß.«

»Das glaube ich gerne.«

»Ihm gegenüber sitzt Fréderic mit seinem Vater Louis. Er ist geschieden und seine Ex-Frau lebt mit ihrem neuen Gatten in Spanien. Die Frau am hinteren Ende der Terrasse ist Hermine, die Witwe von Madame Chinons drittem Sohn, aber an dessen Namen kann ich mich nicht erinnern. Es wird selten über ihn gesprochen. Dann wäre da Delphine, die einzige Tochter, die man für gewöhnlich nur auf der Geburtstagsfeier sieht, ansonsten hält sie sich von der Familie fern.«

»Und Madame Chinon ist noch immer die Chefin des Unternehmens, obwohl sie hier in der Residenz wohnt?«

»Ihr Mann hat sein Vermögen durch Immobilien gemacht, soweit ich weiß. Nach seinem Tod ist sie hierhergezogen. Aber das war vor meiner Zeit als Kindermädchen. Das Geschäft blieb in ihrer Hand. Ihr Sohn Antoine ist der Geschäftsführer. Die anderen sitzen im Aufsichtsrat oder wie sich das nennt. Jedenfalls bekommen sie alle ihren Lebensunterhalt von der Firma finanziert.«

Adeline sah zu einer Frau, die nur wenig älter als sie war, die auf dem Rasen zwischen zwei Ziersträuchern auf und ab lief. In der Hand hielt sie eine Zigarette, an der sie hin und wieder zog. Den Rauch stieß sie fast schon aggressiv aus den Lungen, während sie telefonierte oder eher auf ein Telefon einredete.

»Sybille. Die Tochter von Hermine.« Dem Kindermädchen war der Blick nicht entgangen. »Sie verabscheut es auf vollem Herzen, hier sein zu müssen. Zwischen all den spießigen Kapitalisten, die sie so inbrünstig und lautstark verachtet. Aber ihre Mutter besteht darauf, schließlich zahlt ihre Großmutter die Studiengebühren und kommt für ihren Lebensunterhalt auf. Und das ist nicht gerade Kleingeld.«

»Zu einer Geburtstagsfeier in ein luxuriöses Schloss in Südfrankreich fahren zu müssen, würde ich gerne auf mich nehmen, falls dafür jemand mein Studium finanzieren würde.«

Das leise Lachen der Frau war sympathisch und Adeline begann, sich in ihrer Gegenwart wohlzufühlen.

»Sie gehört zu den Weltverbesserern, die gegen Globalisierung, Umweltverschmutzung, Rassismus, Faschismus, Kolonialismus und Kapitalismus kämpfen, und das Patriarchat brennen sehen wollen. Bestimmt habe ich irgendetwas Verwerfliches vergessen. Dass sie aus einer reichen Familie stammt, empfindet sie als einen fürchterlichen Makel, der auf jeden Fall vor ihren Mitstreitern geheim gehalten werden muss.«

»Das hört sich ziemlich anstrengend an.«

»Sieht sie sonderlich entspannt und mit sich selbst in Einklang aus?«, fragte Madeleine und sah zu der Frau hinüber, die die Kippe auf den Rasen warf und austrat.

»Nicht wirklich«, stimmte Adeline ihr zu.

»Ich glaube, ich muss los«, sagte das Kindermädchen. »Bestimmt sehen wir uns die Tage häufiger.«

Adeline schüttelte die schmale Hand, die die Frau ihr reichte. »Es würde mich freuen.«

Sie sah zur Terrasse hinüber. Antoine und Isabelle verabschiedeten sich. Das Treffen ging auf sein Ende zu.

»Sie ziehen sich für eine Weile zurück. Die Gesellschaft der Familie ist anstrengend«, kommentierte Madeleine und stand ebenfalls auf. »Ich schaue besser nach den Kindern, bevor sie das Zimmer verwüsten.«

»Und ich muss den Tisch abräumen und in der Küche aufräumen. Dann ist für heute Schluss.« Zum Abendessen wurde sie nicht mehr gebraucht, das übernahm das reguläre Personal der Residenz.

»Schon Feierabend? Das war dann ja wohl leicht verdientes Geld.« Fréderic Chinon trat neben sie und nahm das letzte Macaron von der Etagère, die sie abräumen wollte. »Was gab es denn gestern im Café mit meiner Großmutter zu besprechen?«, fragte er kauend.

»Nichts Besonderes. Sie hat mich nur gefragt, ob ich heute hier aushelfen könnte.«

»Das war alles?«

»Wir haben noch über das Wetter geplaudert«, schwindelte sie. »Sonst gibt es ja hier in der Provinz kaum ein anderes Thema.« Die Bemerkung hatte sie sich nicht verkneifen können, doch sie perlte an dem Mann ab. Wahrscheinlich war das genau seine Meinung, und ihre Ironie entging ihm.

»Ist es wirklich so schwer, kompetentes Personal in diesem Kaff zu finden?«, erwiderte er sarkastisch und musterte sie mit einem verächtlichen Zug auf den Lippen. Sie gehörte demnach nicht zu den Leuten, die er als *kompetentes Personal* ansah.

»Beauregard ist nicht Paris.« Sie räumte weiter Teller auf ihr Tablett und trat einen Schritt zur Seite, um etwas mehr Abstand zu dem Mann zu bekommen. Sich auf die Arbeit zu konzentrieren, half ihr, seine abwertenden Bemerkungen zu ignorieren. Es würde ihr nur Ärger einhandeln, sich mit ihm anzulegen. Morgen würde sie ihn noch ertragen müssen, danach reiste er ab. Bestimmt würde sie nicht noch einmal bei einem Familientreffen aushelfen.

»Lass doch das Mädchen in Ruhe.« Hermine, die Schwiegertochter von Madame Chinon, trat zu ihnen, einen Teller mit den Resten des Café Gourmand und eine Espressotasse in den Händen.

Wie aus einem unabwendbaren Instinkt fasste der Mann blitzschnell nach dem Teller, bevor Hermine Chinon ihn wegziehen konnte. Mit einem breiten Grinsen hielt er einen Mini-Brownie in der Hand.

»Es ist eine flegelhafte Unart von dir, anderen Leuten ihr Essen vom Teller zu klauen«, schimpfte sie und stellte ihr benutztes Geschirr auf den Tisch.

»Ich nehme mir immer, was mir gefällt.« Mit einer theatralischen Geste steckte er den Brownie in den Mund und kaute laut. »Selbst von dir, auch wenn deine Sachen schon etwas angetrocknet sind. Genau wie du.«

»Benimm dich!«, zischte sie ihn an.

»Und wenn nicht? Was willst du schon tun? Etwa zu Großmutter laufen und dich ausheulen?« Er lachte herablassend.

»Du bist unausstehlich.« Blut schoss in ihre Wangen, die rot anliefen.

»Genau wie du und deine verzogene Göre. Ihr lebt auf Kosten der Familie wie Schmarotzer. Aber das wird sich bald ändern. Großmutter wird nicht ewig für euch sorgen.« Er lachte und ließ die Frau stehen, die ihm nachstarrte, die Hände fest gegen die Oberschenkel gepresst. Ihre Wut auf den Mann konnte sie nicht verbergen. Genau so wenig wie die Tränen, die in ihren Augen glitzerten.

Adeline drängte es, die Frau zu trösten, aber sie hielt sich zurück. Sich in Familienangelegenheiten einzumischen, stand ihr nicht zu. Sie war nur eine Aushilfe. Rasch räumte sie einige Teller und Tassen vom Tisch ab. Eine professionelle Bedienung hätte sicherlich deutlich mehr auf dem Tablett untergebracht, aber ihr war es wichtig, die Sachen unbeschadet in die Spülmaschine zu bekommen. *Dann gehe ich eben einmal mehr als notwendig, besser als Maître Oscar unter die Augen zu treten, nachdem ich sein Geschirr zertrümmert habe.*

Vorsichtig balancierte sie ein Tablett mit Gläsern und Untersetzern, die zur Bar gehörten, durch den Wintergarten, als sie Stimmen aus der Bibliothek hörte. Sie hätte sie nicht beachtet, doch eine klang verärgert.

»Es wird Zeit, dass sie abtritt und uns die Firma überlässt.« Es war Fréderic Chinon, daran zweifelte sie nicht. Die Antwort kam leise und für sie unverständlich. Adeline blieb stehen und lauschte.

»Dann müssen wir halt dafür sorgen und Druck ausüben. Freiwillig wird sie nie zustimmen«, hörte sie den Enkel sagen.

Adeline beugte sich vor, um durch die eine Handbreit offenstehende Tür zu spionieren. Gläser kamen ins Rutschen und zwei der metallenen Untersetzer fielen klappernd auf den Steinfußboden. *Verdammt.* Sie stellte das Tablett auf einen Tisch und bückte sich, sie aufzuheben.

»Da ist ja unser Dorftrampel schon wieder. Sieht aus, als hätte sie einen Narren an mir gefressen.« Sie hatte Fréderic Chinon nicht kommen sehen, doch jetzt stand er vor ihr und schaute auf sie herab. Der verächtliche Ausdruck klebte auf seinen Lippen wie Permanent-Make-up.

Sie legte die Untersetzer zurück auf das Tablett und stand auf.

»Ich wüsste nicht, was ich Ihnen getan habe, dass Sie mich fortlaufend beleidigen.«

»Nicht das Geringste«, erwiderte er in einem süffisanten Tonfall. »Als würde ich irgendetwas darauf geben, was eine Göre vom Land tut oder sagt.« Er zuckte mit den Schultern, wandte sich ab und ging durch den Wintergarten hinaus in den Park. Adeline starrte ihm mit offenem Mund nach. Zu gerne hätte sie ihm eine spitze Bemerkung hinterhergerufen, doch ihr Kopf war wie betäubt und kein Ton kam über ihre Lippen.

»Ein unangenehmer Mensch.«

Sie zuckte zusammen und drehte rasch den Kopf. Sébastien stand hinter ihr.

»Ich habe den letzten Satz mitbekommen. Ignorier den Kerl am besten. Die eine Hälfte des Personals ist bereit, ihm bei einer guten Gelegenheit eine Kuchengabel in den Hintern zu rammen, von der anderen Hälfte sprechen wir besser erst gar nicht. Selbst die gelassene Paulette hat er zu einem Wutausbruch gebracht.«

»Ich bin froh, wenn ich den Widerling nicht mehr sehe.« *Vor allem aber, wenn ich ihn nicht mehr bedienen muss, als wäre ich sein persönliches Dienstmädchen.*

»Er sammelt schlechtes Karma. Irgendwann wird ihm die Rechnung präsentiert.«

»Daran glaubst du?«

»Absolut. Es mag eine lange Zeit dauern, aber es ist unausweichlich.«

Adeline nickte. Ein interessanter Gedanke, der ihr gefiel. Allerdings fand sie ihn nicht sonderlich glaubhaft. Es erinnerte sie zu sehr an Pastor Albert, der immer wieder behauptete, die

Reichen kämen nicht ins Himmelreich. Ihre Spenden für die Reparatur des Kirchendachs nahm er aber nur zu gerne an.

Adeline warf einen Tab in die volle Spülmaschine, klappte die Tür zu und schaltete sie ein. Damit war ihr Job erledigt. Jedenfalls für heute. Morgen Nachmittag würde sie noch einige Stunden arbeiten, dann reiste die Familie ab. Und es wird wieder friedlicher in Beauregard. Die Küchenschürze hängte sie an einen Kleiderhaken an der Wand und machte sich auf die Suche nach Madame Chinon.

Sébastien hatte die alte Dame vor einer Weile im Wintergarten getroffen, doch jetzt war er verlassen. Sie fand es unhöflich zu gehen, ohne sich zu verabschieden, außerdem hoffte sie, für heute bezahlt zu werden. Daher blieb ihr nicht viel übrig, als zu warten, bis Madame Chinon sich wieder sehen ließ.

»Adeline«, hörte sie jemanden flüstern und schaute sich um. Doch sie entdeckte niemanden.

»Hier drüben.« Die Stimme kam von der Rückseite einer halbhohen Wand aus Zimmerpflanzen. Sie ging um die Töpfe herum. Zu ihrer Überraschung saß Madame Chinon in einem der geflochtenen Korbstühle und winkte sie zu sich.

»Ich habe Sie überhaupt nicht bemerkt. Entschuldigung.«

»Unsinn. Genau deswegen sitze ich hier hinter dem ganzen Grünzeug. In meinem Alter braucht man ab und an einen Moment der Ruhe. Familie ist anstrengend und ich bin tatsächlich nicht mehr die Jüngste.«

Adeline nickte ihr verständnisvoll zu. Auf dem Boden waren feuchte Flecke und Krümel der Pflanzenerde. Sie musste einige der klobigen Blumentöpfe dichter zusammengeschoben haben, damit eine halbwegs blickdichte Wand entstand. So viel Kraft hätte sie der zierlichen Frau nicht zugetraut. Es wirkte ein wenig wie Verzweiflung. Die Familie schien ihr sehr zuzusetzen, damit sie diesen Aufwand betrieb, um einige Minuten Ruhe vor ihnen zu haben.

»Setz dich«, lud Madame Chinon sie ein.

»Ich wollte mich nur verabschieden, aber nicht stören. Es war bestimmt ein aufregender Tag.«

»Heute ist mein Geburtstag, dementsprechend friedlich ging es zu. Jeder wünscht mir noch viele Lebensjahre.« Sie stieß ein leises, aber umso bittereres Lachen aus. »Morgen ist Sitzung des Aufsichtsrats der Firma, dann geht es um die Finanzen und die Ellenbogen werden ausgefahren. Einige wünschen sich, ich würde mich aus dem Geschäft zurückziehen. Am besten endgültig und so rasch wie möglich.«

»Jetzt übertreiben Sie«, sagte Adeline, auch wenn sie nur eine vage Vorstellung davon hatte, wie es bei einem solchen Treffen zuging. Ihr fielen die Erzählungen ihrer Mutter von wild ablaufenden Elternabenden ein. *Wohl noch etwas schlimmer, fürchte ich.* Das Gespräch, das sie unfreiwillig belauscht hatte, kam ihr in den Sinn. Es bestätigte die Vermutung der Frau. Einige Familienmitglieder würden es nicht sonderlich betrauern, sollte sie ihren Abschied verkünden. Wahrscheinlich würde die Anzahl der Geburtstagsgäste in den folgenden Jahren spärlicher ausfallen.

»Vielleicht«, sagte Madame Chiron, doch es hörte sich nicht so an, als hätte sie ihre Überzeugung geändert, sie wollte das Thema nur nicht fortführen.

»Brauchen Sie mich noch? Falls nicht, fahre ich jetzt nach Hause.«

»Einen letzten Gefallen könntest du mir tun.« Sie öffnete die Tasche und holte einen Briefumschlag heraus, den sie Adeline reichte. Die Bezahlung für ihre Arbeit.

»Vielen Dank.« Sie nahm den Umschlag und steckte ihn ungeöffnet in die hintere Tasche ihrer Hose. Es schien ihr unangebracht zu sein, sofort nachzusehen, was sie erhalten hatte. Vor allem, da sie vergessen hatte, vorab einen Stundenlohn zu verhandeln.

»Könntest du in meinen Bungalow gehen und einen Tee aufsetzen? Du findest alles in der Küche. Stell die Kanne ins Wohnzimmer, am besten in die Leseecke. Ich spreche noch kurz mit Maître Oscar über das Menü für morgen Mittag, dann komme ich nach.«

»Kein Problem«, versicherte sie.

»Und einen kräftigen Schluck hiervon.« Sie reichte Adeline den silbernen Flachmann, den sie auch im Café dabeigehabt hatte, sowie einen Zettel mit dem Code für die Tür. »Nach dem Tag habe ich mir das verdient.«

Adeline nickte und nahm den Flachmann an sich.

Madame Chinon bewohnte einen der modernen Bungalows, die in dem Park hinter dem Château gebaut worden waren und die aussahen wie schmale zweistöckige Reihenhäuser mit viel Glas und Beton. Neben dem mittelalterlichen Schloss wirkten sie fehl am Platz, als wäre ein Ufo gelandet. Adeline tippte den Code in das Display und die Tür öffnete sich. Ein kurzer Flur, in dem die Garderobe und ein Schuhschrank standen, führte in das Wohnzimmer. Durch eine Glasfront strömte Sonnenlicht in den Raum, der deutlich moderner, aber auch spärlicher ausgestattet war, als sie erwartet hatte. Ein helles Ecksofa nahm fast die gesamte Breite des Zimmers ein. Was ihr ins Auge stach, war ein hoher mit dunklem Stoff bezogener Ohrensessel vor dem Panoramafenster. Daneben standen eine Leselampe und ein rundes Tischchen, auf dem sich Bücher stapelten. Den Aufklebern nach stammten viele davon aus Marguerites Bücherei. Das muss dann wohl ihre Leseecke sein. Da würde ich auch gerne eine Weile zubringen.

Adeline ging in die kleine, aber hervorragend ausgestattete Küche. Die Arbeitsfläche war penibel sauber, nirgends lagen Krümel oder Staub. Wahrscheinlich nutzte Madame Chiron sie nur selten. Ihre Mahlzeiten nahm sie wohl im Schloss ein oder ließ sie sich vom Personal bringen. Bestimmt kam regelmäßig eine Putzfrau, um sauberzumachen. Im Küchenschrank fand sie eine Blechdose mit losem Earl Grey und eine gläserne Teekanne mit einem integrierten Sieb. Sie schaltete den Wasserkocher ein und schüttete den Tee in das Sieb, während das Wasser heiß wurde. Nachdenklich betrachtete sie den Flachmann. *Was wird ein ordentlicher Schluck sein? Wahrscheinlich so viel wie gestern im Café.* Adeline schraubte ihn auf, roch daran und verzog das Gesicht, als der durchdringende Geruch von Rum in ihre Nase stieg. *Ekelig.* Rasch kippte sie etwa zwei Schnapsgläser voll in die Kanne und übergoss alles mit heißem Wasser.

Im Wohnzimmer betrachtete sie den Bücherstapel in der Leseecke. Meist handelte es sich um historische Romane, dazwischen ein oder zwei Biografien von Frauen aus der Zeit der Französischen Revolution. Ihr Handy vibrierte. Drei Minuten waren um und sie ging zurück in die Küche. Der Tee hatte lange genug gezogen, aber sie zweifelte, ob der Rum ihm überhaupt eine Gelegenheit gab, sich geschmacklich durchzusetzen.

Sie zog das Sieb heraus, schüttete die nassen Teeblätter in den Mülleimer und brachte die Kanne ins Wohnzimmer auf das Tischchen in der Leseecke. Kurz darauf zog sie die Tür hinter sich zu und überprüfte, dass sie verschlossen war, bevor sie zu ihrem Motorroller ging.

Bégude de Sainte-Claire

Bis zur Bégude de Sainte-Claire waren es nur zehn Minuten mit dem Roller. Die ehemalige Kutschenstation aus dem 17. Jahrhundert ragte aus den umgebenden Weinfeldern heraus. Eine Mauer, deren Oberkante Adeline mit ihren Händen gerade noch erreichen konnte, wenn sie sich auf die Zehen stellte, umrundete das Anwesen, das aus einem Haupthaus und mehreren Nebengebäuden bestand. Die Zeit war nicht spurlos an der Bégude vorbeigegangen. An vielen Stellen blätterte der Putz ab und legte das grobe Mauerwerk frei. Efeu bedeckte einen Großteil der Wände und kroch auch am ehemaligen Taubenturm hinauf, dessen Obergeschoss und das spitze Dach aus ausgebleichten Ziegeln sich weit über die Mauer erhob. Nachdem die Kutschenstation aufgegeben worden war, nutzte man sie eine Weile als Bauernhof, danach stand sie lange Zeit leer, bis Marguerite und einige Freunde von ihr einzogen und begannen, das Anwesen wieder bewohnbar zu machen.

Adeline fuhr mit dem Roller durch den Torbogen, auf dessen Unterseite eine eiserne Glocke hing. Sie war kurz versucht, an der seitlich herunterhängenden Kette zu ziehen, um sich anzukündigen, ließ es aber sein. Sie vertraute der Standhaftigkeit des Mauerwerks nicht sonderlich und fürchtete, die Glocke könnte beim geringsten Wackeln herunterstürzen. *Bei meinem Glück direkt auf mich. Da hilft auch der Helm nichts.* Sie stellte die Vespa vor dem Taubenturm mit dem kleinen Anbau ab. Adeline schätzte ihn auf etwa acht bis zehn Meter. Tauben wohnten dort schon lange nicht mehr. *Höchstens ein paar Gespenster und Fledermäuse,* dachte sie und grinste. Ein Fensterladen bewegte sich leicht im Wind und klopfte gegen das Mauerwerk. Adeline zuckte zusammen und drehte den Kopf zum Turm. Die Tür stand eine Handbreit offen, dahinter herrschte selbst am Tag ein fahles Licht. *Ich sollte nicht an Gespenster denken. Wenn es welche gibt, dann hier.* Rasch wandte sie sich ab und ging, ohne zurückzuschauen, mit schnellen Schritten zu dem weitläufigen Haupthaus.

Ein Durchgang führte in den gepflasterten Innenhof, der von ehemaligen Stallungen mit den Gesindewohnungen im darüberliegenden Geschoss eingerahmt war. An der Stirnseite befand sich das Wohnhaus, in dem Marguerite ein Zimmer besaß. Der Efeu war von der Wand entfernt, der Putz ausgebessert und neue Fenster eingebaut worden, genau wie die Eingangstür. Den Fleiß der Bewohner konnte man deutlich erkennen, auch wenn die Renovierung langsam verlief. Jede Ausgabe musste von den Einnahmen gedeckt werden. Bisher gab es erst einige wenige Zimmer, die fertiggestellt waren, um während der Sommermonate an Touristen vermietet zu werden.

Im Hof stand ein langer, aus groben Holzbrettern zusammengezimmerter Tisch, auf dem mehrere bunte Tischdecken lagen. Soweit sie von Marguerite wusste, lebte nur eine Handvoll Leute ständig in der Bégude, andere kamen und verschwanden irgendwann wieder. Dementsprechend groß musste der Tisch sein. Abends wurde meist gemeinsam gekocht und gegessen. Ansonsten ging jeder seiner eigenen Arbeit nach.

Marguerite trat aus der Tür des Hauses, ein Tablett mit Gläsern in den Händen.

»Ich habe deine Vespa gehört«, begrüßte sie Adeline. »Schön, dass du es geschafft hast. Ich hatte bereits befürchtet, ohne dich essen zu müssen.«

»Ich habe mich den ganzen Tag darauf gefreut herzukommen.«

»War der Job so anstrengend?« Sie stellte das Tablett auf den Tisch und verteilte Gläser, Teller und eine Karaffe mit Wasser. »Die Ausbeuter haben dich auf Trab gehalten?«

»Ich hatte schon schlimmere Tage im Café«, schwindelte sie.

»Madame Chinon hat gestern ein paar Bücher ausgeliehen. Sie kam mir nicht vor, als wäre sie in besonderer Feierlaune.«

»Die Familie ist schon recht anstrengend«, gab sie zu. »Aber die Bezahlung macht das vielleicht wett.« Adeline zog den Briefumschlag aus der Hosentasche und wedelte damit. Tatsächlich hatte sie noch keinen Blick hineingeworfen. Sie setzte sich in einen der Korbstühle, öffnete den Umschlag und pfiff leise vor Erstaunen. Es war deutlich mehr, als sie bei Carmen im Café verdiente. »Ich bin reich«, rief sie und lachte fröhlich.

»Was hast du vor mit dem unverhofften Wohlstand?« Marguerite lächelte und setzte sich zu ihr.

»Zur Seite legen. Weiter sparen. Und mich im nächsten Jahr erneut um einen Platz in einer Journalistenschule bewerben, für dieses Jahr mache ich mir keine Hoffnungen mehr. Vielleicht gibt es Pluspunkte für Hartnäckigkeit.«

»Ich drücke dir die Daumen. Du hättest es verdient.«

Ihr Zuspruch tat Adeline gut, auch wenn sie wusste, wie Marguerite über ihre Pläne dachte. *Wahrscheinlich hat sie recht und es ist aussichtslos, aber ich werde es trotzdem weiter versuchen. Irgendwann muss es klappen. Was soll ich sonst mit meinem Leben anfangen?*

Charlotte, eine der Mitbewohnerinnen, kam aus dem Haus und brachte ein Baguette und ein Töpfchen mit Butter mit.

»Hallo Adeline, wie schön, dich mal wieder zu sehen«, grüßte die Frau, deren Bauch sich deutlich über den Hosenbund wölbte. Der nächste Bewohner der Bégude würde nicht mehr lange auf sich warten lassen.

»Ich komme gerne hierher, vor allem wenn Philippe kocht«, antwortete Adeline. »Wie geht es dir?«

Charlotte stellte Baguette und Butter auf den Tisch und strich mit einer Hand über ihren Bauch. Ein sanftes Lächeln erschien auf ihren vollen Lippen.

»Alles bestens. Ich genieße die Zeit, bevor ich mich nicht mehr bewegen kann und Philippe mich aus dem Sessel ziehen muss, weil ich zu schwer geworden bin, um allein aufzustehen.«

»Kann ich irgendwie helfen?«

»Gerne. Ich bräuchte einen Weinkühler, den alten hat ein Gast fallen lassen. Der ist hinüber.«

»Klar.« Adeline stand auf und sah zum Eingang des Wohnhauses. »Wo finde ich einen? In der Küche?«

»Nein. Wir sind am Umräumen. Ich habe letztens zwei in den Taubenturm gestellt. Da lagern wir die Sachen, die wir gerade nicht brauchen.«

»Im Turm?« Adeline drehte den Kopf und sah in die Richtung, in der er lag. Sehen konnte sie ihn nicht. Die Ställe, auf denen noch eine Etage mit Zimmern saß, in denen früher die Knechte gewohnt hatten, versperrten die Aussicht auf den ehemaligen Taubenturm.

»Keine Angst, da spukt es nicht.« Charlotte lachte leise und Marguerite warf ihr einen neugierigen Blick zu. Sie kannte Adelines lebhafte Fantasie.

»Natürlich nicht«, wehrte sie ab. »Wer glaubt schon an Gespenster?« Marguerites skeptischer Gesichtsausdruck war nicht notwendig, sie hörte selbst, wie gezwungen sie rüberkam. »Bin gleich wieder da.«

»Soll ich mitkommen?«, bot ihre Freundin an.

»Nicht nötig, ich finde die Sachen schon. Das kann ja nicht so schwierig sein.«

Rasch wandte sie sich ab und marschierte unter dem Torbogen aus dem Innenhof hinaus. Links von ihr stand der Taubenturm, davor ihr Motorroller. Die Sonne bewegte sich auf den Horizont zu und warf ein goldenes Licht auf das Mauerwerk und die roten Tonziegel des Dachs, die den Turm strahlen ließen.

Sie blieb vor dem Turm stehen. Die Tür war massiv, auch wenn das Holz ausgebleicht und rissig war. *Bestimmt stammt sie noch aus der Zeit, als er gebaut worden war.* Sie legte eine Hand auf die Tür und zog fest daran. Mit einem metallischen Knarren gaben die Türangeln ihren Widerstand auf und bewegten sich. Adeline öffnete sie gerade so weit, um hineinzuschlüpfen. Die Läden vor den Fenstern waren geschlossen und die Angeln wahrscheinlich derart verrostet, dass sich einige wohl nur mit Gewalt bewegen ließen. Die Sonne stand bereits tief und der Schatten der Umgrenzungsmauer fiel auf den Eingang. Mehr als ein fahles Zwielicht herrschte nicht im Turm.

Abgestandene Luft und Staub erfüllten den Raum, der größer

war, als es von außen den Anschein hatte. Der Boden war aus rotbraunen Ziegelsteinen gemauert und an einigen Stellen abgetreten, aber ansonsten erstaunlich gut erhalten. Jedenfalls der Teil, den sie unter der Staubschicht und dem Gerümpel, das den Raum fast bis zur Decke ausfüllte, erkennen konnte. Eine Armlänge über ihr verliefen massive Balken, auf denen der Holzboden der oberen Etage lag. Eine schmale Treppe ohne Geländer führte entlang des Mauerwerks hinauf, doch der Aufgang war von einem alten Bettgestell versperrt.

In einem Regal standen Weinkühler aus braunem Ton und Adeline nahm einen heraus. Ein lautes Flattern ließ sie aufschreien und zusammenzucken. In letzter Sekunde schnappte sie den Weinkühler mit beiden Händen, der sonst auf dem Boden zerschlagen wäre. Ein Vogel flatterte panisch durch den Raum, bis er durch die offenstehende Tür verschwand. Adelines Herz klopfte genauso wild, wie der kleine Vogel mit den Flügeln geschlagen hatte. Sie lehnte sich gegen die Wand, den Weinkühler fest im Arm. *Es braucht überhaupt keine Gespenster, damit ich mich zu Tode erschrecke. Das ist kein Ort für mich. Vielleicht war es früher anders, als der Verputz nicht abgeblättert war, das Efeu das Mauerwerk nicht überwuchert hatte und die Tauben noch ein und ausflogen. Bestimmt werden Philippe und Charlotte ihn wieder herrichten und ihm die vergangene Schönheit wiedergeben.* Sie atmete tief durch und ging nach draußen. Die Tür drückte sie in ihren Rahmen und fragte sich, wie der Vogel es ins Innere geschafft hatte. Wahrscheinlich durch die Löcher am oberen Ende des Turms, durch den früher die Tauben ein und ausgeflogen waren, oder einer der Dachziegel war verrutscht.

»Genau den hatte ich gesucht.« Charlotte strahlte sie an und nahm ihn ihr ab. »Philippe hat eine Kiste Rosé vom Gut von Aurélie mitgebracht, den wir unbedingt probieren müssen.« Sie sah an sich hinab, zu dem Babybauch. »Aber nur für die Gäste.« Sie seufzte leise.

»Ihr habt etwas Schönes aus der Ruine gezaubert«, sagte Adeline und sah sich um. »Ich besuche euch wirklich gerne. Es ist so friedlich hier.«

»Es liegt leider noch sehr viel mehr Arbeit vor uns, als wir bisher geschafft haben«, dämpfte Marguerite ihren Enthusiasmus.

»Drei Gästezimmer, die wir vermieten, und der Speiseraum sind fertig, die Küche funktioniert meistens und der Garten ist angelegt. Wer hätte das gedacht, als wir eingezogen sind? Ich bin ziemlich stolz auf uns«, erwiderte Charlotte. »Wenn es dir bei uns gefällt, wieso ziehst du nicht ein? Platz haben wir genug. Allerdings müsstest du Hand anlegen, um es dir wohnlich zu machen.«

»Gute Idee«, stimmte Marguerite zu. »Als nächstes ist der Innenhof dran.« Sie zeigte mit dem Daumen hinter sich auf die ehemaligen Ställe, die auf den Längsseiten des Hofs lagen.

»Würde ich gerne, aber das kann ich mir nicht leisten. Ich spare für das Studium und zu Hause kann ich umsonst wohnen und essen. Hier ein Zimmer herzurichten würde meine Ersparnisse komplett aufbrauchen.«

Ein Auto bog auf das Grundstück ein und unterbrach sie. Adeline sah zum Tor und kurz darauf rollte ein Streifenwagen der Police municipale im Schritttempo in den Hof.

»Was will die Polizei hier?« Marguerite sah dem Wagen neugierig entgegen.

»Bestimmt ahnte Mathieu, dass es Ratatouille gibt.« Philippe kam aus dem Wohnhaus und stellte eine dampfende Auflaufform auf den Tisch. »Er hatte schon immer einen guten Riecher, wann das Essen fertig ist.«

Der Chef de Police stieg aus, setzte seine Mütze auf und kam zu ihnen. Seine ernste Miene ließ Adeline nichts Gutes ahnen.

»Bonne soirée«, begrüßte er sie.

»Sie kommen pünktlich zum Essen, die Ratatouille ist fertig. Alles aus dem eigenen Garten. Ich will mich nicht loben, aber sie ist wirklich hervorragend geworden. Setzen Sie sich zu uns«, lud Philippe den Polizeichef, der eine gute Mahlzeit normalerweise nicht ausschlug, ein.

»Sonst gerne, doch heute muss ich leider ablehnen«, wehrte der Mann ab. Ein beklemmendes Gefühl ergriff Adeline. Irgendetwas Übles musste vorgefallen sein, ansonsten wäre der Polizist mit Sicherheit nicht hier, sondern längst im Feierabend und zu Hause bei seiner Familie. Mathieu Passard war dafür bekannt, einen weiten Bogen um Überstunden zu schlagen.

»Wenn Sie nicht hergekommen sind, um uns einen freundschaftlichen Besuch abzustatten, ist es sicher dienstlich. Wie können wir Ihnen helfen?«, fragte Marguerite.

»Ich bin wegen Adeline hier.«

»Wegen mir?«, rief sie erstaunt.

»Leider ja.« Die Stimme des Mannes, der oft zu ihr ins Café kam und stets für einen Scherz gut war, klang ungewohnt ernst.

»Um was geht es?« Ihr Magen zuckte nervös und Gedanken, was sie angestellt haben könnte, rasten durch ihren Kopf. Vielleicht war sie zu flott mit der Vespa gefahren. Aber deswegen würde der Polizist sicher nicht persönlich herkommen, sondern sie am nächsten Tag im Café ermahnen.

»Im Schloss hat sich ein Vorfall ereignet, zu dem man ein paar Fragen an dich hat. Mehr darf ich momentan nicht sagen. Die Untersuchungen laufen noch.«

»Madame Chinon?« Adeline sprang auf. »Ist ihr etwas zugestoßen?«

»Wie gesagt, ich kann im Augenblick keine weiteren Auskünfte geben.«

»Können Sie nicht oder dürfen Sie nicht?«, mischte sich Marguerite ein. Auf die Idee, dass jemand den Polizeichef von Beauregard zum Schweigen verdonnert haben könnte, war Adeline nicht gekommen. Das könnte höchstens Régis Boyer, der Bürgermeister. Aber was könnte er mit Madame Chinon zu tun haben?

»Das ist nicht von Belang«, wischte er ihren Einwand ungewohnt barsch zu Seite. »Würdest du bitte mitkommen?«

»Ja, natürlich«, sagte sie zögernd. »Mein Roller steht am Turm.« Sie griff nach dem Helm, der auf dem Tisch lag.

»Du fährst besser mit mir. Ich bringe dich später nach Hause oder hierher, dann kannst du den Roller abholen. Es wird nicht lange dauern.« Die letzten Worte kamen gedehnt, als würde er nicht daran glauben, sie rasch wieder herzubringen. *Oder er hat Angst, dass ich versuche abzuhauen. Aber wieso? Ich habe doch nichts angestellt. Noch nicht mal eins von den Törtchen heimlich in der Kaffeeküche gegessen.*

Adeline legte den Helm zurück auf den Tisch. »Ich komme dann später und hole den Roller.«

»Soll ich mitkommen?«, bot Marguerite an und stand auf.

»Danke, aber ich glaube nicht, dass das notwendig sein wird«, unterband der Chef de Police ihr Angebot. Adeline warf ihm einen fragenden Blick zu, doch der Mann schaute zu Philippe, als würde er von dem einzigen anwesenden Mann Unterstützung erwarten. Doch der hielt sich raus.

»Ich warte dann hier auf dich«, versprach Marguerite, nahm Adeline in die Arme und drückte sie so fest, als müsste sie ihr Kraft mit auf den Weg geben. Auch sie schien anzunehmen, dass es länger dauern würde, als Mathieu Passard versuchte es darzustellen. Der Mann war ein zu schlechter Schauspieler.

»Nimm dir was zu essen mit«, bot Philippe an und zeigte auf eine der Schalen, die neben dem Topf mit der Ratatouille standen.

»Ich komme später nochmal zurück. Hebt mir eine Portion auf. Es riecht so gut, dass ich unbedingt etwas davon haben möchte. Aber in aller Ruhe, nicht auf dem Beifahrersitz eines Polizeiautos.« Es kostete sie all ihre Disziplin, halbwegs locker zu bleiben. Auch wenn sie nicht wusste, wie glaubhaft sie rüberkam.

Sie stieg in den Streifenwagen. Der Polizist steuerte den Wagen rückwärts aus dem Hof, wendete und fuhr durch das Tor in der Außenmauer. Kurz darauf war die Bégude nicht mehr zu sehen.

Die Fahrt verlief schweigsam und mit jedem Kilometer, den sie sich dem Château näherten, wuchs das Gewicht, das auf ihren Brustkorb drückte und ihr das Atmen erschwerte. Einen weiteren Versuch, den Polizisten zum Reden zu bringen, unterließ sie. Jemand hatte ihn zum Schweigen verdonnert, der im Rang deutlich höher stehen musste als er. Je mehr sie darüber nachdachte, desto unwahrscheinlicher kam es ihr vor, dass es sich dabei um den Bürgermeister handelte. Die Männer waren seit Jahren befreundet und gingen mit ihrem Vater samstags zum Pétanque spielen. Nein, die beiden hätten sie nicht im Ungewissen zappeln lassen, wenn sie es hätten vermeiden können.

Er umfuhr das Schloss und hielt auf dem Kiesweg, der zum Bungalow von Madame Chinon führte. Mehrere Streifenwagen, ein schwarzer Van und ein blauer Renault Espace parkten auf dem gepflegten Rasen. Ein Absperrband der Polizei war über den Weg gespannt und dahinter standen eine Handvoll Gäste der Residenz. Zwei Frauen saßen auf ihren Rollatoren und tranken Kaffee aus Thermosbechern, als wären sie in einem Freilufttheater und warteten darauf, dass die Aufführung beginnen würde. *Monsieur Mazet wird nicht begeistert sein,* kam ihr in den Sinn.

»Wir sind da«, sagte der Chef de Police unnötigerweise. Wahrscheinlich, um das unangenehme Schweigen zu durchbrechen. Mathieu Passard stieg aus, umrundete den Streifenwagen und wartete, bis sie ausstieg, als würde er befürchten, sie könnte einen Fluchtversuch unternehmen. Wo sollte sie schon hin? In den Wald rennen und sich dort verstecken? Und wieso auch? Sie hatte nichts verbrochen.

»Jetzt sind wir hier und Sie können mir sagen, was passiert ist. Hat jemand das Silberbesteck von Madame Chinon geklaut? Ich war es jedenfalls nicht.« Adeline versuchte gelassener zu wirken, als ihr zumute war, und sie fürchtete, dass man ihr das anmerkte.

»Das wird dir Capitaine Rousseau sagen.« Der Polizist zog die Mütze ab und strich sich über die Glatze. Sonderlich wohl schien er sich in seiner Haut nicht zu fühlen.

Ein Capitaine. Wahrscheinlich von der Police nationale, die deutlich mehr Befugnisse hatte als die Police municipale, die sich in Beauregard um den Verkehr und kleinere Ordnungswidrigkeiten kümmerte.

»Das ist Adeline Fréchet«, stellte der Polizeichef sie einem Mann in Uniform vor.

»Wo haben Sie sie aufgegriffen?«, fragte der hagere Polizist mit einer markanten Nase, der sie eingehend musterte. Der abfällige Ton in der Stimme ließ sie einen Schritt zurückweichen, bis sie die Hand von Mathieu Passard im Rücken spürte.

»Ich habe sie nicht aufgegriffen, sie war bei Freunden zu Besuch, wie ihre Mutter es gesagt hat«, kam ihr der Polizeichef zu Hilfe, während sie selbst kein Wort herausbrachte. »Adeline ist freiwillig mitgekommen.«

»Na gut. Ich bin neugierig, was sie zu sagen hat.«

Die Tür des Bungalows wurde von einem Polizisten geöffnet und zwei Männer trugen eine Trage heraus. Wer darauf lag, verdeckte ein dunkelroter Überzug, der einem Schlafsack ähnelte. Sie zweifelte nicht daran, dass es sich um eine Leiche handelte.

»Ist das Madame Chinon?«, stammelte Adeline und konnte den Blick nicht von der Trage abwenden.

»Wie kommst du darauf, dass Madame Chinon etwas zugestoßen sein könnte?«, fragte der Capitaine und trat einen Schritt näher.

Adeline riss den Blick von der Trage los und drehte den Kopf zu ihm. Die Feindseligkeit, die er ausstrahlte, raubte ihr den Atem.

»Das ist doch ihr Bungalow. Daher …« Ihre Kehle schnürte sich zusammen und sie brach den Satz ab. Es war keine zwei Stunden her, dass sie mit ihr gesprochen hatte. Madame Chinon hatte gestern ihre Familie beschuldigt, sie unter die Erde bringen zu wollen. Und nun lag sie tot in einem Sack.

»Wurde sie umgebracht?«, presste sie heraus.

»Wie kommst du darauf, dass sie umgebracht wurde?« Der Mann musterte sie noch eingehender, als würde er auf jedes noch so kleine Detail ihrer Reaktion lauern. Die grauen Augen verrieten nicht, was sich dahinter abspielte, doch die heruntergezogenen Mundwinkel sagten nur zu deutlich, wie wenig er von ihr hielt. *Dabei kennt er mich überhaupt nicht. Ob Fréderic Chinon mich bei ihm schlechtgemacht hat, um von sich abzulenken?*

»Wegen eines Herzinfarkts bei einer alten Dame kommt bestimmt kein Polizist aus Nîmes und lässt ihren Bungalow absperren. Vor zwei Stunden habe ich noch mit Madame Chinon gesprochen und sie war bei bester Gesundheit. Sie kann also erst vor kurzem gestorben sein und Sie müssen sich ziemlich beeilt haben, herzukommen. Unter einer halben Stunde ist die Strecke kaum zu schaffen.«

»Du hast mit Madame Chinon gesprochen? Wann, wo und worüber?« Capitaine Rousseau feuerte die Fragen geradezu auf sie ab und sein Zeigefinger zuckte vor ihrem Gesicht, als wollte er ihr keine Gelegenheit geben, über die Antworten nachzudenken.

»Es war ihr Geburtstag und die Familie kam zu Besuch nach Beauregard. Ich habe ausgeholfen, Getränke servieren und so weiter.«

»Aus welchem Grund? Das ist ein eindrucksvolles Hotel mit Restaurant. Bestimmt haben sie geschultes Personal, wozu brauchte sie ein Schulmädchen?«

Sie verkniff sich die Bemerkung, dass sie nicht mehr zur Schule ging. So lange war es nun auch nicht her, dass sie ihren Abschluss in der Tasche hatte.

»Monsieur Mazet ist gerade etwas knapp mit Personal und Madame Chinon hat mich gefragt.«

»Woher kennt sie dich?«

»Ich arbeite vormittags im Café Fleur am Marktplatz. Sie kommt häufiger auf einen Tee vorbei. Manchmal unterhalten wir uns. Sie war eine nette Frau.«

»Ah ja.« Er nickte, als hätte sie etwas bestätigt, das er bereits wusste. »Und wo hast du sie zuletzt gesehen?«

»Im Wintergarten. Ich habe mich verabschiedet und sie gab

mir mein Geld für den heutigen Tag.« Adeline fasste in die Hosentasche, holte den Umschlag heraus und hielt ihn dem Mann hin.

»War das der vereinbarte Betrag oder gab es einen Streit um die Bezahlung?«

»Nein, natürlich nicht. Sie war recht großzügig.«

»Nun. Madame Chinon besitzt ein beachtliches Vermögen.«

Adeline zuckte mit den Schultern. Was hatte das mit ihr zu tun?

»Das Mädchen hat sich noch nie etwas zuschulden kommen lassen«, sagte der Chef de Police.

»Was ist eigentlich passiert? Und wieso glaubt die Polizei, mich bei meinen Freunden abholen und hierher bringen zu müssen? Hätte das nicht bis morgen Zeit gehabt?«, drängte sie den Mann zu einer Antwort.

»Wann haben Sie sich von Madame Chinon verabschiedet?« Capitaine Rousseau ignorierte ihre Forderung nach Aufklärung. Sie warf Mathieu Passard einen fragenden Blick zu. Er nickte ihr zu, die Frage zu beantworten.

»Nachdem ich das Geschirr in die Spülmaschine eingeräumt und die Kaffeeküche aufgeräumt hatte, bin ich ins Schloss gegangen, sie zu suchen. Gefunden habe ich Madame Chinon im Wintergarten. Fast hätte ich sie übersehen, sie saß hinter einer Wand aus Pflanzen. Es sah so aus, als hätte sie sie zusammengeschoben, um sich dahinter zu verstecken.«

»Wieso sollte sie das tun?«

»Es war ein anstrengender Tag, sie ist nicht mehr die Jüngste und suchte für einen Moment einen ruhigen Ort, wo sie allein sein konnte.«

»Einen ruhigen Ort? Machte sie in Ihrer Gegenwart irgendwelche Bemerkungen, dass es heute turbulent zuging?«

»Wenn so viele Verwandte zusammenkommen, ist es selten erholsam. Und Madame Chinons Familie ist nicht unbedingt harmoniesüchtig.«

»Woran machen Sie das fest?«

»Ich habe ihre Verwandten im Laufe des Tages kennengelernt. An der Art, wie sie Angestellte behandeln, kann man viel erkennen.«

»Sie mochten sie nicht?«

»Die meisten waren mir egal.«

»Wer nicht?«

»Der Enkel hat mich gestern Vormittag beinahe mit seinem Sportwagen über den Haufen gefahren. Das machte ihn mir nicht sonderlich sympathisch.«

»Zurück zu Madame Chinon. Sie behaupten, sich gegen sechs Uhr von ihr verabschiedet zu haben.«

»Das behaupte ich nicht, das war so.« Langsam verschwand ihre Angst und machte Ärger darüber, wie sie behandelt wurde, Platz.

»Wieso sind Sie danach noch in ihrem Bungalow gesehen worden? Es gab dort nichts für Sie zu tun, oder täusche ich mich?«

»Sie bat mich, ihr einen Tee aufzusetzen, bevor ich gehen würde. Das habe ich gemacht.« Adeline kramte in der Hosentasche, fand aber nicht, was sie suchte. »Sie hat mir den Code für die Tür auf einen Zettel geschrieben. Ich muss ihn in der Küche zurückgelassen haben. Ich nahm wohl an, ihn nicht mehr zu brauchen.«

»Sie haben den Tee aufgesetzt?« Der Polizist trat erneut näher an sie, und Adeline wich erneut vor ihm zurück. Dieses Mal hielt Mathieu Passard sie nicht auf.

»Ja. Sie bat mich darum. Was soll die Frage?«

»Woher stammte der Tee?«

»Aus dem Küchenschrank. Eine Metalldose mit losem Earl Grey. Ich habe ein Teesieb gefüllt, heißes Wasser darüber geschüttet, drei Minuten ziehen lassen und die Teeblätter danach in den Mülleimer gekippt.«

»Nur Tee und heißes Wasser?«, fragte er, noch barscher als vorher. Sollte es seine Absicht sein, sie einzuschüchtern, war er auf dem besten Weg, sein Ziel zu erreichen.

»Nicht ganz. Madame Chinon bat mich, einen ordentlichen Schluck Rum dazuzukippen. Habe ich auch getan. Sie macht das oft im Café, in dem ich arbeite.«

Er zog einen Plastikbeutel aus der Jackentasche. Der silberne Flachmann lag darin.

»Dieser hier?«

»Er sieht jedenfalls so aus.«

»Dann finden wir Ihre Fingerabdrücke darauf.«

»Natürlich. Genau wie auf der Kanne und überall in der Küche. Aber sagen Sie mir, was Madame Chinon zugestoßen ist?«

Capitaine Rousseau wandte sich von ihr ab und sah zum Schloss hinüber. Adelines Blick folgte ihm. Eine Frau, die sich auf einen Stock stützte, stand auf der Terrasse und sah zu ihnen herüber. Antoine und seine Ehefrau begleiteten sie.

»Das ist sie ja«, sprudelte es aus Adeline heraus. »Sie sagten doch, sie wäre tot.«

»Das habe ich nie behauptet«, konterte er. »Sie haben es angenommen, und ich gehe davon aus, dass Sie Ihre Gründe dafür hatten.«

»Was wollen Sie mir unterstellen?« Natürlich hatte sie an die Bemerkung der alten Frau gedacht, die davon ausging, ihrem Enkel und dem Rest der Verwandtschaft wäre sie tot lieber als lebendig. Sie hatte annehmen müssen, dass es sich bei der Leiche, die aus dem Bungalow getragen wurde, um Madame Chinon handelte. Schließlich wohnte sie dort.

»Sie waren als Letzte in der Wohnung und haben den Tee zubereitet, den das Opfer getrunken hat. Glauben Sie nicht, dass Sie verdächtig aussehen?«

»War irgendwas im Tee?«

»Sagen Sie es mir«, spielte er den Ball zurück zu ihr.

»Ich habe nur genommen, was in der Dose war«, sagte sie zögerlich. Es kam ihr unfassbar vor, beschuldigt zu werden, etwas mit dem Tod eines Menschen zu tun zu haben.

»Und was hier drin war.« Er hob die Plastiktüte mit dem Flachmann hoch.

»Das natürlich auch. Aber den habe ich von Madame Chinon

erhalten. Es roch nach Rum. Sonderlich gut kenne ich mich mit Alkohol nicht aus.«

»Wir prüfen das«, sagte Capitaine Rousseau.

»Kann ich jetzt gehen?« Sie sah zu dem Chef de Police. »Meine Eltern machen sich bestimmt schon Sorgen.«

»Halten Sie sich zur Verfügung, wir kommen wieder auf Sie zu«, stellte der Capitaine aus Nîmes klar.

Adeline drehte sich um und ließ den Mann wortlos stehen.

Der Chef de Police öffnete ihr die Beifahrertür des Streifenwagens. Sie zögerte kurz. Für heute hatte sie genug von Polizisten, aber es war die einzige Möglichkeit von hier wegzukommen, ohne ihre Eltern bitten zu müssen sie abzuholen, also stieg sie widerwillig ein.

Der Mann startete den Motor und fuhr los. Der Kies knirschte unter den Reifen, als sie langsam den Weg in Richtung des Parkplatzes entlangfuhren. Sie drehte sich um, der Capitaine stand nicht mehr auf dem Rasen vor dem Haus. Er musste hineingegangen sein. *Wahrscheinlich sucht er noch jemanden, den er beschuldigen und in die Enge treiben kann.*

»Wohin? Nach Hause?«

»Ich brauche meinen Roller. Sonst komme ich morgen nicht zur Arbeit.«

»Du willst wieder in die Residenz?« Der Polizist klang erstaunt. »Das halte ich für keine gute Idee.«

»Ich glaube nicht, dass die Familie mich auf ihrer Versammlung sehen möchte. Dieser Kerl aus Nîmes hat mich sicher bereits als Verdächtige präsentiert. Aber ich muss vormittags ins Café Fleur.«

»Daran hatte ich nicht gedacht«, gab er zu.

Sie wusste nicht einmal, wer gestorben war. Der Capitaine hatte ihr keine Antwort gegeben. *Wenigstens so viel wäre der unverschämte Kerl mir schuldig gewesen. Ich hätte die Aussage verweigern sollen, bis er damit rausgekommen wäre, was vorgefallen ist.* Jetzt im Auto wurde ihr klar, wie sie sich hätte verhalten sollen, doch nichts davon war ihr eingefallen, als sie sich mit dem Ermittler konfrontiert sah. *Bestimmt hält er mich für ein naives Schulmädchen.*

»Wer ist in dem Bungalow gestorben?«, fragte sie den Chef de Police. »Oder ist das geheim?«

»Nicht dass ich wüsste. Morgen hörst du es sowieso in den Nachrichten. Der Enkel wurde tot aufgefunden.«

»Fréderic Chinon?« Sie runzelte ungläubig die Stirn. Was hatte er in der Wohnung seiner Großmutter zu suchen? Sie wusste, dass die beiden sich nicht sonderlich mochten. Hätte sie ihm den Code für ihre Tür gegeben? Eher nicht.

Der Polizist nickte und bog auf eine breitere Straße ab, die von Platanen gesäumt wurde. Hier hatte Fréderic Chinon sie von der Landstraße gedrängt, doch das kam ihr im Moment wie ein schlechter Traum vor.

»Er wurde vergiftet?« Sie konnte es nur schwer fassen. In Beauregard wurde nie jemand umgebracht. Menschen starben hier, weil sie alt waren, zu tief ins Weinglas schauten, bevor sie auf die Jagd gingen, oder zu schnell mit dem Wagen unterwegs waren, aber ermordet? Sie schüttelte den Kopf, als könnte sie so die Vorstellung loswerden, dass sie im Laufe des Tages wahrscheinlich einem Mörder begegnet war. Es musste jemand aus dem Schloss gewesen sein, sonst kam niemand infrage.

»Das ist die Vermutung des Arztes, aber genau werden wir es erst wissen, wenn die Leiche obduziert wird.«

»Sie werden ihn aufschneiden?« Widerwille füllte ihre Stimme und sie verzog angeekelt das Gesicht. Fréderic Chinon war ein unsympathischer Kerl. Er hätte es verdient, seine Angeberkutsche gegen einen Baum zu fahren, aber nicht, vergiftet zu werden. Der Gedanke, dass er jetzt auf einem kalten Obduktionstisch lag und aufgeschnitten wurde, ließ sie frösteln. Wahrscheinlich sammelten sie seine Eingeweide in einer Metallschale, wie sie es oft in ihren Krimis las. Eine wirklich eklige Vorstellung.

»Das ist so üblich«, erwiderte Mathieu Passard.

Sie hatte vor dem Polizisten zugegeben, den Mann nicht gemocht zu haben. Das war mehr als verständlich, nachdem er sie fast umgebracht und sie den ganzen Tag wie einen Dorftrottel behandelt hatte. Aber deswegen brachte man doch niemanden um. *Sie können mich unmöglich für eine Mörderin halten. Nicht einmal dieser arrogante Capitaine. Aber vielleicht war Fréderic Chinon überhaupt nicht das Ziel des Anschlags.*

»Den Tee habe ich für Madame Chinon zubereitet«, sprudelte es aus ihr heraus. »Jemand hat es auf sie abgesehen. Der Kerl war nur ein zufälliges Opfer. Falsche Zeit, falscher Ort.«

»Die alte Dame? Wer sollte ihr ein Leid antun? Das halte ich für abwegig.« Er schüttelte ablehnend den Kopf. Der Gedanke schien ihm absurd zu sein.

»Denkt der Capitaine das auch?«

Mathieu Passard schwieg und lenkte den Wagen auf den unbefestigten Weg, der zur Bégude führte. Vor dem Tor hielt er an.

»Das weiß ich nicht«, sagte er unvermittelt. »Ich bin nur ein kleiner Gemeindepolizist und er ein hochrangiger Kriminalbeamter aus Nîmes. Wahrscheinlich geht er davon aus, dass wir hier höchstens dafür gut sind, Strafzettel für Falschparken zu verteilen.« Die Bitterkeit in seiner Stimme konnte sie nicht überhören. Adeline war also nicht die Einzige, die ein Problem mit der Überheblichkeit von Capitaine Rousseau hatte. Es schien ihr nicht sonderlich klug zu sein, der lokalen Polizei vor den Kopf zu stoßen. Der Mann würde ihre Ortskenntnis für die Ermittlungen brauchen.

»Vielen Dank für die Fahrt«, verabschiedete sie sich, stieg aus und wartete, bis der Streifenwagen auf die Hauptstraße abbog und hinter den Bäumen verschwand. Die Sonne war untergegangen und ein schwaches Licht leuchtete über dem Tor zur Bégude. Bestimmt hatte Marguerite es für sie angelassen. Die Vespa stand noch neben dem Taubenturm. In der Dämmerung des Abends starrten die Fenster im Obergeschoss zu ihr hinab, wie schwarze unheilvolle Augen. Sie wandte sich ab und marschierte mit raschen Schritten in Richtung des Innenhofs.

In der Mitte des Tisches stand eine Kerze, die ein sanftes Licht auf Marguerite warf, die in einem Korbstuhl saß, die Füße auf einem weiteren und etwas in ihr Handy tippte. Als sie Adeline bemerkte, sprang sie auf und lief ihr entgegen.

»Wie geht es dir?«

»Das kann ich noch nicht so richtig sagen«, antwortete Adeline. »Aber mal fest in den Arm genommen zu werden, würde mir gerade helfen.«

»Gerne.« Marguerite umarmte sie und zog sie zu sich. Sie seufzte tief und erwiderte die Umarmung. Für eine Weile hielten sie sich fest. Adeline genoss die Nähe und ließ müde den Kopf sinken, bis er auf der Schulter ihrer Freundin lag.

»Danke«, murmelte Adeline.

»Dafür sind Freundinnen schließlich da.« Marguerite nahm ihre Hand und lotste sie in einen der mit einem Schaffell ausgelegten Korbstühle. »Wieso hat Mathieu dich geholt? Was ist passiert?«

»Eine lange Geschichte, die ich selbst kaum glauben kann«, begann sie und erzählte, was geschehen war, nachdem sie die Bégude verlassen hatte. Marguerite hörte zu, ohne sie zu unterbrechen.

»Niemand wird ernsthaft annehmen, du hättest irgendwas mit dem Tod dieses Mannes zu tun«, sagte Marguerite. »Du könntest keiner Fliege etwas zuleide tun.«

»Na ja, dieser Polizist hält mich für verdächtig.«

»Dummköpfe«, zischte sie verärgert. »Hast du ihm davon erzählt, was Madame Chinon bei dir angedeutet hat?«

»Dass sie ihre Familie nicht sonderlich mag und vermutet, einige von ihnen würden sie gerne tot sehen? Nein, habe ich nicht. Sie ist schließlich noch am Leben.«

»Wieso nicht? Die Polizei sollte in die Richtung ermitteln.«

»Zuerst war ich zu aufgeregt und habe nicht daran gedacht. Als mir klar wurde, dass sie mich verdächtigen, hätte es so gewirkt, als würde ich mir was ausdenken, um von mir abzulenken. Vielleicht hätte mich das noch verdächtiger aussehen lassen als zuvor.«

»Madame Chinon wird es bestätigen.«

»Das hoffe ich. Falls ...« Adeline stockte. Ihr Herzschlag setzte zu einem plötzlichen Spurt an. Daran hatte sie keine Sekunde gedacht, aber es war offensichtlich.

»Falls was?«, fragte Marguerite.

»Madame Chinon muss das Ziel des Anschlags gewesen sein. Das ist klar. Irgendwer hat das Gift in den Tee geschmuggelt. Was ist, wenn er erneut versucht sie umzubringen, und dieses Mal erfolgreich ist? Vielleicht lebt sie morgen nicht mehr. Ich muss ins Schloss, um sie zu warnen.«

»Das wird schon nicht passieren«, versuchte sie Adeline zu beruhigen. »Mit all der Polizei in der Residenz wird der Täter sich ruhig verhalten. Das kennst du doch aus den Krimis, die du dir bei mir in der Bücherei ausleihst.«

»Krimis sind ausgedachte Geschichten, im wahren Leben kann das ganz anders aussehen. Die Familie kommt nur einmal im Jahr zusammen. Das ist die beste Gelegenheit, sich die Frau vom Hals zu schaffen. Ansonsten muss der Mörder bis zum nächsten Geburtstag warten.«

»Dann solltest du dich so weit wie möglich vom Château entfernt aufhalten. Nicht, dass du erneut verdächtigt wirst. Madame Chinon wird ihren Verdacht der Polizei mitgeteilt haben, falls nicht, hat sie ihre Gründe dafür. Misch dich besser nicht ein.«

»Guter Rat. Um das Château werde ich in Zukunft einen weiten Bogen fahren.«

»Ich bin froh, dass du keinen Schluck aus dem Flachmann oder vom Tee genommen hast. Du könntest jetzt tot in einer gekühlten Schublade in der Rechtsmedizin liegen.«

»Verdammt«, flüsterte sie und ließ sich tiefer in den Stuhl sinken. Der Gedanke war ihr bisher noch nicht gekommen. »Vielen Dank, Marguerite. Heute Nacht bekomme ich bestimmt kein Auge mehr zu.« Adeline sah auf das Display des Handys. »Jetzt mache ich mich besser auf den Heimweg.«

»Willst du nicht lieber hier übernachten? Es ist schon ziemlich dunkel.«

»Mathieu Passard hat von meinen Eltern erfahren, dass ich

hier war. Sie wissen demnach von dem Mordfall. Von unterwegs habe ich eine Nachricht geschickt, aber sie sind garantiert in Sorge und werden nicht ins Bett gehen, solange ich nicht zu Hause bin.«

»Dann nimm wenigstens was zu essen mit. Dann hält dich kein knurrender Magen wach. Philippe hat sich mal wieder selbst übertroffen.« Marguerite holte aus der Küche eine Plastikdose mit Ratatouille, die sie Adeline in die Hand drückte. Gemeinsam gingen sie zu ihrem Motorroller, wofür Adeline ihr dankbar war. Der düstere Turm ließ sich in Begleitung leichter ertragen. *Wahrscheinlich wird sie mich auslachen, wenn ich ihr gestehe, wie gruselig ich das alte Gemäuer finde.*

Die Presse

Adeline tauchte die Spitze des Croissants in den Milchschaum, der auf dem Kaffee schwamm, und malte Kreise hinein. Sich zu überwinden, etwas zu essen, fiel ihr schwer. Selbst die Plastikdose mit der Ratatouille vom Vorabend stand ungeöffnet im Kühlschrank.

»Du hast keinen Hunger?«, fragte ihre Mutter, die sich neben sie an den Tisch setzte. Ihr Vater war draußen und lud die Koffer für die Urlaubsreise in den Wagen. Adeline hatte sich dafür entschieden, ihren Eltern zu verschweigen, dass sie zu den Verdächtigen in einem Mordfall gehörte. Die beiden würden sie nie allein in Beauregard lassen, wenn sie davon wüssten. Ihnen wegen etwas, das sich bald als absurd herausstellen würde, den Urlaub zu verderben, kam für sie nicht infrage. Also hielt sie den Mund.

»Nicht wirklich. Ich muss an den Mann denken, der im Schloss gestorben ist«, antwortete sie, wobei die Vorstellung, dass die Polizei ihr zutraute, dafür verantwortlich zu sein, ihr besonders auf den Magen schlug. Adelines Gedanken drehten sich unaufhörlich um die Ereignisse des letzten Tages. Die Nacht hatte sie mit Grübeln darüber verbracht, was ihr entgangen sein könnte oder wer hinter dem Anschlag auf Madame Chinon steckte. Sie war das eigentliche Opfer. Eine andere Möglichkeit fiel ihr nicht ein. Niemand hätte ahnen können, dass Fréderic in den Bungalow kam und von dem vergifteten Tee trank. Doch der Einzige, der ihr einfiel, der Madame Chinon aus dem Weg haben wollte, war ihr Enkel Fréderic. Er würde sich bestimmt nicht selber vergiften. *Es ergibt keinen Sinn.*

»Du solltest heute zu Hause bleiben und ausruhen«, schlug ihre Mutter vor. »Wir lassen dir Geld hier und du kannst nach Avignon fahren und dir mal etwas Neues zum Anziehen kaufen. Das hast du schon lange nicht mehr getan und es wird dich auf andere Gedanken bringen.«

»Danke, aber das geht nicht. Ich habe Carmen versprochen, heute Vormittag im Café zu helfen. Sie verlässt sich auf mich.«

»Carmen wird Verständnis dafür haben, nachdem was gestern vorgefallen ist.«

»Mir ist ja nichts passiert«, wiegelte Adeline ab, die genau wusste, was im Kopf ihrer Mutter herumgeisterte. »Und was soll mir im Café Fleur schon zustoßen? Der Chef de Police sitzt bestimmt dort und isst mit dem Bürgermeister das Tagesgericht. Ich bin also bestens von der Obrigkeit geschützt.«

»Es läuft ein Mörder frei herum. Vielleicht vermutet er, dass du etwas gesehen hast, was ihn mit dem Tod dieses Mannes in Verbindung bringt, und er könnte auf den Gedanken kommen, dich zum Schweigen zu bringen.«

»Und Marguerite behauptet, ich wäre es, die zu viele Krimis liest.« Sie lächelte, beugte sich vor und küsste ihre Mutter auf die Wange. »Ich habe nichts gesehen und nichts gehört. Kein ernstzunehmender Verbrecher interessiert sich für mich.«

»Das kannst du nicht wissen.«

»Der Mann ist im Schloss gestorben. Ob es tatsächlich ein Mord war, steht überhaupt nicht fest. Bisher ist es nur eine vage Vermutung«, versuchte sie ihre Mutter zu beruhigen.

»Immerhin von Leuten, die sich damit auskennen. Sowas gehört doch zu deren Job«, wischte ihre Mutter ihre schwachen Argumente weg. Natürlich hatte sie recht, aber es zuzugeben würde es ihr nur schwerer machen, ihr Leben so normal wie möglich fortzuführen.

»Es ist im Château passiert. Wenn es einen Mörder gibt, dann findet die Polizei ihn dort. Ich habe nicht vor, mich dem Anwesen zu nähern, bis der Kerl hinter Schloss und Riegeln sitzt.«

»Versprich mir das«, forderte ihre Mutter.

»Klar. Was sollte ich dort zu suchen haben? Nach dem Vorfall wird es der Familie kaum zum Feiern zumute sein.« Sie hatte tatsächlich nicht vor, auch nur einen Fuß in das Château oder dessen Umgebung zu setzen und diesem Capitaine Rousseau wollte sie ebenfalls nicht in Sichtweite geraten. Außerdem würde Madame Chinon sicher keine Aushilfe beschäftigen, die auch nur entfernt mit dem Tod ihres Neffen in Verbindung gebracht wurde.

»Dann bin ich beruhigt.« Ihre Mutter versuchte, einen Seufzer der Erleichterung zu unterdrücken, was ihr aber nur schlecht gelang.

»Mach dir keine Sorgen, niemand will etwas von mir. Falls doch, rufe ich euch unverzüglich an. Bis dahin genießt euren Urlaub.« Adeline nahm die Hand ihrer Mutter und drückte sie sanft. Die Schwindelei war ihr erstaunlich glatt über die Lippen gekommen. *Vielleicht werde ich doch eine gute Reporterin. Irgendwann.*

Als Adeline im Café eintraf, war es für einen Sonntagmorgen erstaunlich gut besucht, doch die meisten Gäste waren Fremde. Sie kleideten sich schicker und sprachen lauter und schneller als die Stammgäste. Auf den Tischen standen aufgeklappte Laptops, an denen Leute mit fliegenden Fingern tippten, etwas, das sie noch nie im Café gesehen hatte. Die Einwohner von Beauregard kamen, um bei einem Kaffee zu entspannen, eine Kleinigkeit zu essen oder sich mit Bekannten zu treffen, aber nicht, um zu arbeiten. Schon gar nicht an einem Sonntag.

»Was ist los?«, fragte sie flüsternd Carmen, die an der Espressomaschine stand und Kaffeebohnen nachfüllte.

»Der Tod im Schloss hat seine Runde gemacht und der Tote scheint ein Prominenter gewesen zu sein. Das sind alles Journalisten, die auf Neuigkeiten lauern. Die meisten kommen aus Avignon oder Nîmes, aber ein paar behaupten, aus Paris zu stammen oder für eine der Pariser Zeitungen zu arbeiten. Sie benehmen sich ziemlich aufdringlich und Monsieur Mazet hat die Zufahrt zum Château gesperrt, um die Ruhe der Bewohner zu bewahren. Einige Reporter sind wohl zu Fuß den Berg hochgestiegen, um ein paar Fotos vom Tatort zu schießen. Mathieu musste sein Frühstück ausfallen lassen und dort oben nach dem Rechten sehen. Du kannst dir vorstellen, wie sauer er ist?«

Sie sah nach draußen, wo ebenfalls die meisten Plätze besetzt waren. Handys und teuer aussehende Kameras mit langen Objektiven lagen auf den Tischen neben den Ausgaben der heutigen Zeitungen. Sie schätzte, die Reporter hatten den kleinen Bar-Tabac von Madame Pleuval leergekauft.

»Viel Ruhe hätte er hier sowieso nicht gehabt. Die Journalisten wären über ihn hergefallen und hätten ihn nach Informationen ausgequetscht«, vermutete Adeline.

»Pass auf, dass es dir nicht genauso geht«, warnte Carmen sie. »Sobald die Meute herausfindet, dass du quasi eine Zeugin in den Ermittlungen bist und den Toten gekannt hast, wirst du hier keine ruhige Minute mehr finden. Die drehen jedes Wort in deinem Mund um und dichten dir irgendetwas an, nur um eine reißerische Story zu bekommen. Ich hatte schon bei dir zu Hause angerufen, um abzusagen, aber du warst bereits auf dem Weg.«

»Ich hatte versprochen herzukommen und werde dich nicht im Stich lassen«, sagte Adeline.

»Lieb von dir. Heute arbeitest du nur hier drin, am besten hinter der Theke. Hoffen wir, dass keiner auf dich aufmerksam wird.«

»Aber das Wetter ist klasse und die meisten Gäste sitzen draußen. Hier habe ich kaum was zu tun und ich will nicht für Nichtstun bezahlt werden.«

»Dann ist das halt so«, erstickte Carmen ihren Protest. »Ich bin in eine Kleinstadt gezogen, weil man hier aufeinander achtet. Heute ist es mein Job, auf dich aufzupassen, und genau das werde ich tun.«

»Aber ...«

Carmen nahm sie am Arm und zog sie vor die chromglänzende Espressomaschine.

»Du übernimmst die Bar und die Küche, keine Widerrede.« Die Frau stellte ein halbes Dutzend volle Tassen auf ein Tablett und brachte es nach draußen.

Dann bleibe ich halt hier. Adeline nahm den Zettel, auf dem die Bestellungen notiert waren, und begann, sie abzuarbeiten. Carmen würde dringend eine Lieferung Mandelmilch und Avocados brauchen, etwas, das Beauregard an normalen Tagen nur selten verlangt wurde, aber jetzt die Liste der Bestellungen anführte. *Hoffentlich ist der Carrefour gut ausgestattet, sonst gibt es hier bald enttäuschte Großstädter.*

Es ging auf Mittag zu und Carmen stellte einen Teller mit einem Croque Monsieur auf den Tresen.

»Mach Pause, du hast noch nichts gegessen. Du hast bald Feierabend und ich möchte nicht, dass du hungrig wegfährst.«

»Ich habe schon zu Hause gefrühstückt.«

»Deine Mutter hat vorhergesehen, dass du das behaupten würdest. Du schwindelst. Einmal in ein Croissant zu beißen, ist kein Frühstück.«

»Oh.« Sie hatte vergessen, dass Carmen bei ihr angerufen und mit ihrer Mutter gesprochen hatte. Ob ihre Tochter genug zu essen bekam, lag ihr ausgesprochen am Herzen. Einer der wenigen Ansichten, die sie mit Tante Simone teilte: Beide hielten Adeline für deutlich zu dünn. Ihre Mutter drückte es nur freundlicher aus. Sie zog den Teller zu sich. Der Duft ließ augenblicklich ihren Magen knurren, womit jede Ausrede obsolet wurde.

»Danke.«

Carmen griff unter den Tresen und holte die Hochglanzbroschüre der Journalistenschule heraus, die Adeline am Freitag liegengelassen hatte, und schob sie ihr zu.

»Die gehört dir.«

»Die nehmen mich sowieso nicht«, sagte sie mit einem traurigen Ton. Den Vormittag über hatte sie die Reporter mehr oder weniger heimlich beobachtet. Sie hatten geschafft, was sie sich sehnlichst wünschte: für eine Zeitung zu recherchieren und Artikel zu schreiben, die von vielen Menschen gelesen wurden. Am besten einen Artikel auf dem Titelblatt. Sie seufzte tief. Tatsächlich fiel es ihr schwer sich vorzustellen, zwischen den Reportern zu sitzen, die sich lautstark miteinander unterhielten und scherzten, während sie auf Nachrichten von der Polizei warteten. *Vielleicht bin ich wirklich nicht extrovertiert genug für diesen Job.* Die Ellenbogen einzusetzen, um einen Platz in der ersten Reihe bei einer Pressekonferenz zu ergattern, erfüllte sie eher mit Panik als mit Vorfreude. *Haben die Auswahlgremien recht mich abzulehnen?*

»In diesem Jahr hast du keinen Platz bekommen, aber wer weiß, wie es in der Zukunft aussieht«, sagte Carmen aufmunternd.

Adeline schnitt ein Stück vom Croque Monsieur ab und biss hinein. Sie liebte den herzhaften Käse, den Carmen zum Überbacken benutzte.

»Lecker«, seufzte sie mit vollem Mund und sah ihrer Chefin hinterher, die in der Küche verschwand.

»Eine angehende Journalistin. Sieh an.« Adeline drehte sich um. Hinter ihr stand eine Frau, die eine Hand ausstreckte und mit einem Finger auf die Broschüre tippte. Sie war etwas größer als Adeline, trug eine schwarze, eng sitzende Hose und eine helle Bluse. Die kurz geschnittenen und blondierten Haare sahen kunstvoll zerzaust aus.

»Eine hervorragende Schule«, sagte die Frau und lächelte Adeline freundlich zu.

»Das kann schon sein«, erwiderte sie und hörte selbst den leicht gereizten Ton in ihrer Stimme. Jeder schien sich in ihre Zukunftspläne einmischen zu wollen, jetzt bereits vollkommen fremde Menschen.

»Ich habe dort meinen Abschluss gemacht. Daher bin ich vielleicht ein wenig voreingenommen.« Sie streckte ihr eine Hand hin. »Julie Bettencourt, von Le Monde.«

»Le Monde«, wiederholte Adeline gedehnt und voller Hochachtung. Noch nie hatte sie jemanden kennengelernt, der für diese Zeitung schrieb, die in jedem gut sortierten Zeitschriftenladen auslag.

»Unter anderem.«

»Das muss ein Traum sein.«

»Harte Arbeit vor allem«, erwiderte die Frau und lächelte sie an. »Darf ich mich setzen? Eine zukünftige Journalistin in diesem Ort zu treffen, hatte ich nicht erwartet. Eine angenehme Überraschung.«

»So würde ich mich nicht gerade nennen. Ich denke über eine Bewerbung nach, Madame Bettencourt, mehr nicht«, bog sie die Realität etwas zurecht. Sie würde nicht zugeben, dass ihre Noten zu schlecht waren, um von der Schule, in der die Frau studiert hatte, angenommen zu werden.

»Nenn mich Julie, Madame Bettencourt nennt mich kein Mensch.« Die Journalistin stellte eine halbvolle Flasche Badoit und ein Glas auf den Tresen und setzte sich zu ihr. »Falls du ein paar Tipps für die Bewerbung brauchst, kannst du mich gerne fragen. Ich kenne mich aus, schließlich sitze ich im Beirat der Schule.«

»Wirklich? Das wäre großartig«, sprudelte es geradezu aus ihr heraus.

»Aber sicher. Wie es aussieht, bin ich noch ein paar Tage in diesem Ort.« Sie sah zum Fenster hinaus. »Genau wie die meisten meiner Kollegen.«

»Es geht um den Todesfall im Château, nicht wahr?«

»Geschieht hier denn ansonsten viel, über das es sich lohnt zu berichten?« Ein leiser, aber doch unüberhörbarer Spott lag in der Stimme der Reporterin.

»Nicht wirklich«, gab Adeline zu. »Und den meisten Leuten gefällt das auch so.«

»Das kann ich nur zu gut verstehen«, erwiderte sie und die Ernsthaftigkeit in ihrer Stimme überraschte Adeline. »Aber für die Arbeit einer Journalistin ist das leider ein herber Nachteil.«

Sie nickte. Was hätte sie auch sagen können? Hier geschah so gut wie niemals etwas, das es bis in die überregionalen Medien brachte. Mit Ausnahme des Todes von Fréderic Chinon, und das auch nur, da er aus einer reichen Familie und aus Paris stammte.

»Was weißt du über die Vorkommnisse im Château?«, fragte die Frau.

»Das ist ein kleines Städtchen, Nachrichten machen rasch die Runde«, hielt sie sich vage.

»Bist du dem Mann oder einem Mitglied der Familie Chinon einmal begegnet?«

»Seine Großmutter wohnt dort oben in der Residenz. Hin und wieder kommt sie auf einen Tee zu uns.« Es wäre klüger gewesen zu schweigen, doch es schmeichelte ihr, dass eine Journalistin, die für Le Monde arbeitete, ihr aufmerksam zuhörte. Es wäre ein echter Glücksfall, könnte sie ihr ein paar Tipps für die Bewerbung an der Journalistenschule geben. Nicht für dieses Jahr, aber vielleicht für später, wenn sie sich die Studiengebühren leisten konnte.

»Du kennst Madame Chinon?« Die Frau beugte sich leicht vor. Interesse glomm in ihren Augen auf und mahnte Adeline zur Vorsicht.

»Sie ist kein Stammgast, aber sie kommt hin und wieder ins Fleur. Meist haben wir ein paar Worte über das Wetter oder kleine Vorkommnisse im Ort gewechselt«, gab sie vor. Sie erinnerte sich an die Warnung von Carmen. »Mehr kann ich leider nicht sagen. Leute wie die Chinons pflegen keinen Kontakt zu Leuten wie mir.«

»Und ihr Enkel, ist er dir schon mal über den Weg gelaufen? Es heißt, Fréderic war ein attraktiver Mann. Der wäre dir mit Sicherheit aufgefallen.«

Adeline spürte, wie ihre Wangen warm wurden. *Bestimmt bin ich rot geworden wie ein Leuchtturm.*

Bevor sie etwas antworten konnte, trat Mathieu Passard zu ihnen.

»Adeline«, unterbrach er ihr Gespräch.

»Oh, der Polizeichef des Ortes«, begrüßte ihn die Frau. »Was gibt es Neues im Mordfall Chinon?« Sie wechselte augenblicklich von der freundlichen Plauderin zu einer Journalistin, die möglichst viel Informationen in kurzer Zeit aus einem Fremden quetschen wollte.

»Sie sind von der Presse?«

»Julie …«, wollte sie sich vorstellen, doch der Chef de Police winkte ab. »Ich bin weder in der Laune noch befugt, über die Ermittlungen zu sprechen. Zuständig ist die Kriminalpolizei aus Nîmes. Wenden Sie sich an Capitaine Rousseau.« Er sah auf seine Armbanduhr. »Meines Wissens ist für heute Nachmittag eine Pressekonferenz angesagt.«

»Werde ich Sie dort sehen?« Sie betrachtete ihn und zupfte lässig am Kragen ihrer Bluse.

Flirtet sie mit ihm?

»Wahrscheinlich nicht«, antwortete der Polizist knapp. Sie hatte unabsichtlich ihren Finger in seine Wunde gelegt. Es schien an ihm zu nagen, nicht tiefer in die Ermittlungen einbezogen zu werden. Nicht, dass der Mann sich um Arbeit reißen würde, aber es kratzte an seinem Ego, nicht zu dem Kreis der Ermittler zu gehören, die über den aktuellen Stand informiert wurden. Schließlich war er der Polizeichef von Beauregard. Doch mehr als den Tatort abzusperren und die Journalisten von der Residenz fernzuhalten, traute Capitaine Rousseau ihm nicht zu.

»Das ist schade. Wer kennt die örtlichen Gegebenheiten besser als der Chef de Police?«, versicherte sie ihm.

»Sie entschuldigen uns?« Höflich, aber bestimmt gab er der Journalistin zu verstehen, dass er mit Adeline allein reden wollte.

»Aber sicher.« Sollte seine barsche Art sie verletzt haben, zeigte sie es nicht. Entweder hatte sie ein dickes Fell oder hoffte, später dem Mann doch noch eine Auskunft aus den Rippen leiern zu können. »Vielleicht sehen wir uns auf der Pressekonferenz. Ich werde auf jeden Fall dort sein.« Sie reichte ihm eine Visitenkarte. Eine weitere legte sie auf die Broschüre. »Ruf mich an, solltest du ein paar Bewerbungstipps haben wollen.« Dann stand sie auf und ließ sie allein. Mathieu Passard sah ihr hinterher, bis sie das Café verlassen hatte.

»Das wird hier wohl so eine Art Hauptquartier für die Presseleute«, murmelte er und die Missbilligung, von Fremden aus seinem Stammcafé vertrieben zu werden, triefte aus seinen Worten.

»Wo sollten sie in Beauregard auch sonst hin? Immerhin ist es gut für das Geschäft.«

»Aber nicht gut für dich. Sobald die Bande rausfindet, dass du gestern in der Residenz warst, fallen sie über dich her wie Schmeißfliegen über ... einen Obstkuchen.«

»Vielen Dank für den freundlichen Vergleich.« Sie wusste genau, was er eigentlich hatte sagen wollen. »Carmen hat mich bereits gewarnt, aber nicht in so netten Worten.«

»Nimm es ernst und bleib die nächsten Tage zu Hause.«

»Ich weiß ja so gut wie nichts über die Vorkommnisse. Was könnte ich den Journalisten schon sagen? Außerdem, wie sollte es herauskommen, dass ich zu den Verdächtigen gehöre?«

Der Mann blickte zur Seite, um den Augenkontakt mit ihr zu vermeiden oder um zu sehen, ob jemand in Hörweite saß. Adelines Herzschlag setzte für einen Bruchteil einer Sekunde aus und eine wilde Vermutung schoss in ihr hoch.

»Capitaine Rousseau?«, fragte sie. »Der wird doch nicht ...«

»Wie gesagt, heute ist eine Pressekonferenz und ich bin mir unsicher, was er der Meute vorwirft, um nicht mit leeren Händen dazustehen. Er scheint mir ein eitler Mensch zu sein, der es hasst, von Journalisten vorgeführt zu werden.«

»Das kann er doch nicht ernsthaft durchziehen«, stammelte sie. Im selben Moment holte sie die Wahrheit mit einem Schlag in die Magengrube ein. Doch, der Mann konnte das, und wie sie ihn kennengelernt hatte, würde er kaum zögern, sie unter den Bus zu schubsen, um vor der Presse gut dazustehen.

»Ich hoffe nicht, aber Geld würde ich nicht darauf wetten.«

»Danke für die Warnung. Es freut mich, dass Sie deswegen extra hergekommen sind.«

»Nicht nur deswegen ...«, setzte er an.

»Bonjour, Mathieu«, unterbrach ihn Carmen, die aus der Küche kam. »Ich wusste doch, dass ich deine Stimme gehört habe.«

Er nickte ihr gezwungen freundlich zu. Begeistert schien er von ihrem Auftauchen nicht zu sein. Aber wieso störte es ihn? Hatte er etwas vor, das Carmen missbilligen würde?

»Ich muss Adeline mitnehmen. Es sind einige Fragen aufgekommen, die sie der Polizei beantworten müsste«, kam er direkt auf den Punkt.

Adeline sah auf die Uhr, die an der Wand hing. »Ich habe noch eine Stunde zu arbeiten. Sobald ich Feierabend mache, komme ich gerne zur Polizeiwache. Es sind ja nur ein paar Schritte, quer über den Marktplatz.«

»Capitaine Rousseau hat sein Büro im Schloss aufgeschlagen. Ich fahre dich hoch, am besten gleich.«

»Ich nehme lieber meine Vespa. Das macht mich unabhängiger und Sie müssen mich nicht zurückbringen. Sobald ich hier fertig bin, fahre ich los«, versprach sie.

»Tut mir leid, aber es wäre einfacher, wenn wir sofort aufbrechen. Der Capitaine wartet auf dich.«

»Dann zahlst du ihr den Lohn für die letzte Arbeitsstunde?«, fragte Carmen, »ich werde das nämlich nicht machen und Adeline ist auf das Geld angewiesen.«

»Natürlich nicht. Es ist eine polizeiliche Ermittlung und wir müssen einige offene Punkte klären.«

»Ist Adeline festgenommen?« Sie schoss die Frage geradezu nach dem Chef de Police.

»Nein, ganz und gar nicht«, wehrte er ab.

»Dann ist sie überhaupt nicht verpflichtet, bei euch aufzutauchen, sollte ihr das nicht gefallen. Wenn es so dringend ist, weiß dein Capitaine, wo er sie findet. Ansonsten muss er warten, bis sie Feierabend hat.«

»Stell dich jetzt nicht so an. Es geht schließlich um Mord«, fuhr er Carmen an. Augenblicklich schaute er sich um, ob jemand gehört hatte, dass er von Mord gesprochen hatte. Erleichtert atmete er aus, niemand saß nahe genug, um es mitbekommen zu haben.

Carmen stützte sich mit den Unterarmen auf den Tresen und lehnte sich vor.

»Willst du es dir wirklich mit jemand verderben, der dein Essen unbeobachtet in der Küche zubereitet und dir täglich Kaffee bringt? Nicht dein Ernst, oder? Da kann viel passieren.«

»Was soll das heißen?«, fragte er irritiert und holte ein Taschentuch heraus, mit dem er über die Glatze strich. Offensichtlich wusste er sehr wohl, worauf sie anspielte.

Adeline hielt den Atem an. Nie würde sie auf den Gedanken kommen, das zu tun, was Carmen andeutete.

»Das würdet ihr doch nicht tun, oder?« Sein Blick pendelte zwischen Adeline und Carmen hin und her.

»Entweder erscheint dein Capitaine hier oder sie kommt mit ihrem Motorroller, sobald sie ihren Job erledigt hat«, sagte Carmen entschieden.

»Na gut. Spätestens um zwei Uhr im Château. Dann will Capitaine Rousseau mit der Familie sprechen.« Er atmete tief aus, drehte sich um und verließ wortlos das Café. Fast tat der Mann Adeline etwas leid. Er steckte zwischen Carmen und seinem Vorgesetzten und er musste sich entscheiden, mit wem von beiden er lieber Ärger vermeiden wollte. Offensichtlich mit Carmen. Mathieu Passard würde noch regelmäßig ins Café Fleur kommen, lange nachdem sich der Capitaine auf Nimmerwiedersehen aus Beauregard verabschiedet hatte.

»Danke für die Hilfe«, sagte sie zu Carmen. »Du würdest es mit einem deiner besten Kunden verscherzen, nur wegen mir?«

»Klar, das würde ich«, antwortete sie ohne zu zögern. »Aber wo soll er sonst hin? Ins Stehcafé vom Bäcker?«

»Eher nicht. Und die Restaurants am Marktplatz sind nicht so gemütlich wie hier.«

»Ich sehe nicht einfach zu, wie er dich rumkommandiert, als hättest du etwas verbrochen.«

»Von ihm kommt das nicht. Dieser Capitaine Rousseau sitzt unserem Polizeichef im Nacken.«

»Dann soll er sich gefälligst Eier wachsen lassen.« Carmen zwinkerte ihr zu und ging hinaus, um nach den Gästen zu sehen. Adeline sah der sonst so freundlichen Frau verblüfft hinterher und wünschte sich, einmal so schlagfertig zu sein wie sie. Rasch aß sie den Rest des Croques auf und brachte den leeren Teller in die Küche.

Zurück im Château

Adeline stand vor dem Schloss und zögerte weiterzugehen. Im Angesicht der mittelalterlichen Burg kam sie sich winzig und vollkommen unbedeutend vor und sie erwischte sich dabei, wie sie nervös die Unterlippe zwischen die Zähne zog und darauf biss. Sie fürchtete sich davor, Capitaine Rousseau schutzlos ausgeliefert zu sein, sobald sie durch die Eingangstür schritt. Selten hatte sie das Gefühl, die Kontrolle über ihr Leben zu verlieren, so intensiv gespürt wie in diesem Moment. Hinter der Tür wartete die Kriminalpolizei auf Adeline und sie hatte keine Ahnung, wieso der Ermittler darauf bestanden hatte, dass sie hierherkam. Hatte er weitere Indizien gefunden, die sie belasteten? Ihre Handflächen waren feucht und sie wischte sie an ihrer Hose ab. Wenn der Polizist es schaffte, sie derart zu beunruhigen, während sie noch vor dem Château stand, würde es ab jetzt von Schritt zu Schritt schwieriger werden, den Rest ihrer Selbstsicherheit zu behalten. In diesem Moment wünschte sie sich, jemanden an ihrer Seite zu haben, der ihr den Rücken stärkte, doch da war niemand. Ihre Eltern hatte sie beschwindelt und in den Urlaub geschickt und Marguerite arbeitete. Ihre Freundin hätte keine Sekunde gezögert, die Bücherei zu schließen, um sie zu begleiten, aber Adeline hatte sie nicht durchringen können, sie darum zu bitten. Sie bereute es nun, nicht mit Mathieu Passard gefahren zu sein, als er im Fleur aufgetaucht war, um sie abzuholen. Im Gegensatz zu dem Capitaine aus Nîmes musste er wissen, dass sie niemals in der Lage wäre, einen anderen Menschen umzubringen. Schließlich war er mit ihrem Vater befreundet und kannte sie, seit sie laufen konnte.

»Es hilft nichts, hier rumzustehen.« Adeline atmete tief durch und zwang sich, die wenigen Stufen der breiten Treppe hinaufzusteigen. Wie bei ihrem letzten Besuch stand ein Flügel der kunstvoll geschnitzten Eingangstür halb offen. Sie trat ein paar Schritte in die Halle und sah sich um.

»Da bist du ja«, sprach sie plötzlich jemand von hinten an, und sie drehte sich um. Sébastien stand in der Tür. »Ich habe deinen Roller draußen gesehen und hatte angenommen, dass du hier bist.«

»Schön, dich zu sehen. Wenigstens ein freundliches Gesicht«, sagte sie erleichtert. Nun würde sie nicht durch das Schloss irren müssen, um Capitaine Rousseau zu suchen. Bestimmt wusste er, wo sich die Polizisten einquartiert hatten. »Die Polizei hat mich einbestellt. Alles, was ich weiß, habe ich bereits ausgesagt, aber sie wollen mich erneut verhören.«

»Sie versammeln die Familie und diejenigen, die gestern irgendetwas mit dem Toten zu tun hatten, im Wintergarten, um ihnen den Stand der Ermittlungen mitzuteilen. Also alles ganz harmlos«, versuchte er sie zu beruhigen, doch seine Zuversicht fühlte sich zu aufgesetzt an.

»Hat die Polizei schon einen Hinweis auf den Täter?« Sollten sie ihn bald fassen, wäre das der einfachste Weg für sie, von den Verdächtigungen freigesprochen zu werden. Aber Mathieu Passard hatte sich nicht so verhalten, als wären sie einen großen Schritt in den Ermittlungen vorwärtsgekommen. *Gäbe es einen dringend Tatverdächtigen, hätte er mich nicht ins Château zitiert.*

»Niemand weiht mich über so etwas ein«, wich Sébastien ihr aus. »Ich bin nur ein unbedeutender Angestellter.«

Adeline nahm ihm das nicht ab. Wenn jemand wusste, was in diesem Schloss vor sich ging, dann waren das die Mitarbeiter, die überall ihre Augen und Ohren hatten, und die Rezeption war das Zentrum von Tratsch und Klatsch. Sie fragte sich, wieso Sébastien ihr gegenüber abstritt, über die Gerüchte Bescheid zu wissen. Entweder wusste er etwas und wollte sie schonen oder Capitaine Rousseau agierte so clever, dass er die Ermittlungen komplett abschotten konnte. Das Letztere konnte sie sich bei dem Mann, der kein Blatt vor den Mund nahm, nicht vorstellen, also kam nur infrage, dass Sébastien unangenehme Neuigkeiten vor ihr verheimlichte.

»Ich bin angewiesen worden, dich zu ihnen zu schicken, sobald du eintriffst. Sie warten schon. Natürlich begleite ich dich«, bot er an.

»Das ist nett von dir. Angenehme Gesellschaft wäre hilfreich für meine Nerven. Ich komme mir vor wie ein Schaf auf dem Weg zur Schlachtbank.«

»Danke, dass du mich als angenehme Gesellschaft betrachtest.« Sébastien trat näher zu ihr. »Niemand mit einem halbwegs gesunden Menschenverstand würde dir einen Mord zutrauen. So dumm kann selbst der aufgeblasene Capitaine nicht sein.«

»Ich habe ihn gestern kennengelernt und wäre mir nicht so sicher. Der Familie Chinon komme ich als Verdächtige bestimmt sehr gelegen. Sie werden sich über jeden freuen, der die Ermittlungen von ihnen ablenkt.«

»Das sind Idioten«, sagte er leise und schaute sich um, ob vielleicht einer der Gäste in Hörweite stand.

»Wie geht es Madame Chinon?«, fragte sie, ohne ihre Vermutung, dass sie das eigentliche Ziel des Täters gewesen war, zu erwähnen. Zuerst wollte sie mit der alten Dame sprechen, bevor sie dem Capitaine von dem Gespräch im Café Fleur berichtete.

»Unter den Umständen erstaunlich gut. Wir haben sie für die Dauer der Ermittlungen in eine Suite im Château umquartiert. Das erschien Monsieur Mazet und der Polizei für den Augenblick angebracht.«

»Aus welchem Grund?« War Capitaine Rousseau ebenfalls ihrer Meinung, dass Madame Chinon Schutz benötigte? Der Chef de Police hatte sich gestern Abend nicht so angehört, als würde er die Frau in Gefahr sehen.

»Das ist doch offensichtlich. Wer wohnt gerne in einem Haus, in dem jemand gestorben ist? Dazu noch ein enger Verwandter. Wir planen bereits, in welchen Bungalow sie umziehen könnte, falls sie sich nicht sogar dafür entscheidet, das Château de Beauregard zu verlassen und nach Paris zurückzuziehen. Die arme Frau.« Er seufzte aus Mitgefühl.

Adeline betrachtete ihn skeptisch. Viel Liebe hatte sie zwischen Madame Chinon und Fréderic nicht bemerkt, ganz im Gegenteil. Die alte Dame würde der Tod ihres Enkels nicht aus dem Gleichgewicht bringen.

Das Personal hatte die Pflanzen zur Seite und die Sitzmöbel in der Mitte des Wintergartens zusammengeschoben. Adeline blieb am Eingang stehen. Die meisten Familienmitglieder waren bereits eingetroffen und hatten ihre Plätze in dem lichtdurchfluteten Raum gewählt. Madame Chinon, die ihre Anwesenheit bemerkte und ihr freundlich zunickte, saß in der Nähe ihres Anwalts in einem breiten geflochtenen Korbsessel, Antoine und Isabelle teilten sich einen Zweisitzer, hielten jedoch so viel Abstand voneinander, dass sie sich nicht berührten. Sie starrte geradeaus und ließ sich keine Emotion anmerken, während ihr Ehemann mit einem Finger am Kragen zog, als würde er ihm die Luft abschnüren. Hermine, die Schwiegertochter, saß am Rand, als würde sie sich nicht der Familie zugehörig fühlen. Aus Zufall oder mit Absicht hatte sie ein Kleid in der gleichen Farbe wie die Bezüge der Möbel gewählt, sodass sie leicht zu übersehen war. Ihre Augen waren rot, als hätte sie vor kurzem geweint. Es überraschte Adeline. Niemand hatte so sehr unter den Ausbrüchen des Toten gelitten wie sie. Fest umklammerten ihre Finger die Lehne des Stuhls und ihr Blick huschte durch den Raum, angestrengt den Kontakt zu Capitaine Rousseau vermeidend. Zu ihrer Überraschung war der Polizist heute in Begleitung einer jüngeren Kollegin, die hinter ihm stand, erschienen. Die brünette Frau in Jeans und dunkelblauem T-Shirt trug ihre Waffe offen in einem Holster am Gürtel, und anders als Hermine Chinon suchte sie geradezu den Augenkontakt mit den versammelten Verdächtigen. Madeleine, das Kindermädchen saß hinter der Familie.

»Sind Sie auch schon da«, begrüßte der Capitaine sie in einem missfallenden Ton. »Wir haben auf Sie gewartet.«

Adeline nickte dem Mann wortlos zu, ging durch den Wintergarten und setzte sich neben Madeleine.

»So hatte ich mir unser Wiedersehen nicht vorgestellt«, flüsterte sie ihr zu.

»Ich mir ebenfalls nicht.«

Wenigstens war sie nicht die Letzte, die eintraf. Sybille, die Enkelin, marschierte an allen vorbei und schob einen Korbstuhl einige Meter zur Seite, als wollte sie sich nicht nur intellektuell, sondern auch räumlich von der Familie trennen. Ihre Mutter wirkte in ihrer Entscheidung demütig, während ihre Tochter Trotz und Verachtung der ungeliebten Verwandtschaft gegenüber verströmte, das durch den dunklen Lidschatten und den harten Eyeliner noch verstärkt wurde. Sie schlug die Beine übereinander und wippte ungeduldig mit dem Fuß, als könnte sie es nicht erwarten, wieder von hier verschwinden zu dürfen. Die klobigen Plateauschuhe sahen nicht so aus, als wären sie bei den sommerlichen Temperaturen angenehm zu tragen. Genauso wenig wie die Hose, T-Shirt und Jacke, alles in schwarz. Soft Gothic nannte Marguerite diesen Stil, dem Adeline nicht viel abgewinnen konnte.

Die Letzten, die eintrafen, waren Delphine, die einzige Tochter von Madame Chinon und Louis, Fréderics Vater, der ein halbvolles Glas in der Hand hielt. Er setzte sich in die erste Reihe neben seine Mutter, während seine Schwester den Sessel auf der anderen Seite von Madeleine nahm. Ohne eine Regung zu zeigen, musterte sie die Kollegin von Capitaine Rousseau. Wahrscheinlich hatte sie die Polizistin noch nicht kennengelernt und versuchte nun einzuschätzen, was sie von ihr zu erwarten hatte. Die beiden Polizisten schienen sie nicht im Geringsten einzuschüchtern, was man von ihrem Bruder, der an seinem Drink nippte und dabei einige Tropfen verschüttete, nicht sagen konnte. Sein Blick klebte ebenfalls an der Polizistin, jedoch hauptsächlich an der Waffe in ihrem Holster.

Zu Adelines Überraschung erschien Paulette. Was konnten sie von der jungen Frau wollen, die in der Küche arbeitete?

»Suchen Sie sich irgendeinen Platz«, wies der Polizist sie an und wedelte mit der Hand in Richtung des Wintergartens. Mit einem trotzigen Gesichtsausdruck zwängte sie sich zwischen den Familienangehörigen hindurch, schob den Stuhl weiter nach hinten und setzte sich.

»Wieso haben Sie uns einbestellt? Gibt es Neuigkeiten?«, fragte Madame Chinon, welcher die Warterei offensichtlich missfiel.

»Wir haben die vorläufigen Ergebnisse der gerichtsmedizinischen Untersuchung von Fréderic Chinon erhalten«, informierte er sie und nahm sich die Zeit, seinen Blick über die Anwesenden streifen zu lassen. Einige erwiderten ihn, andere, wie Hermine, wichen ihm aus und senkten den Kopf. Sybille starrte trotzig zurück. Für sie war jeder Polizist ein Feind, der nur den Kapitalisten diente.

»Was ist herausgekommen?«, fragte Louis Chinon zögerlich, als wollte er lieber vermeiden zu hören, was der Capitaine zu sagen hatte.

»Die Annahme des Notarztes, der den Tod festgestellt hat, bestätigte sich. Es handelt sich nicht um einen natürlichen Tod. Ihr Sohn wurde vergiftet.« Ein Raunen lief durch den Raum. Der Polizeieinsatz am gestrigen Abend hatte die meisten von ihnen auf eine solche Nachricht vorbereitet, aber wenn sie ausgesprochen wurde, traf sie einen doch wie ein wuchtiger Schlag in den Magen.

Also war es tatsächlich ein Mord.

Capitaine Rousseau schwieg und beobachtete, wie die Offenbarung von den Anwesenden aufgenommen wurde. Ihre Reaktionen würden ihm vieles verraten. Adeline konnte nur die Rücken der meisten erkennen und wünschte sich, einen besseren Platz gewählt zu haben, so konnte sie nur diejenigen sehen, die neben ihr saßen. Madeleine wurde bei der Nachricht kreidebleich, während Delphine kaum eine Gefühlsregung zeigte. Sie hatte sich perfekt im Griff. Hermine klammerte sich an die Handtasche, die sie wie einen Schild vor ihren Bauch presste. Sybilles Augen weiteten sich, doch sie drehte rasch den Kopf und blickte nach draußen. Sie hatte Fréderic wahrscheinlich noch mehr als den Rest ihrer Verwandtschaft verabscheut. Das wusste jeder. Wieso wollte sie ihre Gefühle vor den Anwesenden verbergen? Dafür gab es keinen ersichtlichen Grund.

Paulette sah zu Adeline, die in ihrem Blick die gleiche Angst entdeckte, die auch ihren eigenen Herzschlag zum Spurten gebracht hatte. Wieso hätte der Polizist sie beide zu dem Treffen herbeizitieren sollen, wenn Capitaine Rousseau sie nicht verdächtigte, ihre Finger im Spiel gehabt zu haben? Sie gehörten zwar nicht zur Familie, doch das Essen und die Getränke, die an dem Nachmittag serviert wurden, waren durch ihre Hände gegangen. Es wäre ein Einfaches für sie gewesen, Fréderic unbemerkt ein Gift in seinen Espresso zu mischen. *Aber woher hätte ich es haben sollen? Sowas liegt nicht bei uns im Arzneischränkchen rum.*

»Vergiftet?«, wiederholte Louis ungläubig. »Wer sollte ein Interesse daran haben, meinem Sohn zu schaden?«

»Das werden wir herausfinden«, versprach der Polizist und trat einen Schritt näher. Die Familienmitglieder in der ersten Reihe waren gezwungen, zu ihm aufzusehen.

»Glauben Sie, es geschah mit Vorsatz? Er könnte versehentlich etwas zu sich genommen haben«, hakte Christian Duchamps nach. Der Mann war ein Jurist und würde die Mitglieder der Familie sicherlich über ihre Rechte und Pflichten während einer polizeilichen Ermittlung aufklären, ein Privileg, auf das Paulette und Adeline kaum hoffen konnten.

»Es wäre möglich, aber von einem Unfall oder einem Versehen gehen wir zurzeit nicht aus.«

»Dann wollte jemand meinen Sohn mit Absicht umbringen?« Louis Chinon sah sich ungläubig um. Einer der Anwesenden hatte wahrscheinlich den Tod Fréderics auf seinem Gewissen. Langsam, fast wie in Trance, schüttelte er den Kopf. Es würde einige Zeit dauern, bis er vollständig realisierte, was geschehen war. Im Gegensatz zu ihm kam Madame Chinon augenblicklich auf den entscheidenden Punkt.

»Dann haben Sie die Familie hier versammelt, da Sie den Mörder meines Enkels unter uns vermuten?«, fragte sie ihn direkt.

Madeleine schnappte erschrocken nach Luft und selbst Delphine richtete sich in ihrem Korbstuhl auf.

»Gibt es denn unter den Anwesenden jemand, mit dem sich das Opfer gestritten hat?« Capitaine Rousseau hielt den Blickkontakt mit der alten Dame.

»Nicht mehr und nicht weniger als in jeder anderen Familie auch«, warf Antoine ein.

»Und um was wird bei den Chinons gestritten?«, wandte sich der Polizist an ihn.

»Nichts Besonderes. Wir pflegen keinen engen Kontakt. Der Geburtstag meiner Mutter ist eines der seltenen Ereignisse, zu denen die Familie zusammenkommt.«

»Ich habe gehört, es handelt sich um mehr als nur eine private Geburtstagsfeier.«

»Ich weiß, worauf Sie anspielen«, erwiderte Antoine. »Meine Mutter und alle Kinder, sowie die Witwe meines Bruders, sitzen im Aufsichtsrat der Firma. Wir werden einige geschäftliche Entscheidungen diskutieren und treffen. Allerdings sehe ich in diesem Zusammenhang nichts, was eine solche Tat auch nur im Ansatz auslösen könnte.«

»Es ging also eher harmonisch zwischen Ihnen zu?«, fragte Capitaine Rousseau. Sein leicht ironischer Unterton verriet, dass ihm Gegenteiliges zu Ohren gekommen sein musste.

»Wie gesagt, es gibt in jeder Familie und Firma unterschiedliche Ansichten, aber bisher ist es uns stets gelungen, zu einem positiven Ergebnis zu kommen.«

»Sie wollen mir sagen, dass wir nach einem Motiv an einer anderen Stelle suchen sollen?«

»Genau das wollte ich zum Ausdruck bringen.« Antoine lehnte sich in seinem Korbstuhl zurück und schlug ein Bein über das andere, als beabsichtigte er, besonders lässig zu wirken. Adeline nahm nicht an, dass der Polizist sich so leicht von der Firma, von der die meisten Familienmitglieder finanziell abhängig waren, ablenken ließ.

»Lieutenant Gaudry«, er sah zu seiner Kollegin, »und ich werden Sie alle im Laufe des Nachmittags befragen. Daher bitten wir Sie, sich zu unserer Verfügung zu halten und das Anwesen nicht zu verlassen.«

»Wie lange beabsichtigen Sie uns hier einzusperren? Wir haben Verpflichtungen in Paris, die wichtig sind.« Isabelle richtete sich auf und starrte den Mann an wie ein Raubvogel seine Beute. In der Provinz festgehalten zu werden, missfiel ihr. Genau wie diejenige zu sein, die sich Anordnungen fügen musste.

»Ich gehe davon aus, dass wir in ein paar Tagen den Fall abschließen werden, danach sind Sie frei, nach Paris zurückzukehren. Bis dahin dürfen Sie die Annehmlichkeiten von Château de Beauregard und die herrliche Landschaft genießen.« Er klang optimistisch und Adeline fragte sich, wer oben auf der Liste der Verdächtigen stand, gleichzeitig hoffte sie, es wäre nicht ihr Name.

Alle, bis auf einen. Einer von uns wird nicht in sein gewohntes Leben zurückkehren, sondern in einer Gefängniszelle enden.

»Dann steht unserer Aufsichtsratssitzung nichts im Weg«, entschied Madame Chinon.

»Wir sollen uns heute noch um Firmenangelegenheiten kümmern?« Antoine warf seiner Mutter einen irritierten Blick zu. »Louis wird den Kopf kaum für Geschäfte frei haben.«

»Selbstverständlich werden wir das tun. Dafür habt ihr doch alle den weiten Weg auf euch genommen. Fréderic wäre das recht, er würde genauso gehandelt haben.« Sie hielt ihrem Anwalt einen Arm hin und er half ihr aus dem weichen Sessel. »Wir sehen uns in einer halben Stunde im Konferenzraum«, entschied sie, bevor sie sich abwandte und den Wintergarten verließ.

»Immer auf das Wesentliche konzentriert«, murmelte Delphine gerade laut genug, dass Adeline sie verstehen konnte.

»Vielleicht hilft es ihr, besser mit dem Tod von Fréderic fertig zu werden, wenn sie sich mit etwas anderem beschäftigt, das sie für eine Weile ablenkt«, erwiderte sie fast genauso leise.

»Das Meeting könnte heute tatsächlich deutlich harmonischer ablaufen als gewöhnlich.« Delphine stand auf und folgte dem Rest der Familie. Adeline blieb bei Madeleine sitzen.

»Ich nehme an, Sie brauchen mich nicht mehr und ich kann wieder nach Hause fahren?«, fragte sie Capitaine Rousseau.

Der Mann sah in ihre Richtung und zog die Brauen leicht hoch. »Oh, Mademoiselle Fréchet geht davon aus, dass ich sie nur eingeladen habe, um sie auf den neuesten Stand der Ermittlungen zu bringen.«

»Nun ...«

»Dann stellen Sie sich auf eine Enttäuschung ein. Sie haben dem Mann den gesamten Nachmittag Essen und Trinken serviert und waren dazu noch diejenige, die dem Verstorbenen einen Tee zubereitete, daher werden wir uns eingehend mit Ihnen beschäftigen.«

»Oh ...«

»Das überrascht Sie?« Er atmete tief aus und schüttelte ungläubig den Kopf, als hätte Adeline ihn persönlich enttäuscht. »Und dann denkt man, die nächste Generation wäre stets schlauer als die vorherige. Wie man sich täuschen kann.«

»Aber ich habe doch überhaupt kein Motiv«, rief sie. »Außerdem war der Tee nicht für Fréderic, sondern für Madame Chinon. «

»Sehen Sie, genau darüber möchte ich mich mit Ihnen unterhalten. Halten Sie sich in der Nähe auf, wir rufen Sie.« Er winkte ihr zu verschwinden und sie verließ bereitwillig den Wintergarten. Abstand zu dem Polizisten war exakt das, was sie gerade dringend brauchte.

Begegnung im Park

Adeline setzte sich auf die Bank, auf der sie sich mit Madeleine unterhalten hatte, und genoss den Schatten der weitauslaufenden Äste des Baums. Nur einen Steinwurf weit entfernt hatte sie am Samstag die Familie auf der Terrasse bedient. Dort habe ich Fréderic zum letzten Mal gesehen, als er Hermine beschimpfte.

»Möchtest du etwas trinken?«, fragte Sébastien und holte sie aus ihren Gedanken zurück.

Adeline sah zu ihm hoch. Er hielt ein Glas und eine Flasche Perrier in den Händen.

»Du hast mich gesucht? Heißt das, ich werde zu Capitaine Rousseau beordert?«

»Es war nicht schwierig, dich zu finden. Wo solltest du sonst sein? Hier ist der ruhigste Platz im Garten und bei der Hitze bleiben die Chinons lieber im kühlen Schloss. Manche bevorzugen die Nähe der Bar.«

»Das stimmt wohl.«

»Capitaine Rousseau hat mich nicht ausgeschickt, dich zu suchen, das habe ich freiwillig gemacht. Ich wollte sehen, wie es dir geht.«

»Wirklich?«, vergewisserte sie sich und spürte im gleichen Moment, wie ihr Herz einen Hauch schneller schlug. In seiner Gegenwart fühlte sie sich im Schloss weniger schutzlos.

Er setzte sich neben Adeline auf die Bank, öffnete die Flasche, füllte das Glas und reichte es ihr.

»Danke. Ich bin noch nicht bereit, mich verhören zu lassen. Wahrscheinlich auch später nicht.«

Der Gedanke daran, dem Polizisten gegenüberzusitzen, bedrückte sie. Der Mann würde ihr erneut unterstellen, etwas mit dem Mord zu tun zu haben, so lange, bis sie müde werden würde und sich in irgendeinem belanglosen Detail widersprach, um ihr dann einen Strick daraus zu drehen. Das kannte sie aus den Krimis, die sie bei Marguerite auslieh. *Bestimmt bin ich in einem Verhör keine Nuss, die besonders schwer zu knacken ist. Alle meine Freunde spielen gerne Karten mit mir, weil ich kein Pokerface habe, sondern so leicht zu durchschauen bin.*

»Ich wünschte, ich könnte dir helfen«, sagte Sébastien. »Du kanntest den Mann doch so gut wie nicht. Oscar und Paulette hätten bessere Gründe, ihm etwas anzutun, so oft wie der Kerl über das Essen gemeckert hat. Oder die Bedienungen im Speisesaal, die er mit Extrawünschen schikanierte. Vom Rest der Familie spreche ich erst gar nicht, es ist offensichtlich, dass sie Fréderic nicht sonderlich gemocht haben.« Er zwinkerte ihr zu und lächelte sie aufmunternd an. Doch sie besaß nicht seine Zuversicht. Vielleicht hatte sie den Mann tatsächlich mit dem Tee vergiftet und war an seinem Tod schuld, auch wenn sie nur benutzt hatte, was bereits vorhanden war, dafür konnte man ihr doch keinen Vorwurf machen. Irgendwer musste das Gift vorher in den Tee gemischt oder in den Flachmann geschüttet haben. Aber wer?

»Wenn man vom Teufel spricht«, sagte er und schaute über den gepflegten Rasen des Parks in Richtung der Pétanque-Bahn, um die sich eine Gruppe Pensionäre versammelt hatte und die jeden Wurf lautstark kommentierten. Auf einer der Parkbänke war ein kleines Buffet aufgebaut und eine Reihe Weinflaschen aufgestellt, die genauso viel Interesse fanden wie das Spiel.

Isabelle Chinon hatte ihre hochhackigen Schuhe gegen ein Paar flache Sandalen ausgetauscht und schlenderte betont lässig den schmalen Weg entlang, der in den abgelegeneren Bereich des Parks führte. Kurz bevor sie im Durchgang in einer hohen Hecke verschwand, drehte sie sich um. Adeline wandte den Kopf ab und zog die Schultern hoch, als wäre sie dadurch schlechter zu erkennen.

»Was soll das?«, fragte Sébastien.

»Ich will nicht von ihr bemerkt werden.«

»Du musst nicht flüstern, auf die Entfernung könnte sie dich nicht hören, selbst wenn du schreien würdest.«

»Was macht sie hier draußen?« Adeline drehte den Kopf, doch die Frau war hinter der Hecke verschwunden.

»Spazierengehen. Was sonst? Dafür wurde der Park schließlich angelegt.«

»Sieht sie für dich aus wie jemand, der gerne an der frischen Luft unterwegs ist? Und wieso schaut sie sich um, als würde sie befürchten, beobachtet zu werden.«

»Wir haben sie doch beobachtet«, erwiderte Sébastien.

»Ich traue ihr nicht.« Sie stellte das Glas auf den Boden und stand auf.

»Was hast du vor?«

»Ebenfalls spazieren gehen. Das macht man doch in einem Park«, erwiderte sie leicht schnippisch.

Sébastien legte die Hände in den Nacken und sah zu ihr auf. »Du willst ihr hinterherschnüffeln, nicht wahr?«

»Ich schnüffele nicht«, wehrte sie wenig glaubhaft ab. »Ich schaue mir nur an, was die möglichen Verdächtigen so unternehmen. Das ist etwas ganz anderes als herumzuschnüffeln.« *Eher schon Selbstverteidigung.*

»Ich komme mit«, sagte er und stand ebenfalls auf.

»Besser nicht.« Adeline hielt ihn am Arm fest und er sah sie irritiert an, als würde er sich zurückgewiesen vorkommen, was nicht in ihrer Absicht lag. »Allein bin ich weniger auffällig«, versicherte sie ihm. »Außerdem möchte ich nicht, dass die Familie oder die Polizei annehmen, du würdest die Chinons ausspionieren. Das wäre nicht sonderlich hilfreich, um mich zu entlasten.« *Und ebenfalls nicht hilfreich für seinen Job. Monsieur Mazet wird es nicht gerne sehen, wenn er seine Nase in die Privatangelegenheiten der Gäste oder die Ermittlungen der Polizei steckt.*

»Wie du willst«, stimmte er widerwillig ein. »Aber sei vorsichtig.«

»Was soll mir schon passieren? Glaubst du, sie hat eine Pistole in ihrem Louis-Vuitton-Täschchen und schießt auf mich?«

»Nein, aber …«, setzte er an, doch sie unterbrach ihn.

»Falls du mir helfen willst, halt einfach die Augen und Ohren offen, vielleicht bekommst du während der Arbeit etwas mit, das mir aus dieser Patsche hilft.«

»Mache ich, versprochen.«

»Danke, dass du mir zur Seite stehst.« Adeline ließ ihn zurück und folgte Isabelle Chinon. Sie musste sich beeilen, wenn sie die Frau nicht verlieren wollte, und rannte schon fast den kiesbestreuten Weg entlang, der ans andere Ende der Hecke führte. Das verringerte die Wahrscheinlichkeit, Isabelle Chinon direkt in die Hände zu laufen.

Vorsichtig beugte sie sich vor, drückte einen Ast zur Seite und sah sich um. Am nahegelegenen Waldrand stand die Frau und unterhielt sich mit Christian Duchamps, der die Arme vor der Brust verschränkte und mit zusammengekniffenen Lippen auf sie hinabsah.

»Verdammt«, murmelte sie. Die beiden waren zu weit weg, um zu lauschen. Wie ein Treffen mit ihrem heimlichen Geliebten sah es allerdings nicht aus. Den angespannten Mienen und den wilden Handbewegungen der Frau nach, stritten sie sich. Zu gerne hätte Adeline sie belauscht, dass es um Banalitäten ging, war ausgeschlossen, dafür waren sie zu aufgebracht. Isabelle trat näher an den Anwalt und ihr Zeigefinger zuckte drohend vor seinem Gesicht. Christian Duchamps wich nicht vor ihr zurück, wie Adeline es sicher getan hätte, stattdessen drückte er ihre Hand zu Seite, was sie nur noch mehr aus der Fassung geraten ließ. Wenn das ein Vorgeschmack auf die Sitzung des Aufsichtsrats war, konnte sie verstehen, wieso Madame Chinon dem Treffen mit wenig Freude entgegensah.

»Was treibst du hier?«

Adeline schrie auf und fuhr herum. Vor ihr stand Sybille, die Tochter von Hermine. Mit einem Blick, der dem von Fréderic Chinon in seiner Abfälligkeit in nichts nachstand, musterte die junge Frau sie.

»Ich bin nur auf einem Spaziergang«, schwindelte sie und wartete darauf, dass ihr Herzschlag sich nach dem Schrecken wieder beruhigte. *Hoffentlich haben die beiden meinen Schrei nicht mitbekommen. Wie peinlich wäre das?*

»Ach, ist das so?« Sybille ging an ihr vorbei und schaute in Richtung des Walds. »Sieht für mich eher so aus, als würdest du spionieren.«

»Was für ein Unsinn. Das Warten darauf, von der Polizei vernommen zu werden, dauerte mir zu lange und ich wollte mir die Beine vertreten. Zufällig bin ich auf die beiden gestoßen. Große Lust, in ihre Streitereien zu geraten, hatte ich nicht, also habe ich hier gewartet, bis sie wieder verschwinden.«

Die Frau holte eine Zigarette aus einer Schachtel und steckte sie an. Die schwarz lackierten Fingernägel passten zum Eyeliner, dem kräftig aufgetragenen Lidschatten und den strähnigen, gefärbten Haaren. Im Tageslicht wirkte sie noch blasser als im Wintergarten. An die Sonne schien sie nicht oft zu kommen.

»Das bourgeoise Traumpaar streitet sich, dabei macht der Anwalt doch sonst immer einen auf lässigen Problemlöser für alle. Sollte mich eigentlich freuen, aber bestimmt hecken die irgendwas Hässliches aus, wie gewöhnlich.«

»Ich habe nicht versucht zuzuhören, dafür sind sie auch zu weit weg.«

»Du bist also die Killerin, die den Mistkerl Fréderic um die Ecke gebracht hat?« Sybille trat einen Schritt zurück und musterte sie unverhohlen.

»Bin ich überhaupt nicht«, fuhr Adeline sie an.

»Ist doch nicht schlimm. Der Kerl war ein überheblicher Snob und Blutsauger, der auf uns alle gespuckt hat. Mir tut er jedenfalls nicht leid. Die Welt ist ohne ihn deutlich besser dran«, fauchte sie zurück. Ihre Stimme war aggressiv, aber auch bitter. Hinter dem Ausbruch versteckte sich mehr als nur ihre Wut auf den Mann.

»Blutsauger?«, fragte sie nach.

»Einer der schlimmsten.« Mit jedem Wort stieß sie die Zigarette in Adelines Richtung. »Die Firma saugt ihre Mieter aus, bis sie nicht mehr zahlen können, dann werden sie auf die Straße gesetzt und neue Opfer gesucht. Aber jetzt sind sie einen Schritt zu weit gegangen und kassieren die Rechnung für ihre Gier.«

»Womit sind sie einen Schritt zu weit gegangen?«

»Turenne 35«, sprudelte es aus ihr heraus. Abrupt stockte sie. »Das geht dich einen Scheiß an. Du lebst hier in diesem Provinzkaff und hast keine Ahnung, was in der Welt passiert.«

»Erkläre es mir.« *Komm schon,* schoss es ihr durch den Kopf. Jede Information konnte ihr helfen.

»Der Kerl in seinem feinen Anzug klagt die Mieter, die seit Jahrzehnten in ihren Wohnungen leben, mit unfeinen Methoden raus. Bei Großmutter spielt er den netten und charmanten Mann von Welt und dort zeigt er die hässliche Fratze des ungebremsten Kapitalismus. Aber wie willst du das verstehen? Du bist nichts weiter als eine beschränkte Provinzlerin.«

Der letzte Satz hätte wortwörtlich von Fréderic kommen können.

Sybille zündete die Zigarette an und sog heftig daran. Den Rauch stieß sie in Adelines Gesicht aus, die einen Schritt zurückwich.

»Lass den Mist!«

»Und wenn nicht? Willst du zu meiner Großmutter laufen und weinen? Oder bekomme ich Gift in den Kaffee? Ich muss dich enttäuschen, Tee trinke ich nicht.«

Adeline drängte sich an Sybille vorbei und marschierte mit schnellen Schritten auf das Schloss zu. »Du und Fréderic seid euch so ähnlich, ihr könntet Zwillinge sein.«

»Das stimmt überhaupt nicht«, schrie sie hinter Adeline her.

Sie grinste und verkniff sich eine Antwort. *Meine Schlagfertigkeit wird besser, jedenfalls hat es das Miststück getroffen, mit Fréderic auf eine Stufe gestellt zu werden.*

Delphine Chinon hatte ihren Platz auf der Parkbank eingenommen und blätterte in einer dünnen Akte. Entweder hatte sie Arbeit mitgebracht oder wollte sich auf die heutige Sitzung des Aufsichtsrats vorbereiten. Soweit sie wusste, leitete die Frau ihr eigenes Unternehmen, im Gegensatz zum Rest der Familie, die von Madame Chinons Firma abhängig waren.

»Hat unsere Familienrevoluzzerin sich mit dir angelegt?«, fragte sie.

Adeline blieb stehen. Delphine Chinon hörte sich nicht so an, als würde sie eine tiefe Sympathie für ihre Nichte hegen.

»Ihr Cousin wurde vergiftet. Verständlich, dass ihre Nerven angespannt sind. Sie hat nur etwas Dampf abgelassen.«

»Sie und Fréderic hatten ein seltsames Verhältnis. Aber setz dich doch kurz zu mir.« Sie klappte die Akte zu und tippte mit der Hand auf den Platz neben ihr. Adeline zögerte. Noch ein Mitglied der Familie, die ihr einen Mord unterstellte, wollte sie sich nur ungern antun.

»Ich muss bald zu Capitaine Rousseau.«

»Er kann warten, das gehört zur Polizeiarbeit.«

Es fiel ihr keine Ausrede mehr ein, ohne unhöflich zu werden, und sie setzte sich.

»Ich glaube, dass du unschuldig bist.«

»Vielen Dank«, antwortete sie überrascht. »Das sieht Ihre Nichte offensichtlich anders. Sie hat mir die Anschuldigung gerade an den Kopf geworfen.«

»Vergiss die kleine Heuchlerin.«

»Oh.«

»Das überrascht dich?«

»Um ehrlich zu sein, ja.«

»Ich mag keine Menschen ohne Rückgrat. Entweder will ich den Kapitalismus abschaffen oder ich nehme das Geld von Kapitalisten und finanziere mir davon ein angenehmes Leben. Sie gehört eindeutig zu den Kaviar-Linken. Progressiv und sozial nur so lange, bis es den eigenen Wohlstand gefährdet.«

»Das scheint eher die Regel zu sein. Karl Marx hat stets das Geld von Friedrich Engels angenommen.«

»Und die Welt hat erleben müssen, wohin es führt«, erwiderte Delphine Chinon mit einem freundlichen Lächeln. Es schien ihr zu gefallen, dass Adeline nicht alles abnickte, was sie sagte. »Sybille sieht sich in den Fußstapfen von Che Guevara, aber das einzige Gemeinsame ist ihre elende Raucherei. Sie würde wahrscheinlich zur Weltrevolution zu spät kommen, weil die Bestellung von ihrem Café Latte mit Hafermilch und einem Schuss Pumpkin Spice zu lange braucht.«

Der Aufkleber von Café Noir auf der Akte fiel Adeline auf. Die Frau kannte sich demnach mit trendigen Getränken aus.

»Wieso halten Sie mich für unschuldig? Immerhin habe ich den Tee zubereitet, in dem sich das Gift befand.«

»Fréderic hat dich unangemessen und von oben herab behandelt, das war für alle offensichtlich. Ich habe ihn darauf hingewiesen, doch er hat sich dafür entschieden, es zu ignorieren, wie er jeden ignoriert, der anderer Meinung ist. Jedenfalls ist das kein ausreichender Grund ihn umzubringen. Hättest du ihm Rizinusöl in den Kaffee gekippt, hätte ich Applaus geklatscht. Aber ein tödliches Gift? Das traue ich dir nicht zu.«

»Danke«, sagte Adeline erleichtert, auch wenn es sich nicht wirklich nach einem Kompliment angehört hatte. »Ich bin unschuldig. Leider sieht das Capitaine Rousseau anders.«

»Der Mann braucht dringend einen Verdächtigen. Momentan stochert er noch im Dunkeln und dabei hat er dich getroffen. Aber ich bin zuversichtlich, dass er dich bald vergessen wird, sobald er mit den Ermittlungen vorwärtskommt.«

»Wie kommen Sie zu diesem Optimismus?« Adeline war nicht fähig, ihn zu teilen. Es würde bedeuten, dass einer ihrer Verwandten in Verdacht geraten würde.

»Der Mann befragt uns alle. Er ist nicht dumm und ihm wird bis heute Abend vor Augen geführt werden, dass die Hälfte der Familie Fréderic gehasst hat. Und zwar deutlich mehr als du.«

»Ich hoffe, Sie haben recht. Aber wieso sollte ihn jemand gehasst haben? Er hat niemanden so schlecht behandelt wie mich. Vielleicht mit Ausnahme von Hermine.« Sie erinnerte sich daran, wie er zuerst den Brownie von ihrem Teller gestohlen und sie danach übel beschimpft hatte.

»Die arme Hermine. Sie litt unter Fréderic. Statt sich zu wehren, klammerte sie sich an die vage Hoffnung, dass er sie irgendwann als Teil der Familie akzeptieren würde. Aber das wäre nie eingetreten. Hätte er in der Firma mehr zu sagen gehabt, wäre es noch schwerer für sie gewesen.«

»Antoine Chinon ist Geschäftsführer, nicht wahr?«

»Das stimmt. Er ist für das Tagesgeschäft zuständig. Aber bei unserem Treffen geht es auch um die Zuwendungen. Der Aufsichtsrat bestimmt die Höhe der Schecks und verteilt sie an die Erben. Da kann viel passieren. Nicht immer Erfreuliches.«

»Verstehe«, sagte sie. Die letzten Bemerkungen, die Fréderic an Hermine richtete, zielten genau darauf ab. Er hatte beabsichtigt, ihr den Geldhahn zuzudrehen, sobald er die Gelegenheit dazu bekommen hätte. Doch dafür hätte seine Großmutter ihre Position abtreten und er den Posten von Antoine übernehmen müssen.

Der Chef de Police trat auf die Terrasse. Als er sie bemerkte, winkte er sie zu sich. Das Verhör stand wohl an.

»Ich muss los, die Schlachtbank wartet auf mich«, verabschiedete sie sich von Delphine Chinon.

»Nur nicht einschüchtern lassen. Wer nichts getan hat, sollte tunlichst vermeiden, schuldig zu wirken.«

»Ich wünschte, es wäre so einfach.«

Widerwillig stand sie auf und ging zu Mathieu Passard.

»Ist es so weit?«

»Sie wollen mit dir sprechen.«

Dann will ich sie nicht erneut warten lassen. Sie drehte sich um, doch Delphine blätterte bereits wieder in ihren Unterlagen. Ihr Interesse an Adeline hatte sich rasch erschöpft.

Befragung

Monsieur Mazet hatte der Polizei einen kleinen Besprechungsraum überlassen. Mit einem Tisch, vier Stühlen und einer Pinnwand war der Raum spärlich möbliert. Sie fragte sich, ob der Leiter der Residenz geizig war oder Capitaine Rousseau es genau so beabsichtigte, um den Leuten, die er befragte, einen Eindruck davon zu geben, wie es sich in einer kargen Gefängniszelle anfühlen würde.

Auf dem Tisch stand ein Diktiergerät. Lieutenant Gaudry schaltete es ein, sprach die Angaben zur Befragung darauf und stellte es dicht vor Adeline. Die Polizisten wollten sie so klar wie möglich aufnehmen, damit jedes noch so kurze Zögern oder Änderung in ihrer Stimme dokumentiert wurde. Bestimmt hörten sie sich ihre Aussage häufiger an. Ihr Mund fühlte sich trocken an und sie schluckte den Kloß hinunter, der sich in ihrem Hals bildete.

»Mademoiselle Fréchet, danke, dass Sie gekommen sind«, begann Lieutenant Gaudry. Die Förmlichkeit schüchterte Adeline weiter ein. Der Capitaine hatte sie bisher stets herablassend behandelt, ein Zeichen seiner Überlegenheit, doch die kühle und sachliche Stimme seiner Kollegin gab ihr das Gefühl, näher an einer Festnahme zu stehen als jemals zuvor in ihrem bisherigen Leben.

»Ich hatte kaum eine Wahl, als zu diesem Verhör zu erscheinen.«

»Es handelt sich um eine Zeugenbefragung, keinesfalls um ein Verhör.«

»Der Unterschied ist mir bisher entgangen«, erwiderte Adeline.

»Wie kamen Sie zu der Anstellung als Aushilfe?«, stieg der Capitaine in die Befragung ein. Das Geplänkel um Details schien ihn nicht zu interessieren.

»Ich arbeite im Café Fleur. Madame Chinon gehört zu unseren Stammgästen und sie fragte, ob ich Interesse hätte, während des Wochenendes auszuhelfen. Ich kann Geld gebrauchen und sagte zu.«

»Wofür?«

»Ich will studieren, das ist nicht billig.«

»Journalismus, nicht wahr?«

Adeline nickte. Der Mann hatte sich demnach informiert. Sie fragte sich, wer über sie geplaudert hatte und was er sonst noch ausgegraben hatte.

»Das ist teuer, vor allem an einer privaten Journalistenschule. Dafür müssen Sie lange arbeiten gehen. Sonderlich üppig verdient man mit Aushilfsjobs nicht.«

»Das stimmt wohl«, gab sie zu. »Wahrscheinlich fange ich erst im nächsten Jahr an, also habe ich genug Zeit, um zu sparen. Ich gebe nicht viel aus.«

»Dann hat es mit den Bewerbungen nicht so funktioniert, wie Sie sich das gewünscht haben?« Ein süffisanter Unterton schlich sich in seine Stimme. Er schien es zu genießen, sie in Verlegenheit zu bringen. Adeline presste die Kiefer fest zusammen und schluckte eine unangemessene Antwort hinunter. Ob ihm das auch jemand verraten hatte? Wenn ja, musste es eine Person sein, die sie gut kannte.

»Das hat nichts mit dem Tod von Fréderic Chinon zu tun«, antwortete sie schließlich.

»Momentan hat für uns alles etwas mit seinem Tod zu tun.«

»Hatten Sie viel Kontakt mit ihm?«, fuhr Lieutenant Gaudry fort.

»Ich habe ihn einmal kurz im Café gesehen, als er seine Großmutter abholte. Danach erst wieder hier im Schloss. Er hat seine Getränke und ein paar Snacks bei mir bestellt. Ich habe sie gebracht und mehr war nicht.«

»Wie behandelte er Sie, freundlich und zuvorkommend oder eher herablassend?« Es war eine Frage, doch er kannte die Antwort, schließlich hatte er sich schon mit anderen Zeugen unterhalten, denen seine Beleidigungen nicht entgangen sein konnten. Und die ein Interesse daran hatten, sich selbst aus der Schusslinie der Ermittlungen zu halten.

»Er behandelte jeden herablassend und verächtlich. Ich war keine Ausnahme. Fragen Sie die Bedienungen im Restaurant.«

»Haben wir bereits. Er gehörte nicht gerade zu den beliebten Gästen, aber uns wurde gesagt, dass er es ganz besonders auf Sie abgesehen hatte. Woran könnte das gelegen haben?«

»Dazu fällt mir nichts ein. Jedenfalls habe ich es nicht provoziert.« *Vielleicht mochte er es nicht, wie freundlich seine Großmutter zu mir war.* Ihre Hände fingen an zu schwitzen und sie wischte sie an den Hosenbeinen ab, was Lieutenant Gaudry nicht entging.

Bleib ruhig, wiederholte sie in Gedanken. Sie sollte vermeiden, schuldig auszusehen, hatte Delphine ihr geraten. *Leicht gesagt, aber ich kriege es nicht auf die Reihe.*

»Es wurde behauptet, dass er Sie schikaniert hätte. Sehen Sie das auch so?«

»Fréderic Chinon war zu den meisten unhöflich. Wahrscheinlich brauchte er das, um sich überlegen zu fühlen.«

»Zu wem besonders?«, hakte die Frau nach. Capitaine Rousseau lehnte sich weit zurück und streckte die Beine aus. Adeline zog die Füße unter den Stuhl. Auf keinen Fall wollte sie von dem Mann berührt werden.

»Haben Sie die Frage verstanden?«

»Habe ich. Neben den Angestellten, hauptsächlich Hermine Chinon.«

»Das haben Sie mitbekommen? Zu welcher Gelegenheit ist es Ihnen aufgefallen?«

»Als ich abräumte, hat er sie von oben herab behandelt, beleidigt und ...« Sie zögerte. Wie würde er es aufnehmen, wenn sie jemanden aus der Familie belastete? *Sie war eher ein Opfer von ihm, keine Täterin. Wieso hat sie wegen seines Todes geweint?* Sie erinnerte sich an die roten Augen der Frau. »Am besten sprechen Sie mit ihr darüber.«

»Wir fragen aber Sie, also reden Sie weiter«, forderte die Polizistin sie auf. Ein bedrohlicher Unterton schlich sich in ihre Stimme.

»Na gut. Er hat ihr gedroht«, gab Adeline nach.

»Womit?« Capitaine Rousseau richtete sich in seinem Stuhl auf. Sie hatte seine Aufmerksamkeit erregt.

»Dass er ihr das Leben schwer machen würde, sobald er in der Firma das Sagen hätte.«

»Das war alles?« Seine Schultern sanken wieder herab. Er hatte demnach mit etwas Konkreterem gerechnet. Céleste Chinon erfreute sich bester Gesundheit und es war nicht abzusehen, wann sie den Vorsitz im Aufsichtsrat abgeben würde. Es sei denn, jemand würde dafür sorgen.

»Ja.«

»Kam jemand von der Familie mit einer besonderen Bitte auf Sie zu?«

Sie musterte den Polizisten und fragte sich, worauf er hinauswollte. Doch ihr fiel nur die alte Dame ein.

»Nur Madame Chinon bat mich, eine Kanne Tee für sie aufzusetzen, bevor ich nach Hause fahren würde. Sie beabsichtigte, zuerst das Menü mit Maître Oscar zu besprechen und dann in ihren Bungalow zu gehen.«

»Sie erwartete ihren Enkel?«

»Davon hat sie mir gegenüber nichts erwähnt. Warum hätte sie das auch tun sollen?«

»Sie wussten also nicht, dass er ihre Wohnung betreten würde?«, fragte die Polizistin und machte sich eine zusätzliche Notiz auf ihrem Block.

»Nein.«

»Na gut. Was haben Sie im Bungalow getan? Schritt für Schritt.«

»Ich habe gemacht, worum sie mich gebeten hatte. Madame Chinon hat mir den Code für das Türschloss gegeben, ich bin in die Küche gegangen und habe einen Tee aufgesetzt.«

»Woher hatten Sie ihn?«

»Im Schrank standen eine Glaskanne mit einem Sieb und eine Metalldose mit losem Earl Grey. Das war alles, was ich brauchte.«

»Ist Ihnen am Tee irgendetwas aufgefallen? Kam er Ihnen merkwürdig vor?«, fragte seine Assistentin.

»Ich trinke meistens Kaffee. Im Café Fleur benutzen wir Teebeutel. Ich bin daher keine Expertin, was Tee betrifft, aber er kam mir ganz gewöhnlich vor.«

»Und danach?«, drängte die Frau, die ihr keine Zeit zum Nachdenken lassen wollte.

»Ich habe einen Schuss aus dem Flachmann, den Madame Chinon mir gegeben hat, in den Tee geschüttet. Bevor Sie fragen, mir ist auch daran nichts aufgefallen. Das Zeug roch wie hochprozentiger Rum, aber damit kenne ich mich ebenfalls nicht sonderlich gut aus. Alkohol benutze ich nur hin und wieder beim Kochen oder Backen.«

Die Polizistin nickte zögerlich, als könnte sie keinen Widerspruch oder Ungereimtheit in der Aussage erkennen. Jedenfalls hoffte Adeline das.

»Während der Tee zog, habe ich mich im Wohnzimmer umgesehen. Ich war neugierig, welche Bücher in Madame Chinons Leseecke standen.«

»Weiter«, forderte der Capitaine sie barsch auf.

»Das Teesieb habe ich in den Mülleimer entleert und in die Spülmaschine geräumt. Der Tee kam zurück in den Schrank und den Flachmann habe ich dazu gestellt. Danach bin ich gegangen. Draußen habe ich die Tür kontrolliert, ob sie verschlossen war.«

»Woher hatten Sie den Code für das Türschloss?«

»Von Madame Chinon. Er stand auf einem kleinen Zettel. Aber das hatte ich bereits gesagt.«

»Und der befindet sich wo?«

»Ich nehme an, dass ich ihn in der Küche liegengelassen habe.«

»Sie könnten also jederzeit zurückgegangen sein?«, fragte die Polizistin.

»Natürlich. Es waren vier Zahlen. Jeder kann sich die merken.«

»Haben Sie gesehen, wie das Opfer den Bungalow betrat?«

»Nein. Ich bin zum Parkplatz gegangen, der ist außer Sichtweite der Bungalows. Da parkte mein Roller und ich bin direkt in die Bégude Sainte-Claire zu einer Freundin, mit der ich verabredet war, gefahren. Eine Weile später kam der Chef de Police und holte mich dort ab.« Sie hob entschuldigend die Hände. »Mehr habe ich nicht zu sagen.«

Der Polizist zog ein Foto aus seiner Jackentasche und schob es ihr zu. »Kennen Sie die Pflanze?«

»Hübsch, habe ich aber noch nie gesehen. Jedenfalls wächst so etwas nicht bei uns im Garten. In Botanik war ich nie sonderlich gut.«

»Eisenhut. Die Blätter haben wir im Tee gefunden.«

»Dann ist Fréderic Chinon daran gestorben?« Sie hatte nicht auf den Tee geachtet. Die blauen Blätter der Pflanze hätten sich problemlos darunter befinden können, ohne dass sie Adeline aufgefallen wären. Vor allem keine getrockneten.

»Davon gehen wir aus.«

»Also habe ich versehentlich das Gift in den Tee geschüttet«, sagte sie mit tonloser Stimme. Durch ihre Tat war Fréderic Chinon gestorben.

»Sieht so aus.«

»Das wusste ich nicht. Sie müssen mir das glauben«, drängte sie den Mann, doch der zuckte nur mit der Schulter.

»Das wird sich in den nächsten Tagen erweisen«, erwiderte Capitaine Rousseau. »Auf jeden Fall brauchen wir Sie für Befragungen hier vor Ort. Ich habe keine Lust, wieder den Polizeichef auszuschicken, der mit leeren Händen zurückkommt. Sie werden sich täglich, spätestens gegen Mittag im Château einfinden.«

»Ich wohne hier im Ort. Wo sollte ich schon hin? Oder glauben Sie, ich beabsichtige zu flüchten?«

»Es geht um Mord, da ist nichts ausgeschlossen. Vor allem, da Sie zugegeben haben, den tödlichen Tee zubereitet zu haben.«

»Aber wieso? Ich hatte keinen triftigen Grund, den Mann umzubringen.« Sie sah zu Lieutenant Gaudry in der Hoffnung, bei ihr etwas Verständnis zu finden, doch vergebens. Die Frau sah sie an, als würde sie sie als schuldig ansehen.

»Sie haben vergessen uns mitzuteilen, dass das Opfer Sie fast mit seinem Sportwagen überfahren hätte«, sagte die Frau zu ihrer Überraschung.

Wie hatte sie davon erfahren können?

»Deswegen bringt man doch niemanden um.«

»Sie waren bereits wütend auf den Mann, bevor Sie hier auftauchten, dann beleidigte und demütigte er Sie am laufenden Band. Das kann das Fass schon zum Überlaufen bringen.«

»So war es nicht!«, rief sie verzweifelt.

»Möglicherweise haben Sie den Plan nicht allein ausgeheckt. Jemand wusste von Ihren Wünschen und dass sie am fehlenden Geld scheiterten. Vielleicht waren Sie für eine gewisse Summe, die Ihnen aus der Misere helfen würde, bereit, dem Mann, den Sie nicht ausstehen konnten, einen *Spezialtee* aufzusetzen. Zwei Fliegen mit einer Klappe sozusagen.«

Er nahm das Foto zurück und steckte es ein, während Adeline ihn anstarrte. Die Angst saß so tief in ihr, dass sie kein Wort herausbekam.

»Denken Sie eingehend darüber nach. Ein frühes Geständnis kann sich nur günstig für Sie erweisen.« Er deutete in Richtung der Tür. »Sie können jetzt gehen. Vorerst. Monsieur Mazet wird Ihnen ein Zimmer für die Nacht überlassen, falls sich die Befragungen in den folgenden Tagen länger hinziehen werden. Es sieht nicht sonderlich gut für Sie aus, daher würde ich mir an Ihrer Stelle meinen Rat zu Herzen nehmen. Und jetzt können Sie gehen.« Er knallte ihr seine Vermutung an den Kopf und warf sie anschließend hinaus. Adeline schaffte es, trotz ihrer wackeligen Knie aufzustehen. *Vor dir breche ich nicht zusammen.* Sie drückte den Rücken durch und ging so aufrecht wie möglich zur Tür.

Adeline nahm den Weg durch den Wintergarten nach draußen. Sie brauchte dringend frische Luft. Noch immer raste ihr Puls. Capitaine Rousseau war darauf aus, sie für den Mord auf die Anklagebank zu bringen. Je länger er keinen anderen glaubwürdigen Verdächtigen präsentieren konnte, desto mehr würde er sich auf sie einschießen.

Céleste Chinon und ihr Anwalt saßen auf der Terrasse. Sie wollte nicht stören, doch die alte Dame rief sie heran.

»Bonjour Madame Chinon. Es tut mir sehr leid, was Ihrem Enkel zugestoßen ist, doch …«

»Ich weiß, was du sagen möchtest«, unterbrach die Frau sie. »Es ist tragisch, aber ich versichere dir, dass ich nicht glaube, dass du etwas mit seinem Tod zu tun hast. Das wird dieser Polizist auch noch einsehen.«

»Vielen Dank, das beruhigt mich.« Demnach hatte Capitaine Rousseau seinen Verdacht gegenüber der Frau bereits geäußert. Wenn er es öffentlich ansprach, gehörte sie definitiv zu seinen Hauptverdächtigen. *Falls er überhaupt jemand anderen in Betracht zieht.*

»Setz dich zu uns«, forderte sie Adeline auf.

»Ich will nicht stören.«

»Unsinn. Wir gehen nur einige Unterlagen durch, die wir für die Sitzung des Aufsichtsrats benötigen. Nichts, was dringend ist.«

»Ein Haufen juristisches Zeug, das mich beschäftigt hält und meine Miete zahlt«, sagte Christian Duchamps und zwinkerte ihr fröhlich zu. Er gehörte zu den wenigen Gästen der Geburtstagsfeier, die einen Sinn für Humor hatten.

»Ich wüsste nicht, wie wir ohne ihn auskommen könnten.« Madame Chinon nahm die Hand des Mannes und drückte sie. »Christian ist wie ein Familienmitglied.«

»Ich bin die erste Verteidigungslinie gegen juristischen Ärger. Vor allem im Vorfeld von neuen Projekten.«

»Turenne oder so ähnlich?«, sagte Adeline, die sich an das Gespräch mit Sybille erinnerte.

»Du weißt davon?«, fragte Madame Chinon überrascht. »Ich bin unsicher, ob sich alle Mitglieder im Aufsichtsrat damit beschäftigt haben.«

»Jemand hat es heute in einem Nebensatz erwähnt und es fiel mir gerade wieder ein«, bog sie die Wahrheit etwas zurecht.

Christian Duchamps lachte süffisant. »Ich weiß schon, von wem es kam. Hat dir unsere stets wütende Weltverbesserin einen Vortrag über ihre abscheuliche Familie gehalten oder ging es mehr um den Anwaltsknecht der Firma?«

»Um beides, wenn ich ehrlich bin.«

»Turenne 35 ist unser Flaggschiffprojekt. Es liegt an der Rue de Turenne in der Nähe des Place des Vosges in Paris. Der Gebäudekomplex ist heruntergekommen und wird von Grund auf saniert. Es entstehen moderne Wohnungen, Büros und Geschäfte, ein deutlicher Gewinn für das Viertel. Auch wenn das nicht alle so sehen.«

»Und Sie kündigen den alten Mietern?«

»So sozial verträglich, wie es möglich ist. Das Gebäude ist in einem miserablen Zustand und muss kernsaniert werden. Niemand kann in den Wohnungen bleiben. Den meisten der jetzigen Mieter konnten wir gleichwertigen Wohnraum in anderen Immobilien der Firma anbieten, aber nicht alle sind bisher auf unser Angebot eingegangen. Wir sind nicht die Unmenschen, für die Sybille uns gerne hinstellt. Doch ich gebe zu, es laufen mehrere juristische Verfahren, vor allem gegen einige der alten Gewerbemieter. Das ist bei Projekten in dieser Größenordnung leider unumgänglich, aber ich tue mein Bestes, zu gütlichen Übereinkünften zu kommen.«

»Christian besitzt das volle Vertrauen der Firmenleitung«, sagte Madame Chinon, eher als Bestätigung in Richtung ihres Anwalts als zu Adeline.

»Sybille hätte es gerne gesehen, wenn wir Turenne 35 in ein Kulturzentrum umwandeln. Für andere Weltverbesserer und am besten mietfrei. Sie hat zwei Dinge noch nicht verstanden: Sie lebt von dem Geld, das die Firma erwirtschaftet, und ihre sogenannten Freunde nutzen sie nur aus. Sie versucht zu verbergen, aus welcher Familie sie stammt, aber die sind nicht dumm und haben das rasch herausgefunden. Seit sie studiert, haben wir überdurchschnittlich viele Anfragen nach preiswerten Wohnungen aufgrund ihrer Empfehlung in der Post. Ich bin überzeugt, sie kennt die meisten Leute davon nur flüchtig, wenn überhaupt.«

»Sie mochte Fréderic nicht sonderlich«, sagte Adeline.

»Das wäre eine schamlose Untertreibung«, erwiderte Madame Chinon. »Er hat sich gerne über sie lustig gemacht, was die arme Sybille jedes Mal in einen weiteren ihrer Wutausbrüche getrieben hat. Er kannte die Knöpfe, die er drücken musste, um ihr wehzutun, nur zu gut und hat es nach Kräften ausgenutzt.«

»Er war kein sonderlich angenehmer Mensch, aber dieses Ende hat er nicht verdient«, sagte der Anwalt.

»Erinnern Sie sich noch an unser Gespräch im Café Fleur? Kurz bevor Ihr Enkel Sie abholte.« Sie hätte es bevorzugt, allein mit Madame Chinon zu sprechen, aber sie hatte die Frau in den letzten Tagen nie ohne ihren Anwalt getroffen. Wie es aussah, zog sie seine Gesellschaft der ihrer Verwandten vor.

»Aber sicher. Ich bat dich, auf meiner Geburtstagsfeier auszuhelfen. Heute wünschte ich mir, ich hätte das nicht getan, dann wärst du jetzt nicht in dieser abscheulichen Situation. Ich kann mir kaum vorstellen, wie belastend es für dich sein muss, von der Polizei verdächtigt zu werden.«

Adeline überlegte, ob sie es ansprechen sollte, doch es musste sein.

»Sie erwähnten, dass Ihre Familie ungeduldig werden würde, weiter auf das Erbe zu warten.«

Christian Duchamps sah Madame Chinon fragend an, was diese mit einem leichten Nicken quittierte.

»Wir sind nicht naiv, was die Familie betrifft, auch wenn Madame Chinon sich nicht vorstellen konnte, dass jemand zu Gewalt greift, um sie aus dem Geschäft zu drängen«, begann der Anwalt. »Der Anschlag galt ihr, nicht Fréderic. Das ist uns bewusst.«

»Und was haben Sie vor?« Die Ruhe der beiden, die ihr vorkamen, als wäre für sie ein Mordanschlag nichts Außergewöhnliches, überraschte sie. »Sie müssen es Capitaine Rousseau erzählen.«

»Es geht mir nicht viel anders als dir. Auch ich zähle für die Polizei zu den Verdächtigen, schließlich hatte ich Fréderic auf ein Gespräch zu mir eingeladen.«

»Er war auf Ihren Wunsch dort?« Es verwunderte sie. Bisher war die Frau ihrem Enkel eher aus dem Weg gegangen.

»Wir hatten geschäftliche Dinge zu besprechen und ich wollte das in Ruhe tun. Nur zwischen uns beiden«, sagte Madame Chinon.

Und vor allem, ohne dass der Rest der Familie etwas davon erfährt, dachte Adeline.

»Leider bin ich auf dem Rückweg Hermine in die Hände gelaufen, die sich bei mir über Fréderic beschwerte. Die Frau hat keinen Sinn dafür, ob sie gerade stört und ich musste mir jedes Detail ihres Streits mit ihm anhören, und auch eine gute Portion ihrer anderen Schwierigkeiten im Leben. Dafür, dass sie nicht gezwungen ist, selbst für ihren Unterhalt aufzukommen und arbeiten zu gehen, hat sie einen ziemlichen Haufen Probleme.«

»Wobei Sybille eine bedeutende Rolle spielt«, warf der Anwalt ein, der seine Abneigung gegen Hermines Tochter nicht verbarg.

Adeline fragte sich, ob es ein Familienmitglied gab, dem die junge Frau noch nicht vor den Kopf gestoßen hatte. Sybille und Fréderic waren beide arrogant und aufbrausend. Die zwei gemeinsam in einem Raum stellte eine explosive Mischung dar, die nur auf den Funken wartete, um mit einem lauten Knall hochzugehen. Vielleicht war ein Streit zwischen ihnen aus dem Ruder gelaufen und sie hatte sich an ihm rächen wollen.

»Bis sie alle ihre Klagen losgeworden war, kam auch schon ein Angestellter und berichtete, dass Fréderic in meinem Bungalow gefunden wurde. Ein Spaziergänger hat ihn durch das Panoramafenster gesehen. Der Arzt, der die Residenz betreut, konnte nur noch seinen Tod feststellen.«

»Haben Sie das der Polizei mitgeteilt?« Adeline musterte den Anwalt intensiv. Wenn er und Madame Chinon diesen Verdacht geäußert hatten, würde der Polizist ihr vielleicht eher glauben, dass sie nichts mit dem Tod des Mannes zu tun hatte.

»Selbstverständlich«, versicherte ihr Christian Duchamps. »Jetzt warten wir, was der Capitaine daraus macht.«

Adeline zögerte für einen Augenblick, doch dann rang sie sich zu der Frage durch. »Gibt es jemanden, den Sie verdächtigen?«

Madame Chinon zupfte an ihrem Seidenschal, der über ihren Schultern lag, als bräuchte sie Zeit, sich zu entscheiden, ob sie antworten sollte oder nicht.

»Derjenige, dem ich es am ehesten zugetraut hätte, war Frédéric. Aber er wird sich kaum selbst vergiftet haben. Ich konnte der Polizei keinen Verdächtigen präsentieren, deswegen wird der Capitaine wahrscheinlich wenig Zeit darauf verwenden, in diese Richtung zu ermitteln.« Sie beugte sich vor und legte ihre Hand auf Adelines Arm. Sie teilte Madame Chinons Einschätzung und ihre Hoffnung, aus der Schusslinie zu geraten, platzte wie eine Seifenblase. So einfach würde sie nicht aus dem Fokus der Ermittlungen kommen.

»Ich bin zuversichtlich, die Polizei wird den wahren Täter aufspüren«, sagte Adeline mit wenig Überzeugung in der Stimme. »Ich muss mich jetzt auf den Weg machen. Ich bin verabredet.«

»Viel Glück«, wünschte ihr die Frau, »alles wird sich bald aufklären.« Der Anwalt schenkte ihr ein freundliches Lächeln, schien aber weniger optimistisch zu sein und sparte sich eine aufmunternde Bemerkung.

»Vielen Dank. Ich hoffe das sehr.«

Adeline ging durch den Wintergarten in die Eingangshalle, um sich von Sébastien zu verabschieden. Er saß an der Rezeption und tippte etwas in den PC. Seine Arbeit musste erledigt werden, und ein Mordfall änderte daran nichts. Er sah hoch, als er sie hörte und stand auf. Das Lächeln verriet ihr, dass er sich freute, sie zu sehen, auch wenn die Umstände unerfreulich waren.

»Wie war die Befragung?«

»Ich bin leider keinen Schritt weiter. Sie vermuten noch immer, dass ich es getan haben könnte.«

»Niemand glaubt an deine Schuld«, versicherte er ihr. »Selbst Oscar hält das für Unsinn.«

»Ich habe den Tee aufgesetzt, in dem sich das Gift befunden hat und an dem er gestorben ist. Daran gibt es nichts zu beschönigen.«

»Aber du hast das Gift nicht hineingeschüttet, das macht den entscheidenden Unterschied. Jemand hat eine Falle vorbereitet und du bist hineingetappt. Du hast keine Schuld an seinem Tod, rede dir das bloß nicht ein.«

»Das muss mir die Polizei erstmal abnehmen, was sie nicht tun.«

»Die sind doch nicht dumm. Wahrscheinlich geben sie nur vor, dich zu verdächtigen, um den wahren Täter in Sicherheit zu wiegen.« Die Theorie war gewagt und Adeline zweifelte daran, aber sie lächelte tapfer. Er bemühte sich, sie aufzumuntern, und sie wollte ihn nicht enttäuschen. »Capitaine Rousseau hat mich gebeten, dir eine Unterkunft zur Verfügung zu stellen, falls sich die Befragungen länger hinziehen sollten. Unter dem Dach gibt es noch ein Zimmer.« Er wiegte den Kopf und verzog leicht die Mundwinkel. »Eher eine bessere Abstellkammer, aber mehr kann ich gerade nicht anbieten. Der Blick über den Park und Beauregard ist allerdings hervorragend.«

»Das wird nicht nötig sein. Ich wohne nur eine Viertelstunde mit dem Roller von hier. Ich habe bereits das Versprechen an meine Eltern, Abstand von der Residenz zu halten, brechen müssen, nachdem ich vom Chef de Police aufgefordert wurde, hier aufzutauchen. Hoffentlich bekommen sie das nicht mit.«

»Glaubst du nicht, es wäre besser, wenn sie wüssten, in welcher Klemme du steckst? Dann wärst du nicht so allein.«

»Nein. Auf keinen Fall. Erstens würde es ihnen den Urlaub ruinieren, und die beiden kommen sowieso schon viel zu selten aus Beauregard heraus, und zweitens könnten sie mir auch nicht helfen. Sie würden nur zu Hause rumsitzen und sich Sorgen machen. Das möchte ich nicht.«

»Du sitzt lieber allein in dem Haus, während ein Mörder frei herumläuft? Wer weiß, was der Kerl vorhat?«

»Ich bin diejenige, die am wenigsten Angst haben muss«, erwiderte sie mit vorgetäuschter Überzeugung. »Was kann ihm

Besseres passieren, als dass jemand anderes seiner Tat verdächtigt wird? Sollte mir etwas zustoßen, werden hier die Karten neu gemischt, und er kann sich nicht sicher sein, ob die Aufmerksamkeit nicht auf ihn fällt.«

»Stimmt auch wieder«, sagte er zögerlich, als würde er nach einem Argument suchen, um sie zu überreden, das Zimmer im Château anzunehmen. Adeline hatte das Gefühl, er würde es begrüßen, falls sie hier übernachtete.

»Jetzt muss ich los. Marguerite wartet auf mich.«

Er schien noch etwas sagen zu wollen, doch in dem Moment drängte sich eine Gruppe seiner Gäste durch die Eingangstür, die von einer Radtour zurückkehrten. Eine Frau in den Dreißigern, die wie eine Fitnesstrainerin aussah, führte die Senioren-Gruppe, die ein Faible für schreiend bunte Shirts und hautenge Radlerhosen besaß, an. Den roten Wangen nach brauchten sie dringend eine Pause im Schatten.

»Kundschaft für die Bar«, flüsterte Sébastien ihr zu. »Wir sehen uns die Tage?«

»Sicher. Die Polizei wird kaum ohne mich auskommen.« Adeline winkte ihm zum Abschied und schlug einen Bogen um die sportlichen Senioren. *Eine Abkühlung könnte auch mir nicht schaden.*

Die Reporterin

Adeline saß auf einem Felsvorsprung, der in den Fluss ragte, und löffelte Gemüse-Couscous aus einer Plastikschale, die Marguerite mitgebracht hatte. Sie ließ ihre Beine ins klare Wasser der Gardon baumeln. Winzige Fische schwammen neugierig heran und schossen davon, sobald sie die Füße bewegte. Dann wiederholte sich das Spiel. Sie legte den Kopf in den Nacken und genoss die abendliche Sonne, die angenehm wärmte. Ein Schauer kalter Tropfen regnete auf sie herab und eine Gänsehaut schoss über ihre Haut.

»Hey«, schrie sie. »Lass das!«, rief sie und schüttelte sich. »Das Essen wird nass.«

Marguerite stand im Wasser, das ihr bis zum Bauch reichte und spritzte erneut nach ihr.

»Komm lieber rein, es ist herrlich.« Sie hob die Arme hoch und ließ sich rückwärts in die Gardon fallen. Das Wasser schlug über ihrem Kopf zusammen. Adeline rutschte vorwärts und glitt langsam in den Fluss. Zischend saugte sie Luft ein, als das kalte Wasser über ihre sonnengewärmte Haut schwappte. Dann drückte sie sich mit den Füßen von der Klippe ab und schwamm mit einigen schnellen Zügen in die Mitte der Gardon. Marguerite tauchte neben ihr auf und schüttelte das Wasser aus ihren Haaren. Eine Weile ließen sie sich mit der sanften Strömung treiben, bevor sie zum Ufer zurückschwammen.

Adelines Arme lagen auf dem Felsen und sie bewegte leicht die Beine im Wasser. Marguerite war auf den Felsvorsprung geklettert und trocknete sich ab.

»Wie war es heute in der Residenz?«

»Nicht gut. Dieser Polizist hält mich noch immer für eine Verdächtige.«

»Wie kommt er nur darauf?« Marguerite setzte sich auf das Handtuch und holte eine metallene Wasserflasche aus der Tragetasche.

»Im Labor haben sie Gift im Tee gefunden. Ich kann nicht leugnen, dass ich ihn aufgebrüht und auf den Tisch gestellt habe.«

»Aber du hast das Zeug nicht unter den Tee gemischt.«

»Natürlich nicht. Wenn ich ihn hätte umbringen wollen, hätte ich das Zeug nur ins Teesieb gekippt, aber nicht in die Dose mit den Teeblättern, wo es zwangsläufig gefunden worden wäre. Das Sieb hätte ich hinterher verschwinden lassen. Auf dem Weg von dem Château zur Bégude gibt es eine Menge Möglichkeiten.«

»Was für ein Gift war es?«

»Eisenhut. Irgendwer hat die Pflanze gesammelt, getrocknet und unter den Tee gemischt. Ich habe es nicht erkannt. Wie auch, als ob wir sowas im Garten hätten.«

»Dir fehlt ein Motiv. Was hättest du davon, den Kerl umzubringen?«

»Da druckste dieser Polizist auch nur rum. Fréderic hat mich fast überfahren und den ganzen Tag wie den letzten Dreck behandelt, das gebe ich ja zu, aber deswegen bringt man doch niemanden um. Jetzt glaubt dieser Capitaine, ich könnte dafür bezahlt worden sein.«

Marguerite lachte. Die Vorstellung erheiterte sie ungemein. »Wie in einem Hollywoodfilm. Die harmlos und etwas naiv wirkende junge Frau, die in einem langweiligen Provinzkaff wohnt, führt ein Doppelleben als gnadenlose Auftragskillerin.« Sie hob die rechte Hand und streckte den Zeigefinger aus. »Nimm das, du Schurke«, rief sie und tat so, als würde sie auf jemanden schießen.

»Das ist nicht lustig. Außerdem bin ich nicht naiv.« Adeline kletterte aus dem Wasser und griff nach dem Handtuch, das ihre Freundin ihr reichte.

»Doch, es ist lustig. Die Vorstellung ist so absurd, das kann niemand ernsthaft glauben.«

»Das hat Sébastien auch behauptet. Ich wünschte, es wäre so«, sagte Adeline.

»Du magst ihn?«

»Er ist nett und hilfsbereit, aber nicht mehr. Für mehr wäre es gerade der denkbar schlechteste Augenblick«, antwortete sie und vermied den Blickkontakt mit Marguerite, die breit grinste. Sie rieb ihre Haare trocken und setzte sich neben ihre Freundin. »Ich weiß nicht, wie ich aus der Geschichte rauskommen soll. Wenn dieser Rousseau den wahren Täter nicht findet, wird er sich an mich halten, um wenigstens irgendeine Verdächtige präsentieren zu können. Die Pressekonferenz muss inzwischen stattgefunden haben. Ich bin neugierig, was er berichtet hat. Hoffentlich fiel mein Name nicht.«

»Du wolltest schon immer in die Zeitung«, neckte Marguerite sie.

»Aber doch nicht so«, rief sie.

»Dann bleibt dir nur eine Wahl.«

»Und die wäre?« Sie sah ihre Freundin fragend an. Sollte ihr etwas eingefallen sein, das ihr entgangen war?

»Ganz klar. Wenn die Polizei dazu nicht imstande ist, bleibt dir keine andere Wahl, als den Täter selbst zu überführen.«

»Ich?« Adeline starrte sie mit großen Augen an. Marguerite musste den Verstand verloren haben. Sie würde sich auf keinen Fall auf die Suche nach einem Mörder machen. Je unsichtbarer sie für ihn blieb, desto besser. Sie wollte nicht wie Fréderic Chinon enden. Und das war, was ihr blühen würde, falls sie dem Täter zu nahekam. Er hatte einmal getötet, was sollte ihn davon abhalten, es erneut zu tun?

»Wer sonst? Die Polizei scheint offensichtlich nicht in der Lage zu sein oder kein Interesse daran zu haben, andere Spuren zu verfolgen.«

»Da ist was dran. Aber wie soll ich etwas erreichen, wozu die Polizei mit ihrer Erfahrung und all den Spezialisten nicht in der Lage ist? Capitaine Rousseau hat bestimmt schon einen Haufen Mordfälle gelöst.«

»Das kann sein, doch hier verrennt der Mann sich. Und du bist ihnen einen Schritt voraus, da du mit Sicherheit weißt, dass seine Hauptverdächtige, auf die er einen guten Teil seiner Zeit und Aufmerksamkeit verschwendet, unschuldig ist.«

Sie nahm die Wasserflasche und trank einen Schluck. Damit hatte Marguerite zwar recht, aber ihre Schlussfolgerung, selbst zu ermitteln, war trotzdem verrückt.

»Ich habe überhaupt keine Ahnung, wo ich ansetzen sollte. Seien wir ehrlich, ich bin bei weitem nicht so tough, wie ich dafür sein müsste, echte Kriminelle zu jagen. Und schon gar nicht mutig genug.« *Ich traue mich ja kaum in den Taubenturm, wenn es dunkel ist, weil meine Fantasie mit mir durchgeht.*

»Du liest doch jeden Krimi, den ich für die Bücherei abstauben kann. Also weißt du, wie man vorgehen muss.«

»Das sind Bücher, die sich irgendjemand ausgedacht hat. Wir sind in der realen Welt, hier läuft das anders.«

»Dir bleibt keine Wahl, also lass uns anfangen, mit jedem Tag lernen wir dazu.« Marguerite setzte sich auf. Tatendrang glitzerte in ihren Augen, während Adeline sich lieber irgendwo verstecken würde.

»Was wäre für Monsieur Poirot oder Kommissar Maigret der erste Schritt? Du kennst schließlich alle ihre Fälle«, holte Marguerite sie aus ihrem Schweigen.

»Sie würden eine Liste der Verdächtigen anlegen, vermute ich.«

»Perfekt. Dann schieß los. An wen denkst du zuerst?«

»Das kommt drauf an«, sagte sie nachdenklich. »Ich glaube noch immer, dass Céleste Chinon das eigentliche Ziel des Anschlags war. Sie und ihr Anwalt sind übrigens der gleichen Meinung.«

»Wie kommst du darauf?«

»Sie ließ eine Bemerkung im Café Fleur fallen, dass ihre Verwandtschaft langsam ungeduldig wird, das Erbe einzustreichen. Sie ist schließlich deutlich über siebzig. Nach allem, was ich verstanden habe, geht es um die Firma, die einen Haufen Geld wert ist. Jedenfalls besitzt Madame Chinon viele Immobilien in Paris und hat das Sagen im Aufsichtsrat. Ihr Sohn führt das Tagesgeschäft und Christian Duchamps ist für die juristischen Belange zuständig. Soweit ich weiß, erhalten die anderen Familienmitglieder Geld für ihren Lebensunterhalt.«

»Wer hätte etwas von dem Tod der Frau? Bestimmt alle, die auf der Feier waren.«

»Ja. Aber Capitaine Rousseau hat weitere Verdächtige im Wintergarten versammelt. Madeleine, das Kindermädchen, wird höchstens eine Zeugin sein, denn sie hätte keinen Vorteil vom Tod der Frau. Und Paulette geht es wie mir. Sie hat bei den Desserts und Snacks geholfen, von denen Fréderic Chinon gegessen hat. Aber sie konnte nicht wissen, wer welches Stück bekommt. Außerdem hatte sie keinen Zugang zum Bungalow von Madame Chinon, um das Gift in den Tee zu mischen.«

»Deswegen würde ich sie nicht ausschließen«, sagte Marguerite.

»Die zwei bringen uns im Moment nicht weiter. Wir wissen zu wenig über sie.«

»Dann die Familie.«

»Da wäre der älteste Sohn, Antoine. Er ist der Geschäftsführer der Firma. Ich weiß nicht, ob sich durch den Tod von Madame Chinon daran etwas ändern würde. Ich vermute, Fréderic hätte sich gerne auf seinem Platz gesehen.«

»Antoine würde einen Teil der Firma erben, genau wie die restlichen Kinder. Er würde nicht mehr zu seiner Mutter laufen müssen, um sich die Erlaubnis für wichtige Entscheidungen zu holen. Sieht nach einem klaren Motiv aus.«

»Stimmt. Vor allem steht seine Frau hinter ihm. Sie wirkt, als würde es ihr gefallen, wenn er etwas ehrgeiziger wäre. Den Klamotten nach, die sie trägt, ist sie im Unterhalt recht kostspielig.« Adeline erinnerte sich gut daran, dass sie das Kindermädchen als Gouvernante bezeichnet hatte. Von ihrem Gehabe her hätte sie eher zu dem extravaganten Fréderic als zu ihrem bodenständigen Ehemann gepasst. »Ich habe sie beobachtet, wie sie sich im Garten mit Christian Duchamps, dem Anwalt, getroffen hat. Es war sicher kein zufälliges Treffen, und sie haben sich gestritten.«

»Vielleicht besaß Fréderic den Ehrgeiz, der ihrem Mann fehlte, und wurde zu einer Gefahr in der Firma? Sie beschloss, ihn loszuwerden, um die Position von Antoine abzusichern. Entweder hat ihr der Anwalt dabei geholfen und will jetzt ein größeres Stück vom Kuchen, oder der Mann stand auf der Seite von Fréderic und verdächtigt Isabelle des Mordes. Wir müssen herausfinden, was davon stimmt.«

»Jetzt geht die Fantasie mit dir durch«, bremste Adeline ihre Freundin, die sich auf waghalsige Spekulationen einließ. »Duchamps sieht nicht aus wie jemand, der sich mit einer Frau wie Isabelle auf krumme Geschäfte einlässt. Er gab zu, dass er mit den juristischen Angelegenheiten der Firma gut verdient. Das wird er kaum riskieren wollen.«

»Vielleicht hatte er eine Affäre mit der Frau und einer von ihnen hat sie kürzlich beendet«, warf Marguerite als weitere Möglichkeit in den Raum.

»Auf keinen Fall. So gut kann ich Menschen einschätzen.« Die beiden waren sich so unähnlich, wie zwei Leute es nur sein konnten. Den charmanten und mitfühlenden Anwalt in einem Verhältnis zu der arroganten und aufbrausenden Frau zu sehen, überstieg ihr Vorstellungsvermögen, das normalerweise wenig Grenzen kannte. Marguerite lag richtig damit, wenn sie Adeline als Tagträumerin bezeichnete. »Christian Duchamps ist der Liebling von Madame Chinon, die seine Gesellschaft der ihrer eigenen Kinder vorzieht. Durch ihren Tod hätte der Anwalt nur verlieren können.«

»Na gut, wer noch?«

»Delphine, die Tochter. Mir kommt sie so vor, als wäre sie die einzige Person, die die Feier entspannt zu genießen schien. Bisher habe ich nicht bemerkt, dass sie sich mit irgendjemandem aus der Familie gestritten hätte. Das Kindermädchen behauptet, sie würde ihrer Verwandtschaft in Paris aus dem Weg gehen und wäre finanziell unabhängig. Ich habe sie heute getroffen und sie hatte einige Geschäftsunterlagen dabei. Wie es aussieht, hat sie etwas mit einem Café in Paris zu tun, jedenfalls war ein Logo auf dem Briefkopf. Café Noir, nie gehört.«

»Also auch niemand mit einem Motiv, ihren Neffen zu vergiften«, sagte Marguerite und klang enttäuscht.

»Hermine, die Schwiegertochter, ist eher der ängstliche und

introvertierte Typ. Ich kann mir nicht vorstellen, dass sie den Mut aufbringen könnte, jemanden umzubringen. Sie hat sich von Fréderic ziemlich übel runtermachen lassen, ohne sich zu wehren.« Sie schüttelte den Kopf. »Nein, sie kommt mir nicht wie eine Mörderin vor. Sie wäre das Risiko kaum eingegangen, dass ihre Schwiegermutter vom Tee getrunken hätte.«

»Und ihre Tochter?«

»Oh ja. Die gehört zu der Sorte Narzisstinnen, der ich in der Schule weit aus dem Weg gegangen wäre. Eine Kämpferin für soziale Gerechtigkeit und darauf aus, den Kapitalismus, das Patriarchat und jedes andere Übel der Welt zu Fall zu bringen. Also alles, was ihr nicht in den Kram passt.«

»Madame Chinon ist doch geradezu die Verkörperung des Kapitalismus. Eine reiche Person, mit lukrativem Immobilienbesitz in Paris. Das perfekte Opfer.«

»Aber auch die Großmutter, die ihr den Lebensunterhalt und das Studium finanziert. Sybille kommt mir so vor, wie jemand, der lieber in einem Café sitzt und bei einem Latte macchiato mit irgendeiner angesagten Geschmacksrichtung Pläne für die Weltrevolution schmiedet, als dort die Gäste zu bedienen, um Geld für die Miete zusammenzubekommen. Die hat eine große Klappe, aber viel ist nicht dahinter. Außerdem ...« Adeline zögerte.

»Außerdem was?«

»Es ist nur ein Gefühl, aber ich glaube, sie war in Fréderic verliebt.«

»In den Klassenfeind? Was für ein Skandal!«

»Und sie schämte sich abgrundtief. Sie hätte alles dafür getan, dass es niemals rauskam.«

»Vielleicht hat ihre Großmutter es herausgefunden und wollte sie damit aufziehen. Du weißt ja, Verwandte können gnadenlos peinlich sein.«

Adeline dachte an Tante Simone und nickte zustimmend. *Oder Fréderic selbst. Sybille bloßzustellen würde ihm ein teuflisches Vergnügen bereitet haben.*

»Wie heißt der Vater?«, fragte Marguerite.

»Louis. Er wird kaum seinen eigenen Sohn umgebracht haben.«

»Nicht mit Absicht. Aber wenn Madame Chinon das Ziel war …« Sie ließ die Vermutung im Raum stehen.

»Das wäre doppelt tragisch.« Adeline erinnerte sich an den Mann, der als Einziger einen Drink mit in den Wintergarten gebracht hatte, dem unsicheren Gang nach nicht der erste an diesem Tag. Offensichtlich hatte er ihn nötig gehabt. Sie hatte es auf die Trauer um seinen Sohn geschoben, aber vielleicht wollte er seine Schuld hinunterspülen. »Von ihm weiß ich nichts.«

»Dann zurück zu diesem Duchamps. Aus welchem Grund ist er dort? Ich meine, wer lädt schon einen Anwalt zu seiner Geburtstagsfeier ein? Niemand, den ich kenne.«

»Du kennst überhaupt keinen Anwalt«, erwiderte Adeline.

»Noch nicht, aber irgendwann bin ich reich und berühmt, dann habe ich einen Haufen Juristen, die für mich arbeiten.« Marguerite lachte leise. Doch sie gehörte zu den Menschen, denen Adeline zutraute, etwas wirklich Bedeutsames aus ihrem Leben zu machen.

Im Gegensatz zu mir, wie es gerade den Anschein hat.

»Heute stand die Versammlung des Aufsichtsrats, in der die Kinder von Madame Chinon sitzen, an. Christian Duchamps ist der Rechtsberater der Firma, deswegen ist er anwesend. Nachdem, was ich von Madame Chinon gehört habe, kann es dort recht ruppig zugehen. Wenn es um Geld geht, hört die Freundschaft rasch auf, auch unter Geschwistern.«

»Zum Glück habe ich keine.«

»Ich habe zwar Geschwister, allerdings kein Geld«, sagte Adeline. »Duchamps würde ich momentan als Verdächtigen ausschließen. Er hätte nur Nachteile vom Ableben seiner Chefin. Bei ihrem Tod hätte er zu leicht seinen Job und damit sein Einkommen verlieren können. Deswegen hat es mich so irritiert, ihn heute mit Isabelle im Park gesehen zu haben.«

»Isabelle könnte seine Hilfe gebraucht haben, um die Firma für ihren Ehemann zu sichern, und für Duchamps wäre es hilfreich, wenn sein neuer Chef in seiner Schuld stehen würde. Eine win-win-Situation für beide. Es musste dem Anwalt klar sein, dass Madame Chinon nicht ewig leben würde.«

»Dann setzen wir hier an«, entschied Adeline. »Und haben ein Auge auf die zwei.«

»Sie wohnen im Château, wie sollen wir das anstellen?«

»Ich könnte dort übernachten, wenn ich wollte. Sébastien hat mir ein Zimmer unterm Dach besorgt.«

»Das glaube ich gerne«, erwiderte Marguerite mit einem breiten Grinsen.

Bevor Adeline auf die Bemerkung eingehen konnte, bemerkte sie Jean-Claude, den Feldhüter, der mit seinem Fahrrad den schmalen Feldweg entlangkam. Sie sprang auf und winkte ihm.

»Hallo ihr beiden«, begrüßte er sie. »Ihr habt euch eine schöne Stelle zum Baden ausgesucht. Hier bin ich auch häufiger, wenn ich meine Mittagspause einlege.« Er zog eine Schachtel Gauloises aus der Brusttasche und wollte eine herausnehmen.

»Oh nein«, hielt ihn Marguerite auf. »Hier riecht es angenehm nach der wilden Minze, die hier wächst. Das werden Sie uns nicht mit der stinkigen Zigarette vermiesen.«

Für einen Augenblick sah er sie irritiert an. Doch es dämmerte ihm, dass es Marguerite ernst war, und er steckte die Packung zurück in die Tasche.

»Ist auch viel gesünder«, sagte Adeline.

»Wie geht es dir?«, fragte der Mann. »Ich habe gehört, sie versuchen dich in die Geschichte im Schloss reinzuziehen.«

»Ist das schon der Dorfklatsch?« *Dann es nicht lange dauern, bis meine Eltern es zu hören bekommen. Mathieu Passard oder Tante Simone werden sie bestimmt über alles unterrichten. Besser ich stelle mich auf einen Anruf von meiner Mutter ein.*

»Du kennst Beauregard. Hier gibt es keine Geheimnisse.«

»Ich habe mit den Vorkommnissen nichts zu tun, also kann mich niemand irgendwo reinziehen«, behauptete sie und hoffte, dass er es ihr abnehmen würde. »Aber ich hätte eine Frage.«

»Immer raus damit.«

»Sie kennen sich doch mit Pflanzen aus, nicht wahr?«

»Ich bin der Feldhüter von Beauregard, demnach gehört das zu meiner Arbeit.«

»Eisenhut. Wächst der hier irgendwo?«

»Ein ziemlich giftiges Zeug. Wurde der Kerl im Schloss damit ins Jenseits befördert?«

»Darf ich nicht sagen.« Natürlich war dem Mann klar, wieso sie die Frage stellte.

»Hier in der Umgebung habe ich noch keinen Eisenhut gesehen. Der wächst eher in gebirgigen Lagen.«

»Dann ist es schwierig, ranzukommen, wenn man aus der Gegend von Beauregard stammt«, überlegte Adeline laut.

»Na ja. Dem Zeug gefällt es hier nicht sonderlich. Solltest du jemanden umbringen wollen, würde ich dir zu Schierling raten. Den findest du an einigen Stellen in der Gegend, wenn man sich auskennt.«

»Und wie sieht der aus?«, fragte Adeline.

»Zeige ich dir mal, bei Gelegenheit. Der stinkt nach Mäusepisse, unverkennbar.«

»Danke. Allerdings fällt mir gerade niemand ein, den ich umbringen wollte.«

»Gut so, sonst wäre ich ja quasi dein Komplize«, neckte er sie. »Aber jetzt muss ich los. Es ist schon lange nach Feierabend.«

»Zurück zur Polizeistation?«

»Nach Hause. Im Ort sind mir zu viele Reporter, die einem ein Loch in den Bauch fragen. Denen gehe ich lieber aus dem Weg.« Er sah Adeline ernst an. »Und das würde ich dir ebenfalls empfehlen, falls Carmen das nicht bereits getan hat.«

»Danke für den Rat, aber das hat sie tatsächlich, und ich werde den Rat befolgen.« *Auch wenn ich schon mit der Journalistin darüber gesprochen habe.* Es kamen ihr Zweifel, ob sie der Frau aus Paris nicht besser aus dem Weg gehen sollte. Sie hatte keine Ahnung, ob sie ihr vertrauen konnte. Vielleicht sah Julie Bettencourt in ihr nur eine Quelle für Informationen, der sie Versprechungen machte, die sie nie einhalten wollte.

Sie sahen dem Feldhüter hinterher, der den Feldweg hinunterfuhr, der an der Bégude vorbeiführte.

»Dann bleibt nur noch eine Verdächtige übrig«, sagte Marguerite unerwartet.

»Wir sind alle durch. Ich habe niemanden vergessen.«

»Nur für den Fall, dass du mit deiner Theorie richtig liegst.«

»Ich bin überzeugt, dass Madame Chinon das eigentliche Opfer sein sollte.«

»Und wenn nicht?«

Adeline überlegte einen Moment, bevor sie zustimmend nickte.

»Kann ich mir nur schwer vorstellen, aber dann hätte sie sowohl mich als auch ihren Enkel übel ausgetrickst. Es war nicht schwer, mich dazu zu bringen, den Tee zuzubereiten. Die getrockneten Blätter dieser Pflanze sind mir im Tee nicht aufgefallen. Dafür kenne ich mich nicht gut genug aus. Sie vermutete, dass er ihr etwas antun wollte, auf diese Art wäre sie ihm zuvorgekommen. Fréderic hätte auf jeden Fall eine Einladung von ihr angenommen, er konnte nicht ahnen, dass sich Gift im Tee befand. «

»Wie konnte sie wissen, dass er von dem Tee trinken würde?«, fragte Marguerite.

»Das ist kein Kunststück, der Kerl nahm sich immer ungefragt, was rumstand. Er hat ihr den Keks im Café Fleur von ihrem Teller geklaut. Ich habe bemerkt, dass er das auch bei seinen Verwandten während der Feier getan hat. Es bereitete ihm wohl Vergnügen, anderen Leuten etwas wegzunehmen. Sie musste ihm im Bungalow nur eine Gelegenheit geben, als er auf sie wartete. Mehr war nicht nötig.«

»Dann sollten wir sie keinesfalls von der Liste der Verdächtigen streichen.«

»Damit hast du recht«, sagte Adeline zögerlich. Es war offensichtlich, sie gab keine clevere Detektivin ab, da sie Madame Chinon, ohne darüber nachzudenken, als Täterin ausgeschlossen hatte. Aber es fiel ihr schwer, sich die ältere, zierliche Frau als Giftmörderin vorzustellen.

»Lass uns gehen. Bestimmt stehen in der Küche noch ein paar Reste vom Mittagessen«, schlug Marguerite vor. »Ich habe jedenfalls ordentlich Appetit.«

»Gerne.« Sie packten die Handtücher in die Taschen und machten sich auf den Rückweg zur Bégude, die nur ein kurzes Stück von der Badestelle entfernt lag. Ihr fiel das letzte Gespräch mit Sébastien ein. Vielleicht hatte er recht, dass es unvernünftig war, ganz allein in dem Haus zu wohnen, während ein Mörder frei herumlief.

»Könnte ich heute Nacht bei dir in der Bégude bleiben? Das Sofa in deinem Zimmer würde mir reichen«, fragte sie. »Es wäre mir lieber, etwas Gesellschaft zu haben.«

»Verstehe ich gut.« Marguerite blieb stehen und nahm sie fest in die Arme. »Du kannst jederzeit bei mir übernachten. Für den Fall, dass du es dir überlegst, das Angebot, bei uns einzuziehen, steht noch. Platz haben wir mehr als genug.«

»Danke.« Adeline drückte ihre Freundin fest an sich. »Aber es hat sich nichts geändert, ich kann es mir nicht leisten, gleichzeitig für ein Studium zu sparen und ein Zimmer in der Bégude zu renovieren.« Der Gedanke, von Beauregard fortzuziehen und Marguerite nicht mehr täglich zu sehen, ließ Tränen in ihre Augen steigen. Sie hätte das Angebot liebend gerne angenommen, doch um zu studieren, musste sie wegziehen. Es blieb ihr keine Wahl.

Die Sonne neigte sich dem Horizont zu, als sie in der Bégude eintrafen. Eine Handvoll Leute saß im Innenhof an dem gedeckten Tisch. Kerzen flackerten in der sanften Brise und ein roter Lampion hing von einem überstehenden Dachbalken. Leise Musik wurde vom Zirpen der Zikaden übertönt.

»Wir haben Übernachtungsgäste«, flüsterte Marguerite ihr zu und winkte Charlotte, die in einem geflochtenen Stuhl im Schatten saß. Ein Buch lag auf ihrem Bauch und ein Krug mit Wasser stand auf dem kleinen Tischchen daneben. Philippe brachte eine Schüssel aus der Küche und stellte sie in die Mitte des Tisches. Es ging in der Bégude leger zu. Die Gäste wurden behandelt, als gehörten sie zur Familie, und nahmen sich aus den Schüsseln und Flaschen, die vor ihnen standen.

»Da ist ja die angehende Journalistin.«

Adeline hatte sie übersehen. Julie Bettencourt, die Reporterin aus Paris, hatte es sich an einem Tisch in der Ecke des Innenhofs bequem gemacht. Der Laptop war aufgeklappt und eingeschaltet, die Flasche Rosé war nur noch halbvoll und die Notizen der Frau bedeckten den Rest der Tischplatte und den Nachbarstuhl.

»Wie kommen Sie hierher?«, fragte sie verblüfft.

»Wie es aussieht, werde ich ein paar Tage in Beauregard bleiben, und hier werden Zimmer vermietet. Der Chef de Police hat die Bégude Sainte-Claire empfohlen und bisher bin ich ausgesprochen zufrieden. Die Betten sind bequem und das Essen ist ausgezeichnet, genau wie der Wein. Was könnte ich mehr erwarten?«

»Dann wünsche ich Ihnen einen angenehmen Aufenthalt. Ich hoffe, es lohnt sich für Sie.« Adeline nickte der Frau zu und wandte sich ab. Die Aussicht, quasi unter ihrer Beobachtung zu stehen, missfiel ihr. Doch nur wegen ihr würde sie nicht darauf verzichten, bei Marguerite zu übernachten.

»Hattest du schon Gelegenheit, über meinen Vorschlag nachzudenken?«

Adeline stoppte und drehte sich wieder der Frau zu. »Welchen Vorschlag?«

»Ich könnte dir bei deiner Bewerbung helfen und du gibst mir ein paar allgemeine Informationen über Beauregard. Das sollte für jemanden, der hier aufgewachsen ist, kein Problem darstellen. Ein bisschen Tratsch und Klatsch. Was im Café Fleur so erzählt wird.«

»Ich kann nichts über den Tod des Mannes sagen, falls Sie darauf aus sind.«

»Immerhin warst du an dem Tag im Château, an dem der arme Fréderic Chinon starb.«

»Woher wissen Sie das?« Ihre Verblüffung hielt nur kurz, natürlich hatte die Reporterin es rasch herausgefunden, es gehörte zu ihrem Job, sich Informationen zu beschaffen.

»Jeder weiß das. Die Angestellten sind recht mitteilsam, wenn man freundlich fragt.«

»Komm mit!«, forderte Marguerite sie auf.

»Ich möchte dir helfen«, sagte die Journalistin und Adeline blieb stehen.

»Wieso glauben Sie, dass ich Hilfe bräuchte?«

»Ich war auf der Pressekonferenz und habe mich etwas umgehört. Du warst eine der Letzten, die Fréderic lebend gesehen haben, und Capitaine Rousseau scheint sich auf dich einzuschießen. Demnach muss er noch mehr gegen dich in der Hand haben.«

»Das tut er?« Es traf sie wie ein Schlag in die Magengrube, wenn der Polizist das bereits bei der Presse durchklingen ließ.

»Setz dich!«, forderte die Frau sie auf. »Ich glaube nicht daran, dass du Fréderic Chinon umgebracht hast, und bin bereit, dir zu helfen, deine Unschuld zu beweisen.«

»Schon gut«, sagte Adeline zu Marguerite, die leicht an ihrem Arm zog. Die Idee, mit der Journalistin zu sprechen, hielt sie für eine wirklich schlechte Entscheidung, aber Adeline konnte jede Hilfe gebrauchen und die Reporterin wusste sicher einiges über die Familie. Sie zog einen Stuhl heran und setzte sich. Marguerite blieb hinter ihr stehen.

»Es stimmt, ich war an dem Tag dort, aber ich kann nicht viel erzählen. Ich habe mir nichts zuschulden kommen lassen und ich wüsste nicht, was Capitaine Rousseau gegen mich anführen könnte.«

»Mehrere der Gäste haben berichtet, dass du und Fréderic gestritten habt. Er wurde vergiftet und du hast ihm den Nachmittag über Essen und Trinken zubereitet und serviert. Keiner besaß eine bessere Möglichkeit, ihm das Gift unbeobachtet zu verabreichen, als du.«

»Habe ich aber nicht«, erwiderte sie aufgebracht. »Einen Streit würde ich es auch nicht nennen. Er hat mich beleidigt, genau wie einige seiner Verwandten und Angestellten. Das ist noch lange kein Grund, ihn umzubringen.« Sie spürte, wie ihr Puls raste. Wenn die Frau schon diese Informationen hatte, würde Adeline es bald in der Zeitung lesen können. Und viele Leute glaubten, alles, was in der Zeitung stand.

»Seine Verwandten haben einen starken Anreiz, dich als Verdächtige zu präsentieren. Sie greifen nach allen Möglichkeiten, von sich selbst abzulenken. Würde ich wahrscheinlich genauso machen, wäre ich in deren Lage.«

»Wie wollen Sie mir helfen?«, fragte Adeline. Vielleicht war das Angebot der Frau nicht sonderlich ernst gemeint und sie versuchte nur, nach Informationen zu fischen, aber Adeline konnte es sich nicht leisten, Strohhalme vorbeischwimmen zu lassen, ohne danach zu greifen. Auch Marguerite schien das einzusehen, denn sie zog einen Stuhl heran und setzte sich zu ihnen.

»Erzähl mir, was am Samstag passiert ist«, forderte die Reporterin sie auf.

»Sie zuerst. Was wissen Sie über die Familie?«, erwiderte Adeline. Ihr Herz schlug bis in ihren Hals hinauf und ihre Handflächen wurden feucht. Vielleicht verschreckte sie die Frau mit ihrer Haltung, aber sie wollte nicht alle Trümpfe aus der Hand geben, bevor sie nicht etwas erhalten hatte. *Falls ich überhaupt Trümpfe besitze.*

»Also gut. Die Familie ist in Paris ziemlich bekannt. Die Firma gehörte den Eheleuten zu gleichen Teilen. Nach dem Tod von Monsieur Chinon erhielten die Kinder nur einen Pflichtteil, demnach verblieb die Mehrheit bei Madame Chinon. Sie und die Kinder sitzen im Aufsichtsrat. Fréderic fungiert als Stellvertreter seines Vaters Louis, der wenig Interesse an dem Geschäft zeigt, und Hermine hat den Platz ihres verstorbenen Mannes Charles inne.«

»Dort werden die wichtigen Entscheidungen getroffen?«, fragte Marguerite.

»Genau. Vor allem die Höhe der jährlichen Zahlungen an die

Familienmitglieder, und das kontrollierte Madame Chinon mit ihrer Mehrheit.«

»Aber da ist noch mehr, oder?«, vermutete Adeline.

»In Paris geht das Gerücht um, es gäbe einen heftigen Streit zwischen Antoine und Fréderic über die zukünftige Ausrichtung der Firma, wahrscheinlich auch um den Posten des Geschäftsführers. Noch hält seine Mutter zu Antoine, aber das sollte auf der heutigen Sitzung zur Sprache kommen.«

»Mit dem Tod von Madame Chinon wären die Karten wieder neu gemischt«, murmelte Adeline.

»Das stimmt, aber der Tod von Fréderic festigt die Position von Antoine«, sagte die Journalistin. »Von den anderen Geschwistern zeigt keiner ein Interesse daran, die Leitung der Firma zu übernehmen.«

»Also besitzt er ein starkes Motiv, seinen Neffen auszuschalten.« Adeline nahm die Wasserflasche aus ihrer Tasche und trank einen Schluck, um Zeit zum Überlegen herauszuschinden. Es blieb ihr nichts übrig, als der Frau zu vertrauen. Die Journalistin kannte mehr Einzelheiten aus der Familie und der Firma, als sie mit ihren beschränkten Möglichkeiten herausfinden konnte.

»Und jetzt bist du dran.« Julie Bettencourt lehnte sich im Stuhl zurück und macht klar, dass sie ihren Teil als erfüllt ansah, nun war es an Adeline, die Karten auf den Tisch zu legen.

»Na gut.« Sie berichtete von ihrer Ankunft und dem ersten Treffen mit Fréderic, dem Verlauf des Nachmittags, bis zum Verlassen des Bungalows der alten Dame und der anschließenden Befragung durch Capitaine Rousseau.

»Es war also Eisenhut«, sagte die Frau nachdenklich. »Kein sonderlich häufig eingesetztes Gift.«

»Die Polizei kann nicht nachvollziehen, woher es stammt. Jeder kann es in der Natur sammeln, soweit er weiß, wie es aussieht und wo es zu finden ist«, warf Adeline ein.

»Das ist richtig. Und Madame Chinon sagte, sie hätte ihn zu sich eingeladen?«

»Ja. Sie wurde von Hermine aufgehalten, sonst wäre sie vor ihm im Bungalow eingetroffen.«

»Und hätte selbst von dem Tee getrunken.« Die Journalistin machte sich Notizen, dann hob sie den Kopf und sah Adeline an. »Die Frau war eine Teetrinkerin, wahrscheinlich hätte sie den Unterschied sofort bemerkt. Ich weiß nicht, wie Eisenhut schmeckt, aber bestimmt nicht wie Earl Grey.«

»Möglicherweise nicht, nachdem ich den Tee mit einem ordentlichen Schuss Rum versetzt hatte. Sie behauptete, nach dem anstrengenden Tag einen kräftigen Schluck zu brauchen.« Dass die alte Dame es aus Gewohnheit tat, verschwieg Adeline.

»Dann hat sie Glück gehabt, aufgehalten worden zu sein. Sonst wäre sie vielleicht selbst zum Opfer geworden.«

»Oder beide.« Daran hatte sie nicht gedacht, aber jetzt schien es Adeline klar zu sein. Ohne Hermines Auftauchen könnten nun beide tot sein: Fréderic und seine Großmutter.

»Deutete Madame Chinon bei dir an, dass sie um ihr Leben fürchtete?«

»Nicht direkt«, wich Adeline aus. »Sie ließ die Bemerkung fallen, dass die Familie lange genug auf ihr Ableben gewartet hätte und langsam ungeduldig würde. Aber das war sicher nur Sarkasmus.«

»Bestimmt«, erwiderte die Journalistin und ihre Finger begannen auf der Lehne des Stuhls zu trommeln, als würde sie bereits am Laptop sitzen und einen Artikel schreiben.

»Sagt Ihnen Turenne 35 etwas?«, fragte Adeline. Die Idee war ihr spontan gekommen. Vielleicht wusste die Frau mehr darüber.

»Ein Entwicklungsprojekt der Firma. Rue de Turenne Nummer 35. Das momentane Vorzeigeprojekt. Stimmt damit irgendetwas nicht?«

»Kann ich nicht sagen, jemand hat es im Zusammenhang mit Fréderic heute erwähnt. Es scheint einige Meinungsverschiedenheiten innerhalb der Familie zu geben, wie damit umgegangen werden sollte.« Sie verschwieg, dass es sich dabei um Sybille Chinon gehandelt hatte. Sie besaß keinen Grund, doch sie wollte die Frau aus der Schusslinie halten. Jedenfalls vorläufig. Christian Duchamps hatte zugegeben, dass es nicht nur Konflikte zwischen den Familienmitgliedern, sondern auch mit einigen Mietern gab.

»Ich werde mich erkundigen. Vielleicht führt es zu etwas«, versprach Julie Bettencourt.

»Dann sehen wir uns in den nächsten Tagen.«

Sie ließen die Frau zurück und gingen an den Tisch, wo Philippe ihnen zwei Teller zuschob. Adeline war der Appetit vergangen. Sie knabberte nur an einem Baguette vom Morgen und aß ein paar Löffel der Gemüsesuppe. Die Journalistin saß noch immer in ihrer Ecke, doch jetzt starrte sie auf den Laptop und ihre Finger flitzten über die Tastatur.

Hoffentlich habe ich keinen Fehler begangen, der Frau die Informationen zu geben.

Ihr Handy vibrierte in der Hosentasche. Es war Sébastien und sie nahm den Anruf an. Marguerite beobachtete sie und tat erst gar nicht so, als würde sie nicht lauschen.

»Was wollte er?«, fragte sie, nachdem Adeline das Telefon wieder einsteckte.

»Er hat etwas für mich, das er mir nur persönlich sagen kann.«

»Das glaube ich gerne«, sagte sie mit einem ironischen Unterton.

»Was meinst du?«

»Hat er dir nicht ein Zimmer im Château organisiert, damit du über Nacht bleiben kannst.«

»Ja. Falls sich die Ermittlungen hinziehen und die Polizei mich braucht.«

»Wie passend, dass er jetzt am Abend eine Entdeckung gemacht hat. Also wird dir kaum etwas übrigbleiben, als dich auf den Roller zu schwingen und hinzufahren. Dann wird es sicher spät und lohnt sich nicht mehr, nach Hause zu fahren. Glücklicherweise steht ein Bett bereit.« Sie zwinkerte Adeline zu und grinste zweideutig.

»Ach was, er ist nur hilfsbereit. Es gibt auch nette Menschen ohne Hintergedanken«, protestierte sie.

»Hast du nicht behauptet, du wärst nicht naiv?«

»Bin ich auch nicht. Auf jeden Fall muss ich hin. Du hast doch darauf bestanden, ich müsste auf eigene Faust ermitteln und den wahren Täter finden. Das kann ein erster Schritt sein.«

Marguerite trat näher zu ihr. »Pass gut auf dich auf, wenn du im Château übernachtest. Sollte der Mörder herausfinden, was du vorhast, könntest du in Gefahr schweben.« Sorge um ihre Freundin lag in ihrer Stimme. »Soll ich mitkommen?«

»Besser nicht. Du würdest dort zu sehr auffallen und vielleicht den Täter, der sich gerade bestimmt ziemlich sicher fühlt, auf unser Vorhaben aufmerksam machen.«

»Pass gut auf dich auf und versuch, keinen Tee zu trinken. Wer weiß, was drin ist.«

»Werde ich.« Sie umarmte Marguerite und verabschiedete sich. Kurz darauf saß sie auf dem Roller und fuhr in Richtung der Residenz.

Ein unerwarteter Zeuge

Die schmale Straße führte den bewaldeten Hügel hinauf zum Château. An normalen Tagen hätte es ihr Spaß gemacht, mit dem Roller durch die engen Kurven zu flitzen, doch heute spürte sie einen inneren Widerstand, der stetig zunahm, je näher sie ihrem Ziel kam. Der Wald endete am Parkgrundstück und das Schloss erhob sich düster vor ihr, nur der Saal des Restaurants war dezent beleuchtet. Es war acht Uhr und die Chinons würden wahrscheinlich gemeinsam beim Abendessen sitzen. Adeline fragte sich, wie sich der Tod von Fréderic auf die Aufsichtsratssitzung ausgewirkt hatte. Neben der Trauer, ein Familienmitglied durch einen Mord verloren zu haben, würde sich bei einigen wohl auch ein gewisses Maß an Erleichterung einschleichen. Dabei fielen ihr vor allem Antoine und Hermine ein, über denen Fréderics Ambitionen, die Firmenleitung zu übernehmen, wie ein Damoklesschwert geschwebt hatte. Bei den anderen war sie unsicher, nur von Louis Chinon, seinem Vater, nahm sie an, dass er aufrichtig trauerte.

Das Pflaster der Brücke, die den ehemaligen Burggraben überspannte, rüttelte an ihrem Roller und sie hielt den Lenker fest in beiden Händen. Adeline umrundete das Anwesen und parkte auf dem Angestellten- und Besucherparkplatz, zwischen dem Schloss und den Bungalows der Bewohner der Residenz. In den meisten Häusern brannte Licht, nur das von Madame Chinon lag im Dunkeln. Sie war demnach noch nicht wieder eingezogen, was Adeline gut verstehen konnte. Die Erinnerung daran, dass man ihren Enkel tot im Wohnzimmer gefunden hatte, ließ sich nicht leicht vertreiben. Wenigstens waren die Absperrbänder der Polizei verschwunden und die Reifenspuren der Einsatzfahrzeuge auf dem Kiesweg hatten die Gärtner beseitigt. Auf den ersten Blick erinnerte nichts mehr an das Verbrechen, das hier geschehen war. Dafür hatte Monsieur Mazet gesorgt. Er hielt die Illusion einer friedlichen und harmonischen Residenz aufrecht. Es würde sie nicht wundern, wenn er Capitaine Rousseau und seine Assistentin nicht auf dem Anwesen untergebracht, sondern auf ein Hotel im Ort verwiesen hatte.

Zwei Personen kamen den Weg vom Schloss herüber: Hermine und ihre Tochter. Sybille ging voraus und ihre Mutter hastete hinterher. Die Stimmen der beiden Frauen drangen zu ihr. Sie klangen nicht freundlich, eher gereizt und aufgebracht. Adeline blieb im Schatten der Bäume auf ihrem Motorroller sitzen und rührte sich nicht. Sie wollte nicht in etwas hineingezogen werden, das sie nichts anging.

»Ich werde nicht hierbleiben und Trübsal blasen, nur weil die Familie das von mir erwartet. Kommt nicht infrage«, fauchte Sybille ihre Mutter an und stieg in den Wagen. Einen Augenblick später röhrte der Motor des Mini Coopers auf und sie fuhr los. Die Vorderräder drehten durch und Kies spritzte zur Seite weg, dann schoss sie davon. Hermine blieb zurück und sah ihrer Tochter nach. Adeline beobachtete sie, bis die Frau sich aufraffte, zum Schloss zurückzugehen. Sie wartete, bis Hermine verschwunden war, bevor sie abstieg, ihren Helm am Roller befestigte und den kleinen Rucksack nahm, in dem die wenigen Sachen untergebracht waren, die sie für die Übernachtung eingepackt hatte.

Adeline stieg die Treppen zum Hintereingang hinab. Je weniger Leute bemerkten, dass sie das Château betrat, desto lieber war es ihr. Die Tür zur Kaffeeküche, in der sie am Samstag gearbeitet hatte, war unverschlossen und sie trat ein. Paulette stand am Tisch und schaute auf. Das Licht der Deckenlampen spiegelte sich auf der Klinge des Messers, das sie in der Hand hielt, und Adelines verharrte an der Tür, bis ein Lächeln auf Paulettes Lippen erschien. Die Frau schien sich über den Besuch zu freuen.

»Hallo Adeline. Was bringt dich hierher?«

»Die Polizei bat mich, zur Verfügung zu stehen. Es gibt einige Fragen, die sie mit mir besprechen wollen. Daher haben sie

Monsieur Mazet gebeten, mir ein Zimmer für diese Nacht zu geben.« Das war zwar nicht der wahre Grund für ihren Besuch, doch nahe genug daran, um als beinahe aufrichtig durchzugehen.

»Die gehen mir unbeschreiblich auf die Nerven«, sagte Paulette und wedelte mit dem Messer durch die Luft wie ein Gangster in einem miesen Krimi.

»Müsstest du nicht bei den anderen Köchen sein? Um diese Uhrzeit sollte im Restaurant doch jeder Tisch besetzt sein.«

»Das stimmt, aber Oscar möchte, dass ich mich um die Desserts für morgen kümmere. Hier in der Kaffeeküche stehe ich niemandem im Weg rum und es ist alles da, was man braucht. Du weißt ja, wie hektisch es zu den Essenszeiten wird. Hier habe ich meine Ruhe.« Die Sous-Chefin zeigte mit der Spitze der Klinge in Richtung des Regals, in dem mindestens drei Dutzend weißer Schälchen aus Porzellan standen. »Es gibt Crème brûlée. Und zwar jede Menge davon.«

»Lecker.« Adeline trat näher und betrachtete die goldgelbe Masse in den Förmchen, die von einer leicht karamellisierten Schicht aus braunem Zucker bedeckt war.

»Die sind erst einmal flambiert worden, der zweite Durchgang steht noch aus.«

»Du machst das zweimal?«

»Dann wird die Karamellschicht knackiger.« Paulette legte eine Vanilleschote auf ein Schneidbrett und halbierte sie der Länge nach. »Die meisten von denen im Regal gehen heute Abend ins Restaurant und für morgen muss ich mindestens die doppelte Menge vorbereiten. Bei den Bewohnern der Residenz sind sie beliebt, manche bestellen sogar eine zweite Portion im Voraus.« In einem Zug kratzte sie mit der Rückseite des Messers das Mark aus der Schote und warf es in einen Topf mit Milch, der auf dem Herd stand und leise köchelte.

»Mich haben sie heute auch befragt«, sagte Paulette und rührte im Topf.

»Aus welchem Grund? Du hattest mit dem Toten überhaupt nichts zu tun.«

»Das habe ich denen mehrmals gesagt, aber das war ihnen egal. Reich mir mal die Schüssel.«

In der glänzenden Metallschale, auf die sie zeigte, schwamm ein halbes Dutzend aufgeschlagene Eier. Adeline reichte sie ihr und Paulette kippte die heiße Milch darüber. Dann vermischte sie die Masse. Der Rührbesen schlug kratzend gegen die Metallwand, als würde sie ihren Ärger über Capitaine Rousseau an der Crème auslassen. Erst als sie zufrieden aussah, goss sie die Flüssigkeit durch ein feines Sieb in eine Glasschüssel, und entfernte mit einer Kelle die Bläschen, die darauf schwammen. »Die müssen raus, sonst wird die Crème nicht glatt genug, um sie ordentlich zu flambieren. Der Geschmack ist eine Sache, aber das Aussehen zählt mindestens genauso viel.«

»Klar«, stimmte Adeline ihr zu, obwohl sie vom Flambieren keine Ahnung hatte. Sie kaufte ihre Crème brûlée stets im Supermarkt, falls sie im Angebot war.

»Fréderic Chinon hat mich vor allen Gästen lautstark abgekanzelt, weil er meine Apfeltörtchen zu süß und zu klebrig fand. Der Armleuchter.« Sie schnaubte laut und begann mit dem Gemisch weitere Förmchen zu füllen, die in einem hochwandigen Backblech, das sie zu einem Wasserbad umfunktioniert hatte, standen. »Habe ich mir nicht gefallen lassen und ihm klargemacht, dass er ein aufgeblasener Idiot ist.«

Adeline konnte sich lebhaft ausmalen, wie die Sous-Chefin aus der Haut gefahren war und grinste. »Das hat ihm sicher noch weniger geschmeckt als der Apfelkuchen.«

»Kann man so sagen. Der Kerl war es nicht gewohnt, dass jemand zurückschießt.« Sie stellte die leere Schüssel auf den Tisch. Die Falten auf ihrer Stirn glätteten sich und ein Lächeln blühte auf ihren Lippen auf. »Hat richtig gutgetan.«

»Kann ich mir vorstellen.«

»Wie abzusehen war, ist er aufgebracht zu Monsieur Mazet gerannt und bestand darauf, dass er mich auf der Stelle rausschmeißen sollte.«

Die Reaktion überraschte Adeline nicht. Jetzt war ihr klar,

wieso Paulette zu den Verdächtigen gehörte. »Das wird er doch nicht tun?«

»Unwahrscheinlich. Oscar hat gedroht, dass die gesamte Küchenmannschaft dann den Löffel fallenlässt. Und das wird Monsieur Mazet sicher nicht riskieren. Schon gar nicht wegen eines Besuchers, der nur einmal im Jahr hier auftaucht.«

»Gab es irgendwelche Konsequenzen für dich?«, fragte Adeline nach.

Paulette holte eines der Förmchen mit der vorbereiteten Crème aus dem Regal und zündete den handlichen Bunsenbrenner an. »Er hat dem Kerl versprochen, sich darum zu kümmern.« Sie betrachtete die Flamme und stellte sie an einem Rädchen etwas höher ein. »Er schlug vor, dass ich im nächsten Jahr zum Geburtstag von Madame Chinon Urlaub nehmen sollte, damit ich dem Mann nicht über den Weg laufe. Doch das hat sich ja jetzt erübrigt, obwohl ich nicht annehme, dass er mich wiedererkannt hätte.«

Mit kreisförmigen Bewegungen fuhr sie mit der Flamme über die leichte Zuckerkruste und brachte sie zum Schmelzen. »Der Zucker muss dunkelbraun, aber auf keinen Fall schwarz werden, also immer die Flamme in Bewegung halten«, erklärte sie. »Sonst schmeckt er bitter.«

»Sieht super aus.« Adeline beugte sich vor und betrachtete die Kruste, die weiter karamellisierte. Der aufsteigende Duft ließ ihren Magen unüberhörbar knurren.

Paulette lächelte und schob ihr eine Crème hin »Ein Geschenk des Hauses.«

»Ein leckerer Ausgleich für den Ärger, den ich mit der Polizei habe.«

»Stimmt, dich haben sie ja auch am Haken. Was für Trottel. Die sollten sich lieber die Familie anschauen.«

»Was glaubst du? Wer könnte es getan haben?«, fragte Adeline, die neugierig auf die Meinung der Sous-Chefin war.

»Die Frage ist eher, wann er vergiftet wurde«, erwiderte Paulette.

»Wie meinst du das? Er hat von dem Tee, den ich zubereitet

hatte, getrunken. Das Gift hat ihn umgebracht. Capitaine Rousseau bestätigte, dass Eisenhut unter den Tee gemischt worden war. Aber ganz bestimmt nicht von mir.«

»Dann würde ich auf Madame Chinon tippen. An ihrer Stelle wäre mir der Enkel so peinlich gewesen, dass ich es nicht mehr ausgehalten und ihn vergiftet hätte. Das kann jeder verstehen, der den Kerl erlebt hat.«

Paulette nahm die Auflaufform mit den Schälchen und schob sie in den Backofen. »Die brauchen jetzt etwas über eine Stunde.«

Adeline holte einen kleinen Löffel aus dem Besteckkasten und tippte mit der Spitze auf die Zuckerkruste. Es knackte, als sie brach.

»Superlecker.« Die Kruste knirschte leicht zwischen ihren Zähnen und der Geschmack nach Vanille legte sich auf ihre Zunge. Sie seufzte leise. *Zum Glück habe ich eine Zahnbürste dabei.*

»Aber das mit dem Tee funktioniert zeitlich nicht«, sagte Paulette. Sie lehnte sich gegen den Tisch und verschränkte die Arme vor der Brust.

»Wieso nicht?«, nuschelte Adeline mit vollem Mund.

»Wenn man mir einen Mord unterstellen will, gehe ich der Sache selbstverständlich auf den Grund, besonders wenn es mit Essen oder Trinken zu tun hat. Das gehört zu meinem Beruf.«

»Und? Was ist dabei herausgekommen?«

»Der Kerl kann nicht lange im Bungalow gewesen sein. Vielleicht eine Viertelstunde?«

»Madame Chinon sagte mir, sie wollte noch das Menü für den nächsten Tag mit dem Küchenchef besprechen. Danach verwickelte ihre Schwiegertochter sie in ein Gespräch, währenddessen sie die Nachricht vom Tod ihres Enkels erhielt. Sollte Fréderic, kurz nachdem ich gegangen bin, die Wohnung betreten haben, kommt das zeitlich hin.«

»Und an der Stelle funktioniert es nicht. Normalerweise braucht Eisenhut zwei oder drei Stunden, bis er zum Tod führt.

Bei sehr hoher Konzentration kann es auf dreißig Minuten sinken. Das habe ich nachgelesen.«

»Welche Menge Tee wäre nötig gewesen, um eine so starke Dosis zu schlucken, die ihn in einer Viertelstunde umgebracht hätte?«, wunderte Adeline sich.

»Ganz genau. Literweise. Und selbst dann hätte die Zeit nicht ausgereicht, um ihn umzubringen.«

»Das verstehe ich nicht.« Sie stellte die leere Schale auf den Tisch und setzte sich auf einen Stuhl. »Aber das Gift war doch im Tee. Sie haben es in der Teedose gefunden.« Sie schüttelte verwirrt den Kopf. *Das ergibt keinen Sinn.*

»Geht mir auch so. Irgendwer treibt ein merkwürdiges Spiel mit uns.« Paulette setzte sich zu ihr und sah ihr fest in die Augen. »Auf jeden Fall hast du den Mann nicht mit dem Tee umgebracht. Lass dir das nicht einreden!«, sagte sie eindringlich und fasste Adelines Hände. »Du hast keine Schuld an seinem Tod. Er muss im Laufe des Nachmittags das Gift geschluckt haben und jeder aus der Familie kommt dafür infrage.«

»Wieso verdächtigt Capitaine Rousseau mich?«, stammelte Adeline verwirrt.

»Ich weiß nicht, was er vorhat, aber er muss das wissen. Der Mann ist schließlich kein Idiot, sondern ein Kriminalpolizist, der bestimmt schon einige Giftmorde bearbeitet hat.«

Sie atmete tief aus und ein Gewicht fiel von ihren Schultern. Paulette hatte recht, sie konnte nicht für den Tod von Fréderic Chinon verantwortlich sein. Das war, was im Moment zählte. Sie würde nicht unschuldig ins Gefängnis kommen.

»Danke«, sagte sie. »Du hast keine Ahnung, wie erleichtert ich bin.«

»Doch. Das kann ich mir nur zu gut vorstellen. Ich weiß, was für eine Panik ich hatte, als man mir vorgeworfen hat, an seinem Tod beteiligt gewesen zu sein. Deswegen wollte ich dir das unbedingt sagen.«

Die Tür ging auf und einer der Kellner schaute herein. »Ich brauche gleich das Dessert.« Er legte einen Zettel auf den Tisch.

»Fünf Minuten.«

Paulette stand auf und begann die restliche Crème zu karamellisieren. »Kannst du den Apfelkuchen schneiden?«

Adeline holte den Kuchen aus der Kühltheke, schnitt ein Stück ab und legte es auf einen Teller.

»Was hast du jetzt vor?«, fragte Pauline und stellte den Bunsenbrenner wieder aus.

»Sébastien hat etwas herausgefunden, das er mir mitteilen will. Wahrscheinlich bleibe ich über Nacht hier. Er hat ein Zimmer unter dem Dach für mich.«

»Ich stelle dir einen Kakao hin. Dann schläft es sich besser.«

»Danke, das ist lieb von dir.« *Außerdem ist klar, dass ich ihn unbesorgt trinken kann. Sie wird kaum versuchen mich umzubringen, da sie mir einen Hinweis gegeben hat, wie ich meine Unschuld beweisen kann. Auf jeden Fall werde ich es im Internet nachschlagen, ob es auch wirklich stimmt, bevor ich das nächste Mal von Capitaine Rousseau verhört werde.*

»Wir Mordverdächtige müssen zusammenhalten, sonst kommen wir unter die Räder der Justiz«, antwortete Paulette und lachte leise. Adeline war zwar erleichtert, aber zum Lachen konnte sie sich noch nicht durchringen. Solange die Polizei nicht wusste, wer Fréderic Chinon umgebracht hatte, war sie nicht vollständig vom Verdacht freigesprochen. Zuerst musste sie herausfinden, wo und wann er das Gift zu sich genommen hatte. Alles Weitere würde sich danach ergeben. Hoffentlich auch wer hinter dem Anschlag steckte.

Sébastien fand sie an der Rezeption, wo er mit einer Frau in einem bunten Jogginganzug sprach, die ein Paar Nordic-Walking-Stöcke in einer Hand hielt, während er mit einem Stift etwas in einer Karte markierte. Er bemerkte Adeline, verabschiedete sich und kam zu ihr.

»Ich habe die Tür im Blick behalten und dich bereits vermisst.«

»Einem der Chinons oder gar der Polizisten in die Arme zu laufen, wollte ich gerne vermeiden, daher habe ich den Eingang durch die Kaffeeküche genommen und mich eine Weile mit Paulette unterhalten.«

»Das verstehe ich. Capitaine Rousseau und Lieutenant Gaudry haben Feierabend gemacht und sind gefahren. Sie wohnen in einem Hotel in der Stadt.«

»Das hatte ich vermutet. Monsieur Mazet möchte sie bestimmt gerne aus dem Blickfeld seiner Gäste haben.« *Wenigstens sind die beiden nicht ebenfalls auf die Idee gekommen, sich in der Bégude einzuquartieren, so wie Julie Bettencourt.*

»Das stimmt. Obwohl einige unserer Gäste nicht unglücklich über etwas Ablenkung sind. Ein Todesfall und Polizei im Haus sorgt für Gesprächsstoff für eine Weile. Ansonsten geschieht hier nicht allzu viel.«

»Was wolltest du mir sagen, weswegen ich hierherkommen sollte? Marguerite vermutete, es wäre ein Vorwand, um mich zu sehen.« *Oh.* Sie stockte. Das hatte sie nicht ausplaudern wollen, es war ihr versehentlich herausgerutscht.

»Wer könnte mir das verübeln?«, erwiderte er und lächelte zaghaft, als wollte er erst ihre Reaktion testen, bevor er sich zu einem vollen Lächeln hinreißen ließ. »Aber nein. Zufällig habe ich mitbekommen, dass Monsieur Clairon, einer der Bewohner der Residenz, etwas bemerkt hat, das dich interessieren könnte.«

»Und das wäre?«

»Das soll er dir am besten selbst erzählen.«

»Wieso glaubst du, dass ich die richtige Person bin, um mit ihm zu sprechen? Wenn es um den Fall geht, solltest du damit nicht besser zu Capitaine Rousseau gehen?«, fragte Adeline.

»Du willst doch herausfinden, wer hinter dem Mord an Frédéric Chinon steckt, oder nicht?«

»Es wäre nicht sonderlich klug von mir, einem Menschen hinterherzuschnüffeln, der bereit ist, zu töten.« Dieses Mal war sie es, die ihn eingehend beobachtete und hoffte zu erkennen, was er von ihr hielt. *Für eine toughe Detektivin hält er mich bestimmt nicht, aber hoffentlich auch nicht für eine feige Maus.*

»Du wirkst nicht wie jemand, der tatenlos zusieht, während er von der Polizei unschuldig verdächtigt wird.«

»Damit liegst du richtig«, sagte sie, verschwieg aber, dass Marguerite sie kräftig geschubst hatte, bevor sie sich zu diesem Schritt entschlossen hatte. Es schmeichelte ihr, dass er sie für tatkräftig und mutig hielt, auch wenn das nicht ganz der Realität entsprach. Sie war eher ruhig und leicht einzuschüchtern. Nicht gerade das Material, aus dem Heldinnen geformt wurden.

»Dann komm mit. Monsieur Clairon wartet im Spielzimmer.«

Sie folgte Sébastien einen langen Flur hinab, an dessen weißgetünchten Wänden großformatige Gemälde in geschnitzten goldenen Rahmen hingen. Eine Handvoll Adelige in ihren Festtagsgewändern, aber hauptsächlich Landschaftsbilder aus der Umgebung. Von mehreren glaubte sie zu wissen, von welcher Stelle aus sie gemalt worden waren. Das Château besaß eine wechselhafte Geschichte, die einige Jahrhunderte zurückreichte. Vielleicht gibt es doch mehr über die Region zu berichten, als ich angenommen habe.

»Die hat Monsieur Mazet beim Kauf übernommen. Wahrscheinlich hat er keine Ahnung, um wessen Porträts es sich handelt, aber sie passen zum Ambiente, also hat er sie hängenlassen, statt sie an einen Antiquitätenhändler zu verkaufen.« Er hatte demnach ihren neugierigen Blick bemerkt.

Am Ende des Flurs öffnete Sébastien eine Tür. »Das Spielzimmer«, präsentierte er großspurig den Raum. In Adelines Welt waren Spielzimmer bunter, unordentlicher und besaßen ein Bällebecken oder wenigstens einen Kaufladen. Doch nicht im Château de Beauregard. Der Raum war etwa so groß wie die Grundfläche ihres Elternhauses und fast ebenso hoch. Ein kristallener Kronleuchter hing an einer schweren Kette von der mit aufwendigem Stuck und Malereien verzierten Decke herab. Ein massiver Billardtisch nahm die Mitte des Raums ein, vier Tische verteilten sich gleichmäßig darum und an den Wänden standen Regale mit Büchern und antikem Krimskrams. Drei ältere Damen, die aussahen, als würden sie ihr Geld als Influencer für Juwelier- und Kosmetikgeschäfte verdienen, besetzten einen der Tische und spielten Karten. Sie blickten kurz auf und Sébastien winkte ihnen freundlich zu.

»Unsere Bridge-Runde trifft sich fast täglich«, sagte er mit gedämpfter Stimme. »Manchmal laden sie Madame Estrelle aus dem Ort ein, dann legen sie Tarotkarten.«

»Vielleicht sollte ich diese Madame Estrelle bitten, Karten zu legen, um den Mörder zu entlarven. Das wäre einfacher und deutlich ungefährlicher«, flüsterte sie zurück, obwohl die Damen ihre Aufmerksamkeit wieder dem Kartenspiel zugewandt hatten.

»Das ist eine hervorragende Idee. Ich kann sie gerne fragen.«

Adeline warf ihm einen verblüfften Blick zu. Sein Vorschlag hörte sich fast zu ernsthaft an, um ein Scherz gewesen zu sein. »Du glaubst doch nicht etwa an so einen Unsinn?«

»Dort sitzt er.« Sébastien ignorierte ihre Frage und sah zu einem hageren Mann, der auf einem Sofa am Fenster saß und in einem Buch blätterte. Er trug eine braune Strickweste und eine Fliege am bis zum Hals zugeknöpften Hemd. Als sie zu ihm traten, schaute er zu ihnen auf, drückte den Rücken durch und schob die Brille den Nasenrücken hinauf.

»Monsieur Clairon, können wir kurz stören?«

»Wenn es sein muss.« Der Mann legte ein Lesezeichen in das Buch und klappte es zu. »Ich bin an einer Stelle, in der nicht wirklich etwas passiert, nur irrelevantes Geschwätz über die Beziehung. Wahrscheinlich blättere ich ein paar Seiten vor und werde nichts Essentielles verpasst haben. So macht man ein Buch dicker und dementsprechend teurer. Eine Schande, dafür Geld zu verlangen. Ich werde mich bei meinem Buchhändler beschweren.«

»Da stimme ich Ihnen zu, Autoren sollten lernen, sich auf das Wesentliche zu beschränken«, versicherte Sébastien. Adeline warf einen Blick auf den Buchrücken und entdeckte den Aufkleber der städtischen Bücherei. Er würde kaum von Marguerite etwas von den Gebühren für seinen Büchereiausweis zurückbekommen, nur weil ihm der Schreibstil eines Buchs nicht gefiel. Sie wäre gerne dabei, falls er es versuchen würde.

»Setzen Sie sich.« Monsieur Clairon deutete auf die beiden Stühle, die ihm gegenüberstanden.

»Sie haben sich über den Lärm auf dem Flur beschwert. Könnten Sie kurz erzählen, was vor sich gegangen ist?«

»Sagen Sie mir zuerst, was Sie unternommen haben, damit hier in Zukunft nachts Ruhe herrscht?« Er nahm die dicke Brille ab und rieb sie sorgfältig mit einem Tuch ab. »Oder warten Sie nur ab, bis diese unselige Familie ohne Benehmen wieder abreist?«

»Ich habe mit Madame Chinon gesprochen und sie hat mir versichert, mit ihren Verwandten über das unschöne Vorkommnis zu sprechen.«

»Es wäre das Mindeste, wenn hier wieder Ruhe einkehren würde, vor allem zu Schlafenszeiten.« Er setzte die Brille auf, blinzelte mehrmals und sah zu Adeline. »Sie arbeiten hier? Ich kann mich nicht erinnern, Sie bereits gesehen zu haben.«

»Manchmal«, kam Sébastien ihr zuvor. »Was genau hat Sie aus dem Schlaf gerissen?«

»Die Küche in meinem Bungalow wird umgebaut, daher bin ich für ein paar Tage ins Château gezogen. Das Zimmer liegt in dem Hotelbereich, da sonst nichts frei war«, erklärte er an Adeline gewandt. »Leider sind die Handwerker weder kompetent noch fleißig, wer weiß, wie lange ich gezwungen bin, hier zu wohnen.«

»Die Arbeiten werden termingerecht beendet und Sie können in ihren Bungalow zurückziehen«, versicherte Sébastien.

»Das will ich doch hoffen.« Der Mann nickte mehrmals, wie ein Raubvogel, der auf seine Beute hackt.

»Was hat Sie um den Schlaf gebracht?«, wiederholte Adeline Sébastiens Frage. Wenn Monsieur Clairon in dem gleichen Ton mit den Handwerkern sprach, wunderten sie seine Probleme mit ihnen nicht.

»Ornithologie ist eine Leidenschaft von mir, daher bin ich morgens recht früh auf den Beinen und abends zeitig im Bett.

Auch am Freitag bin ich gegen 21 Uhr schlafen gegangen. Im Park habe ich in den letzten Tagen einen Upupa epops entdeckt, den ich fotografisch dokumentieren wollte.«

»Ein Wiedehopf«, erklärte Sébastien.

»Weiß ich doch«, erwiderte Adeline.

»Erstaunlich, aber umso erfreulicher«, kommentierte Monsieur Clairon ihre Schwindelei. »Auf jeden Fall bin ich gegen Mitternacht rüpelhaft aus dem Schlaf gerissen worden. Drei Gäste unterhielten sich lautstark vor meinem Zimmer. Offensichtlich war ein Streit im Gange.«

»Das hätten sie besser im Park erledigen sollen, statt andere Menschen zu belästigen.« *Am besten mit einem Degen oder Duellpistolen und 12 Schritten Abstand.* Sébastien warf ihr einen irritierten Blick zu und sie verkniff sich ein Lächeln.

»Das sehen Sie genau richtig«, stimmte Monsieur Clairon ihr zu. »Mit der Einstellung werden Sie es weit bringen.«

»Wissen Sie auch, wer Ihre Nachtruhe störte?«, fragte Adeline nach.

»Natürlich bin ich aufgestanden und habe um Ruhe insistiert. Es handelte sich um Verwandte von Madame Chinon. Diesen Mann, der sein Geld in überteuerte Anzüge investiert und sie ständig begleitet, und den Enkel, den sie tot aufgefunden haben, habe ich erkannt. Bei ihnen stand eine Frau mit einer durchdringenden Stimme, die ebenfalls zur Familie gehört. Ich habe mir nicht die Zeit genommen, mich den Ruhestörern vorzustellen und nach deren Namen zu fragen.«

»Schade«, murmelte Adeline. Sie hatte auf detailliertere Informationen gehofft. Etwas, das sie in ihren Ermittlungen ein Stück weiterbrachte.

»Am Samstag früh bestätigte sich meine Vermutung, es handelte sich tatsächlich um ein Vogelpärchen. Es ist schon lange her, dass ein Wiedehopfpaar in Beauregard beim Brüten gesichtet worden ist. Bevor ich es fotografisch dokumentieren konnte, tauchte diese miserable Frau erneut auf, marschierte über die Wiese und verscheuchte beide. Seitdem habe ich sie nicht mehr zu Gesicht bekommen.«

»Die Frau?«

»Nein, selbstverständlich die Wiedehopfe.«

»Und die Person?«, hakte Adeline nach.

»Leider ja. Wie ich herausgefunden habe, handelt es sich bei ihr um die Schwiegertochter von Madame Chinon. Die mit der grellen Stimme und dem aufdringlichen Parfüm. Kein Wunder, dass sie die Vögel verschreckt hat. Ich hoffe, nicht für immer.«

»Haben Sie mitbekommen, worüber sie sich vor Ihrer Tür gestritten haben?«, fragte Sébastien.

»Es ist keine Gewohnheit von mir, zu lauschen. Außerdem höre ich nicht mehr so gut wie in meiner Jugend«, erwiderte er mit einer kräftigen Portion Empörung in seiner Stimme, die Adeline ihm nicht abnahm. Jemand, der das Zwitschern von Vögeln zuordnen konnte, musste ein hervorragendes Gehör besitzen. »Aber ich werde darüber nachdenken, vielleicht fällt mir etwas ein, das ich gezwungenermaßen gehört habe. Kommen Sie doch morgen vorbei, dann hatte ich genug Zeit, um in Ruhe darüber nachzudenken.«

»Vielen Dank, Monsieur Clairon«, sagte Sébastien.

Adeline vermutete, der Mann wusste mehr, als er zugegeben hatte, doch es schien ihm zu gefallen, dass sie wiederkommen würden, um ihn erneut zu befragen. Vielleicht erhielt er selten Besuch und es freute ihn, sich mit jemandem zu unterhalten, der ihm zuhörte, auch wenn er es in seiner spröden Art zu verbergen suchte.

»Es ist bestimmt spannend, solch seltene Vögel zu beobachten, und das so gut wie vor der Haustür.« Adeline war nicht bereit, so schnell aufzugeben.

»Damit treffen Sie exakt ins Schwarze. Allerdings begegne ich nicht oft Menschen in Ihrem Alter, die sich dafür begeistern können.«

»Da schätzen Sie mich falsch ein. Ich bin oft früh auf und genieße den Sonnenaufgang.«

»Wirklich?« Noch schien er sich nicht dazu hinreißen zu lassen, ihr zu glauben. Also blieb ihr keine Wahl, als das Spiel weiterzutreiben.

»Vielleicht dürfte ich mich Ihnen einmal anschließen? Diese Wiedehopfe habe ich noch nie in der Natur gesehen.«

»Selbstverständlich dürfen Sie mitkommen. Ich würde mich über Gesellschaft freuen.« Sein Gesicht, das vor kurzem noch recht verkniffen und griesgrämig ausgesehen hatte, schien von einem inneren Leuchten erfasst zu sein.

»Zuerst muss ich die Polizei davon überzeugen, dass ich an dem Tod des Mannes keine Schuld habe. Deswegen interessierte es mich so sehr, ob Sie etwas von dem Gespräch gehört haben könnten. Danach stehe ich vor Sonnenaufgang mit Fernglas und Kamera bereit.«

»Wenn das so ist«, sagte er langsam und nachdenklich. »Vielleicht habe ich doch ein paar Gesprächsfetzen mitbekommen. Sie sprachen über den Geschäftsführer irgendeiner Firma, mit dem mindestens der Enkel von Madame Chinon unzufrieden war, und einem Projekt in Paris, das viel Geld einbringen könnte, falls sie es richtig anfassen würden.« Er hob entschuldigend die Hände. »Mehr habe ich nicht hören können. Hoffentlich hilft es Ihnen weiter.«

»Das wird es. Danke, Monsieur Clairon. Zum morgendlichen Ausflug stehe ich bereit.« Es würde ihr schwerfallen, aus dem Bett zu kommen, aber sie würde sich keinesfalls davor drücken. Langweiliger als der Matheunterricht in der Mittelstufe konnte es unmöglich werden.

»Das freut mich außerordentlich«, sagte er zu Adeline, bevor er sich an Sébastien wendete. »Und Sie sehen zu, dass es nicht wieder vorkommt.«

»Das werde ich.« Wenigstens von Fréderic konnte er das guten Gewissens behaupten und Christian Duchamps und Isabelle Chinon hatten ihre Streitereien in den Park verlagert, wo sie nicht belauscht wurden.

Adeline folgte Sébastien die breite Steintreppe hinauf in den oberen Stock, in dem Seniorenapartments und Zimmer für Hotelgäste eingerichtet waren.

»Ich hoffe, es war nicht geschwindelt. Monsieur Clairon wird erwarten, dass du auftauchst und einige Stunden in seiner Gesellschaft nach Vögeln Ausschau hältst.«

»Versprochen ist versprochen«, sagte sie. »Ich werde da sein und mir alle Mühe geben, vorher so viel über Wiedehopfe zu lernen wie möglich. Ich könnte hinterher einen Artikel über Vogelbestimmung in Beauregard schreiben.« *Nicht gerade in der Le Monde, aber vielleicht in einem der lokalen Zeitungen, versteckt im Regionalteil. Wahrscheinlich mal wieder ohne Honorar.*

»Wer wohnt eigentlich neben Monsieur Clairon?«

»Auf der einen Seite liegt die Suite von Antoine und Isabelle, auf der anderen das Zimmer von Hermine.«

»Sie ist ihm bestimmt angenehmer als Isabelle.«

»Jedenfalls hat er sich noch nicht über sie beschwert«, sagte Sébastien. »Hier geht es weiter.« Eine schmale und deutlich weniger pompöse Treppe als in der Eingangshalle führte eine Etage höher. Vor einer Tür blieb er stehen, kramte in der Hosentasche und zog einen Schlüssel heraus.

»Es ist nichts Besonderes. Hier oben übernachten die Angestellten und hin und wieder ein Hotelgast, wenn wir voll belegt sind. Ich war froh, überhaupt ein Zimmer auftreiben zu können.«

»Es wird besser sein, als nachts mit dem Roller nach Hause zu fahren. Vielen Dank.«

»Willst du schon schlafen gehen?« Er schaute auf die Armbanduhr. Es ging auf 9 Uhr zu und die Dämmerung hatte draußen gerade erst eingesetzt.

»Ich packe aus und dann sehe ich weiter.« Adeline klopfte auf den kleinen Rucksack, in dem sich kaum mehr als eine Zahnbürste und Wechselwäsche befanden.

»Ich wünsche dir eine ruhige Nacht. Hoffentlich streiten sich die Chinons nicht auch vor deinem Zimmer. Was allerdings unwahrscheinlich ist, sie wohnen eine Etage tiefer, bis auf Sybille.«

»Das ist nett von dir, aber tatsächlich wäre es mir lieber, sie würden das tun. Wenn sie sich unbelauscht fühlen, achten sie nicht so sehr darauf, was sie sagen, und es kommt vielleicht etwas zutage, das mir weiterhilft.«

Sébastien sah sie an und ein ernster Zug, der nicht zu ihm passte, legte sich auf sein Gesicht. »Versprich mir, dass du auf dich aufpasst. Keine Ausflüge, um jemandem hinterherzuspionieren. Das kann gefährlich werden.«

»Natürlich nicht. Dafür bin ich nicht waghalsig genug.« Aus einem Impuls heraus, stellte sie sich auf die Zehenspitzen und küsste ihn auf die Wangen. »Gute Nacht«, nuschelte sie rasch und flüchtete in ihr Zimmer. Adeline schloss hinter sich die Tür und lehnte sich mit dem Rücken dagegen. *Was hast du dir dabei gedacht? Wer weiß, was er jetzt annimmt?* Sie blieb stehen, bis sie hörte, dass er den Flur hinunterging.

Verblüffende Wendungen

Auf dem Nachttisch neben dem schmalen Bett stand ein Becher mit Kakao und einer Sahnehaube, daneben ein Baguette mit Kochschinken und Cornichons. Genau, was ich gerade brauchen kann. Danke, Paulette.

Sie stellte den Rucksack auf den Boden und setzte sich in einen der beiden gepolsterten Stühle. Sie wischte mit der Hand über ihre Stirn. Eine drückende Hitze herrschte in dem Raum, der direkt unter dem Dach lag. Eine wirksame Isolation oder gar eine Klimaanlage war reines Wunschdenken, jedenfalls auf dieser Etage. In der Dachschräge befand sich eine Gaube mit einem schmalen Fenster. Ebenso ein Schild, auf dem gebeten wurde, wegen der Fledermäuse das Fenster während des Abends und der Nacht geschlossen zu halten. *Das fehlt mir noch, eine Fledermaus, die durch das Zimmer jagt. Dann könnte ich auch gleich in dem Turm in der Bégude übernachten.*

Mehr als das Bett, einen Nachttisch, einen Schrank, der nach Ausverkauf in einem billigen Möbelhaus aussah, und die beiden Stühle hatte der Raum nichts an Mobiliar aufzuweisen. Die Tür erwies sich als eine Verbindungstür zum Nachbarzimmer. Adeline drückte auf die Türklinke, sie war unverschlossen. An einem Haken an der Wand hing ein Schlüssel. *Besser gehe ich auf Nummer sicher.* Adeline verschloss die Tür und ließ den Schlüssel quer im Schloss stecken. Auf diese Art würde niemand aus dem Zimmer nebenan die Tür aufbekommen.

Was sie nicht fand, war ein Badezimmer oder wenigstens eine eigene Toilette. Sie musste sich demnach eines mit den anderen Bewohnern teilen. Sébastien hatte schon gesagt, dass unter dem Dach hauptsächlich die Angestellten der Residenz wohnten. An die anspruchsvollen Gäste konnte Monsieur Mazet dieses Zimmer nur im Notfall vermieten. Sie fragte sich, wie es Sybille aufgenommen hatte, hier oben neben dem Kindermädchen untergebracht worden zu sein. Adeline ging zum Bett und ließ sich rückwärts darauf fallen. Die Matratze schaukelte wie ein Ruderboot und das Bettgestell knarrte selbst unter ihrem leichten Gewicht bedenklich. Für eine Weile blieb sie liegen und schaute zur Decke. Gedanken wirbelten in ihrem Kopf herum und sie gab den Versuch auf, sich auf einen zu konzentrieren. Zu viel war in den letzten Tagen geschehen und hatte sie hierhergeführt: in dieses lieblose Zimmer im Château Beauregard. Quasi unter der Aufsicht der Polizei. *Aber immer noch deutlich besser als eine Gefängniszelle.*

Irgendwann drehte sie sich um, krabbelte an das Kopfende des Betts und stopfte ein Kissen in ihren Rücken, damit sie halbwegs aufrecht sitzen konnte. Den Teller mit dem Baguette stellte sie auf ihren Oberschenkeln ab, als das Handy vibrierte. Es war eine Nachricht von Marguerite, die sich um sie sorgte. Rasch tippte sie eine beruhigende Antwort für ihre Freundin ein, dann öffnete sie ihren Webbrowser. Wenn sie schon hier übernachtete, konnte sie auch einige Nachforschungen über die Chinons anstellen. Sie schaltete den Incognito-Modus des Browsers ein, sicher war sicher. Vielleicht beschlagnahmte Capitaine Rousseau ihr Handy, und ein Browserverlauf, in dem sie nach giftigen Pflanzen suchte, würde sie möglicherweise verdächtig erscheinen lassen. Es wimmelte im Internet von Artikeln über die Wirkung von Eisenhut. Giftpflanzen schienen die Leute zu faszinieren. Paulette hatte recht gehabt, das Gift wirkte bei weitem nicht so schnell, wie es notwendig gewesen wäre, damit der Tee als Mordwaffe infrage kam. Sie nickte erleichtert. *Jetzt zur Familie.*

Fréderic zu finden, war ein Kinderspiel. Fotos von ihm in seinem Sportwagen, in edlen Restaurants oder trendigen Clubs sprangen ihr geradezu entgegen. Der Mann war derart auf sein cooles Image und das Pariser Nachtleben fixiert, dass Adeline sich fragte, wieso er überhaupt den Job des Geschäftsführers anstrebte. Er konnte kaum die Zeit für eine regelmäßige Arbeit aufbringen, geschweige denn nach den durchgefeierten Nächten zu Geschäftszeiten aus dem Bett kommen. Nirgends konnte sie ein Foto mit einem anderen Mitglied der Familie finden. Sein Lebensstil trennte ihn klar von den restlichen Chinons.

Am ähnlichsten schien er Isabelle zu sein, die ebenfalls häufig Bilder von sich im Internet postete. Meist allein, aber hin und wieder auch gemeinsam mit Antoine, der auf keinem der Fotos sonderlich glücklich wirkte, eher wie ein mitgeschlepptes Accessoire. Die Frau sammelte Events, auf denen man als wohlhabende Pariserin gewesen sein musste: Theater, Opern oder Musicals, Wohltätigkeitsveranstaltungen, Dinnereinladungen mit Politikern und Schauspielern und private Feiern mit den Reichen und Schönen der Hauptstadt. Auf keinem Foto trug sie dasselbe Kleid. Adeline fragte sich, wie hoch ihre Rechnungen bei Galeries Lafayette oder den Designerläden auf der Champs Elysées sein mochten. Ihr Ehemann bekam einen Anteil aus den Gewinnen des Unternehmens, wie jedes andere Kind von Madame Chinon, und wahrscheinlich ein Gehalt als Geschäftsführer der Firma. Egal wie viel es war, der Unterhalt seiner Frau würde ein ordentliches Loch hineinreißen. Sie bekam ein Gefühl dafür, wie verbissen der Mann seinen Job und das damit verbundene Einkommen gegen Fréderic verteidigen würde. Von dem Prestige des Jobs, in dem Isabelle sich sonnte, ganz zu schweigen. Ob er seine Frau halten konnte, wenn er die Stelle an seinen Neffen verlor? Adeline bezweifelte es. Antoine musste an einer Erbschaft gelegen sein. Aber würde er dafür morden? *Wohl kaum. Dann schon eher Isabelle. Eine Schwiegermutter bringt man mit leichterer Hand um als die eigene Mutter. Von dem Konkurrenten des Ehemanns, der den luxuriösen Lebensstil gefährdete, ganz zu schweigen. Sie könnte hinter dem Mordanschlag stecken, egal wen es trifft, Fréderic oder Madame Chinon, für sie würde es einen Gewinn darstellen. Vielleicht hat sie auf beide gehofft. Zwei Fliegen mit einem Schlag.* Sie holte einen kleinen Schreibblock aus dem Rucksack und schrieb Isabelle darauf. Doppelt unterstrichen.

Madame Céleste Chinon hielt sich vom Internet fern. Kein Bild war von ihr zu entdecken. *Kluge Frau.* Alles, was Adeline aufstöberte, waren einige Artikel über die Firma. Auch Christian Duchamps und Delphine Chinon waren zurückhaltend, was ihre Präsenz in den sozialen Medien betraf. In einem Bericht fand sie ein Foto von Delphine hinter dem Tresen eines Cafés, das sie gerade eröffnet hatte. Café Noir besaß Filialen in Paris, nicht so viele, um als austauschbare Kette wahrgenommen zu werden, doch eine ausreichende Anzahl, um ein einträgliches Unternehmen darzustellen. Die Bewertungen der Kunden lagen im oberen Bereich, was sie nach ihrem Gespräch mit der Frau nicht sonderlich wunderte. Sie wusste, wie man ein Geschäft erfolgreich führte. Es fiel ihr schwer, einen Grund zu erkennen, wieso sie ihrem Neffen oder ihrer Mutter hätte schaden wollen. Sie war finanziell unabhängig von der Firma ihrer Familie und hatte wahrscheinlich genug mit dem Management und der Expansion von Café Noir zu tun, um Antoine den Posten des Geschäftsführers streitig machen zu wollen.

Sybille fand sie auf Anhieb. Die Frau war auf den trendigen Plattformen präsent, meist in der ersten Reihe irgendwelcher Demonstrationen gegen den Staat und Kapitalismus, also gegen alles, für das der Rest ihrer Familie stand. *Eine privilegierte Linke.* Sie riskierte nichts. Ihr kuscheliger Lebensstil war gesichert, wahrscheinlich auf Lebenszeit, ohne dass sie je gezwungen werden würde, für ihren Lebensunterhalt zu arbeiten. Ein Anschlag auf das Leben ihres Cousins und ihrer Großmutter würde das alles gefährden. Adeline schüttelte den Kopf. Sie hatte dadurch nichts zu gewinnen und ihr Einkommen oder ein paar Jahre im Gefängnis würde sie kaum riskieren, nur um zwei Kapitalisten ins Grab zu bringen.

Adeline hatte einige Einblicke in die Familie erhalten, aber keiner brachten sie weiter. Es fehlte ihr an einem greifbaren Hinweis, dem sie nachgehen konnte. Frustriert suchte sie nach Turenne 35, dem aktuellen Projekt der Chinons. Christian Duchamps hatte nicht übertrieben, es handelte sich um ein prominentes Vorhaben in erstklassiger Lage. Das Internet war voll davon. Sie blätterte sich durch Artikel und Bilder des Wohnblocks. Im Erdgeschoss entlang der Rue du Turenne befanden sich Geschäfte. Keine Luxusläden, aber doch solide Mieter.

»Was für eine Überraschung.« Unter den Läden war ein Café

Noir. Eigentlich nicht verwunderlich, wenn ihrer Familie das Gebäude gehörte. Ob Delphine einen günstigen Mietvertrag erhalten hatte und dafür Antoine als Geschäftsführer unterstützte? Eine Hand wusch bekanntlich die andere. Es würde sie nicht wundern. Einen Einblick in den Vertrag zu werfen, war allerdings illusorisch. Und wenn doch, hatte sie keine Ahnung, was eine angemessene Miete gewesen wäre. *Sie wird sicher nicht zu den Geschäftsleuten gehören, die von Christian Duchamps rausgeklagt werden.*

Draußen wurde es dunkel und Adeline gähnte laut. Es wurde Zeit zum Schlafen und sie zog ihre Kleider aus, faltete sie ordentlich und stapelte sie am Fuß des Bettes. Aus dem Rucksack holte sie ein langes T-Shirt in einer Übergröße, dass ihr bis zu den Oberschenkeln reichte, und eine leichte Jogginghose. Sie trank den Rest des Kakaos, nahm die Zahnbürste und ging zur Tür. Irgendwo hier musste das Gemeinschaftsbad sein. Sie suchte vergebens nach einem Lichtschalter und trat in den Flur. Es klackte und die Bewegungsmelder schalteten die Deckenlampen ein, genau wie im Keller des Anwesens. Monsieur Mazet schien diese Dinger zu mögen. Wahrscheinlich sparte er so an Stromkosten. Sie versuchte, leise zu sein, um niemanden zu wecken, doch die alten und krummen Dielen knarrten laut unter ihren Füßen. Einige Türen weiter fand sie das Bad und huschte hinein. Hinter ihr verlosch das Licht und sie schloss die Tür.

Adeline spülte den Mund aus, als sie ein Knarren auf dem Flur hörte. Instinktiv schaltete sie das Licht im Badezimmer aus und versicherte sich, dass sie die Tür abgeschlossen hatte. Automatisch gingen die Lampen an und die Schritte näherten sich. Sie hielt den Atem an und lauschte angestrengt. Bestimmt ist es nur jemand, der auf Toilette möchte. Kein Grund zur Besorgnis, versuchte sie sich zu beruhigen, doch der Gedanke an einen Mörder, der sich noch immer auf freiem Fuß befand, ließ ihren Herzschlag galoppieren und so hart gegen die Rippen trommeln, dass sie fürchtete, der Mensch im Flur könnte ihn hören. Sie kniete sich auf den Boden und schaute durch das Schlüsselloch. Das Knarren kam näher, ein Schatten glitt an der Tür vorbei und die Schritte entfernte sich wieder. Erkennen konnte sie nichts, aber sie atmete befreit aus. Das Knarren verklang und auf dem Flur war es still. Er musste angehalten haben. Jemand klopfte leise an eine Tür.

Jetzt ist die Gelegenheit gekommen, etwas herauszufinden. Sei nicht feige und schau nach, drängte sie sich. Zögerlich fasste sie den Knauf an der Innenseite der Tür und drehte ihn millimeterweise, um jedes Geräusch zu vermeiden. Durch den fingerbreiten Spalt sah sie hinaus in den Flur. Glücklicherweise öffnete sich die Tür auf der richtigen Seite.

Das gibt es doch nicht. Antoine Chinon klopfte erneut und dieses Mal wurde ihm geöffnet. Madeleine, das Kindermädchen, stand im Nachthemd im Türrahmen.

»Darf ich ...«, setzte er an, als sie auch schon ihre Arme um seinen Nacken schlang und ihn mit einem Kuss zum Schweigen brachte. Für einen Augenblick standen die beiden eng umschlungen im Flur, dann zog sie ihn hinein und schloss die Tür.

Adeline starrte ungläubig in den Flur, bis die Deckenlampen erloschen und sie in der Dunkelheit allein zurückblieb. Ein Verhältnis zwischen Madeleine und dem bieder wirkenden Antoine hatte sie nicht erwartet. Sie musste überdenken, was das für ihre Ermittlungen bedeutete. Adeline wartete einen Moment, bis sie aufstand. Die Aufmerksamkeit der beiden war momentan wohl kaum darauf gerichtet, was sich im Flur abspielte. Rasch packte sie die Zahnbürste, schlüpfte aus dem Badezimmer und lief so leise wie möglich zurück zu ihrem Zimmer. Hinter sich drehte sie den Schlüssel im Schloss und versicherte sich zweimal, dass sie sich nicht öffnen ließ. Zur Sicherheit schob sie einen der Stühle davor. Sollte jemand versuchen hereinzukommen, würde er das nicht schaffen, ohne sie zu wecken. Sie kletterte ins Bett und zog trotz der Wärme die leichte Decke bis zum Hals. Ans Schlafen war nicht zu denken, zu sehr wirbelten die Gedanken in ihrem Kopf umher. Ein Verhältnis zwischen Antoine und Madeleine kam unerwartet, aber was konnte es mit dem Tod von Fréderic zu tun haben? Momentan fiel ihr keine Antwort ein, die Sinn ergab.

Adeline schreckte auf. Irgendwann in der späten Nacht musste sie doch eingeschlafen sein. Ihr Nacken war verspannt und schmerzte, als sie ihn bewegte. Ein Geräusch hatte sie aufgeweckt, aber jetzt herrschte Stille. Ihr Blick schoss zur Tür. Sie war geschlossen und der Stuhl, den sie davorgestellt hatte, war unverrückt. Niemand hatte versucht, das Zimmer zu betreten. Lichter flackerten draußen und warfen einen blauen Schimmer in den Raum. Sie schob die zerknüllte Bettdecke zur Seite und stand auf. Durch das schmale Fenster in der Gaube sah sie hinaus. Im Hof unter ihr parkte ein Rettungswagen mit eingeschalteten Warnlichtern. Die Bungalows der Senioren lagen in der Dunkelheit, nur die Lichter entlang des Wegs waren erleuchtet. Nach einem Polizeiwagen suchte sie vergeblich. Immerhin ist es eine Seniorenresidenz, hier ist es nicht ungewöhnlich, einen Rettungswagen zu sehen, versicherte sie sich, doch das Gefühl einer sich nähernden Gefahr konnte sie nicht abschütteln, und sie schaute erneut zur Tür. Bis auf die Nachttischlampe und die leere Tasse befand sich nichts in Griffnähe, das sie als Waffe benutzen konnte, sollte jemand die Tür aufbrechen. In diesem Moment fuhr ein Wagen vor und Adeline öffnete das Fenster. Sie beugte sich so weit aus der Gaube, wie sie konnte, ohne das Gleichgewicht zu verlieren. Capitaine Rousseau und Lieutenant Gaudry stiegen aus und gingen mit schnellen Schritten zum Hintereingang. Kurz darauf waren sie aus ihrer Sicht verschwunden. Es war vier Uhr morgens. Wenn die Polizei um diese Uhrzeit auftauchte, konnte es sich nur um die Familie Chinon handeln. Was wird dieses Mal geschehen sein?

Das Handy vibrierte und sie nahm es vom Nachttisch.

Geht es dir gut?

Die Nachricht kam von Sébastien. Wenn er sich Sorgen machte, lag sie mit ihrer Vermutung offensichtlich richtig. Irgendeinem Mitglied der Familie musste etwas zugestoßen sein. Adeline schrieb ihm, dass alles bestens wäre, dann steckte sie das Handy in die Hosentasche und lief zur Tür. Rasch sah sie sich um, Mathieu Passard stand im Flur und unterhielt sich mit Madeleine, die ihren Morgenmantel eng um sich wickelte und die Hände vor der Brust verschränkte. Kurz darauf nickte sie, ging zur Treppe und verschwand aus Adelines Sicht.

Ob Antoine sich noch im Zimmer versteckt? Eher nicht, der Mann ist verheiratet und wird sich schwertun, seiner Frau eine längere Abwesenheit zu erklären.

Mathieu Passard schloss die Tür ab und kam zu ihr.

»Was ist passiert?« Sie trat auf den Flur und sah den Mann erwartungsvoll an.

»Was könnte passiert sein?«, gab er ihre Frage zurück.

»Spielen Sie nicht den Unwissenden. Draußen steht ein Rettungswagen, die Polizisten aus Nîmes sind ins Château gestürmt und der Polizeichef von Beauregard verbringt sicher seinen Feierabend nicht damit, mir einen Höflichkeitsbesuch abzustatten.«

»Das wird dir Capitaine Rousseau erklären. Jetzt zieh dich an, wir versammeln die Familie im Wintergarten.«

»Ich gehöre nicht zur Familie«, erwiderte sie leicht trotzig, da er um die Wahrheit herumschlich wie eine Katze um den heißen Brei. Sie hasste es, wie ein kleines Kind behandelt zu werden.

»Aber zu den Ver…, also zu den Beteiligten.« Das Wort *Verdächtige* hatte er hinuntergeschluckt. Der Chef de Police blieb an der Tür stehen, bis sie Socken und Schuhe angezogen hatte. T-Shirt und Jogginghose würden für diese Uhrzeit reichen. Nach dem heißen Tag war die Temperatur nicht sonderlich gefallen, frieren würde sie nicht.

Der Mann streckte die Hand aus und zeigte auf die Tür.

»Den Schlüssel?«, fragte sie erstaunt.

»Ganz genau.«

Widerwillig reichte sie ihn dem Polizisten, der die Tür abschloss und den Schlüssel in eine kleine, durchsichtige Plastiktüte steckte, die er mit einem Edding beschriftete.

»Und wenn ich an meine Sachen muss?«

»Dann musst du warten, bis der Capitaine das erlaubt.«

»Ihr wollt die Zimmer durchsuchen, nicht wahr?«

»Ich bin nur ein Befehlsempfänger, der die Zimmer verschließen und die Schlüssel einsammeln soll. Mehr wurde mir nicht gesagt.« Sein Tonfall hörte sich beleidigt an. Er sagte die Wahrheit, niemand hatte ihn eingeweiht, was genau geschehen war und was Capitaine Rousseau vorhatte. Auch wenn das für Adeline offensichtlich war. Er würde die Familie irgendwo versammeln und warten lassen, während er die Zimmer durchsuchen ließ.

»Ist jemand gestorben? Wieder vergiftet? Wenigstens das könnten Sie mir sagen.«

»Soweit ich weiß, gab es keinen Toten, jedenfalls noch nicht. Daher klopfe ich an alle Türen in dem riesigen Schloss und schicke jeden in den Wintergarten. Jetzt fehlst nur noch du und das Mädel mit den schwarzen Klamotten, aber die scheint nicht hier zu sein. Mach dich also auf den Weg, ich habe zu tun.«

»Na gut.«

Der Polizist wartete, bis sie sich abwandte und den Flur hinabging. Sie stieg die Treppe hinunter und traf auf Hermine, die die Treppe am entgegengesetzten Ende des Flurs herabkam. Sie trug flauschige rosa Hausschuhe und einen Morgenmantel mit Blumenmuster, der fast bis zum Boden reichte. Die Frau zuckte zusammen, als sie Adeline bemerkte und erstarrte. Ihre rechte Hand fuhr zur Brust, als hätte ihr Herzschlag für einen Moment ausgesetzt.

»Ich bin es nur«, rief Adeline.

Hermine atmete hörbar aus. »Es tut mir leid. Sonst bin ich nicht so schreckhaft, aber …« Ihr Blick riss sich von Adeline los und streifte über die Bilder an den Wänden bis zum Abgang in die Eingangshalle. »Ich bin froh, bald von hier wegzukommen.«

»Kann ich gut verstehen. Wissen Sie denn, was geschehen

ist?« Adeline hoffte, der Polizeichef wäre bei ihr etwas gesprächiger gewesen.

»Nein, leider nicht. Dieser Polizist hat mich geweckt und in den Wintergarten geschickt. Ich habe gefragt wieso, aber ich konnte nichts erfahren.«

»Sie wohnen ebenfalls unter dem Dach?«

»Zum Glück nicht, doch es gab kein adäquates Zimmer mehr und sie haben Sybille dort untergebracht. Neben dem Kindermädchen. Ich wollte nachsehen, ob es ihr gutgeht, aber sie ist wohl noch unterwegs. Sybille ist nach Avignon gefahren. Wer kann es ihr verdenken? Etwas Abwechslung könnte uns allen guttun, nach dem, was hier vorgefallen ist.«

»Das verstehe ich gut«, sagte Adeline und sie stiegen gemeinsam die breite Steintreppe hinab in die Eingangshalle. Sie sah sich nach Sébastien um, doch er war nicht an der Rezeption.

Lieutenant Gaudry bewachte den Eingang zum Wintergarten und winkte Adeline und Hermine Chinon durch. Fragen der verängstigten Frau blockte die Polizistin ab und verwies auf ihren Vorgesetzten, der bald zu ihnen kommen und die Situation erklären würde.

Ob er überlegt, wie er mir, was immer auch vorgefallen ist, in die Schuhe schieben kann? Doch dieses Mal wird es für Capitaine Rousseau ziemlich schwierig, wenn er mich damit in Verbindung bringen will. Ich habe niemandem etwas zu essen oder trinken gebracht. Wahrscheinlich würde nach dem, was in den letzten Tagen geschehen ist, keiner der Familie irgendetwas, in dem Gift sein könnte, von mir annehmen.

Im Vorbeigehen nahm Adeline eine Fleece-Decke und suchte sich ein bequemes Sofa im hinteren Bereich des Wintergartens aus, in dem es sich auch Paulette bequem gemacht hatte. Ihr Kopf lag auf einem Kissen und die Decke hatte sie bis zum Kinn hochgezogen. Wie es aussah, besaß sie die innere Ruhe, zwischen all den Menschen, die sich hier versammelt hatten, die Augen für ein Schläfchen zu schließen. Adeline beneidete sie darum. Die Vorstellung, dass der Mörder erneut zugeschlagen hatte, jagte ihren Puls in die Höhe und verscheuchte jede Hoffnung auf Schlaf. Sie zog die Beine in einen Schneidersitz und breitete die Decke darüber aus. Sébastien war noch immer nicht aufgetaucht. Er hatte ihr eine Nachricht geschickt, demnach musste er wach sein. Es hätte ihr gefallen, sich mit jemandem zu unterhalten, der sie für unschuldig hielt, aber er war wohl im Schloss unterwegs.

Zwei Polizisten sprachen mit Lieutenant Gaudry und wurden von ihr weggeschickt. *Wahrscheinlich um bei der Durchsuchung zu helfen,* vermutete Adeline. *Ich bin gespannt, ob sie etwas finden werden.*

Zwischen zwei eingetopften Palmen erschien Madeleine. Die Haare sahen zerzaust aus und Adeline fragte sich, wie knapp der Chef de Police ihren Liebhaber bei ihr im Zimmer verpasst hatte. Es wäre eine echte Überraschung geworden, nicht nur für die beiden, sondern ebenfalls für die Ermittler und Isabelle. Was Capitaine Rousseau wohl aus der Affäre ableiten würde, wenn er davon wüsste? Für den Augenblick nahm sie sich vor, darüber zu schweigen. Jedenfalls bis sie mit Madeleine gesprochen hatte. Das Kindermädchen bemerkte sie und kam zu ihr.

»Darf ich?«

»Selbstverständlich.«

Sie nahm einen der Korbstühle und schob ihn neben das Sofa, auf dem Adeline saß. »Was ist passiert, dass die Polizei uns nachts aus den Betten schmeißt und die Zimmerschlüssel abnimmt?«

»Ich weiß nichts Genaues, aber draußen steht ein Rettungswagen und der Polizeichef ließ durchblicken, dass der Täter erneut zugeschlagen hat. Zum Glück scheint heute niemand gestorben zu sein.«

»Wer?«, fragte Madeleine.

»Der Täter oder das Opfer?« Adeline fand beides interessant.

»Natürlich das Opfer. Oder weiß man bereits, wer hinter dem Mord steckt?«

»Aus dem Polizeichef habe ich es nicht rauskitzeln können,

Capitaine Rousseau ist irgendwo in der Residenz unterwegs und seine Assistentin schaut derartig grimmig aus der Wäsche, dass ich mich nicht traue, sie danach zu fragen. Hermine hat keine Informationen aus ihr herauskitzeln können. Die Frau ist verschlossen wie eine Auster.«

In diesem Moment betraten Delphine, Louis und Antoine mit den beiden Kindern den Wintergarten. Im Gegensatz zu den anderen hatten sie sich Zeit genommen, sich anzuziehen. Die Vorstellung, Delphine, die Wert auf ein gepflegtes Äußeres legte, in rosa Plüschschlappen zu sehen, wie Hermine sie trug, zauberte ein Grinsen auf Adelines Lippen.

»Erleichtert?«, flüsterte sie dem Kindermädchen zu.

Madeleines Kopf ruckte herum und sie sah Adeline verblüfft an.

»Worüber sollte ich erleichtert sein?«

»Antoine ist offensichtlich nicht das Opfer. Das muss dich doch freuen.«

Ein Hauch von Überraschung, aber auch Furcht mischte sich in ihren Blick. Adeline vermutete, dass ihre Gedanken sich überschlugen und sie sich fragte, was sie über ihre Beziehung wissen konnte.

»Er ist mein Arbeitgeber und ich wohne im Haus der Familie, selbstverständlich bin ich froh, wenn es ihm und den Kindern gut geht.«

»Keine Frage, wo Isabelle ist und ob sie auch bei guter Gesundheit ist?«

»Natürlich. Es wäre schrecklich, falls ihr etwas zustoßen würde.«

»Es würde einige Möglichkeiten eröffnen.« Adeline warf den Köder und wartete auf die Reaktion der Frau, die sich umsah, ob jemand nahe genug saß, um die letzte Bemerkung gehört haben zu können. Doch sie saßen so weit vom Rest der Familie entfernt, wie der Wintergarten es erlaubte. Niemand würde sie belauschen können, falls sie sich leise unterhielten. Außerdem schien keiner der Anwesenden an ihnen interessiert zu sein, selbst Antoine warf nur hin und wieder einen verstohlenen Blick in ihre Richtung.

»Worauf willst du hinaus?«, flüsterte das Kindermädchen ihr zu und rückte ihren Stuhl näher an das Sofa.

»Ich hatte schon viele Jobs, aber ich kann mich nicht erinnern, dass mich einer meiner Chefs nachts aufgesucht hätte oder ich ihm um den Hals gefallen wäre.« Das mit den vielen Jobs war geschwindelt, doch es hörte sich gut an.

»Du hast ...« Die Farbe wich aus den Wangen der Frau und ihre Stimme zitterte. Sie stand kurz vor der Panik und ihr Blick schoss zu Antoine, der sich mit seinen Geschwistern unterhielt. Er würde ihr nicht zu Hilfe eilen. Dieses Gespräch musste sie ohne seinen Beistand durchstehen.

»Ja. Habe ich. Es war nicht zu übersehen.« Dass sie durch den Spalt zwischen Badezimmertür und Türrahmen spioniert hatte, verschwieg sie.

Madeleine schloss die Augen. Die Frau war klug, sie konnte nicht ernsthaft davon ausgegangen sein, dass ihre Affäre nicht irgendwann auffliegen würde, trotzdem schien die Entdeckung sie tief zu erschüttern.

»Was hast du vor?« Die Stimme war leise, fast gebrochen, und Adeline beugte sich näher zu ihr. »Wirst du es weitererzählen?«

»Wem? Dem Capitaine?«, fragte Adeline. »Habe ich nicht vor. Du wirkst nicht wie eine Giftmörderin. Es würde mich allerdings nicht wundern, falls er es nicht selbst herausfinden würde.«

»Den meinte ich nicht.« Der Polizist schien demnach ihre geringste Sorge zu sein.

»Isabelle?« Adeline wiegte nachdenklich den Kopf. Sie schätzte Frauen, die eine Affäre mit verheirateten Männern anfingen, nicht sonderlich, aber sie würde sich nicht in Verhältnisse einmischen, die sie nichts angingen. Das sollten die Beteiligten besser unter sich ausmachen. Außerdem schuldete sie Isabelle Chinon keine Loyalität oder Ehrlichkeit, die Frau hatte sie bisher stets herablassend und verächtlich behandelt.

»Ihr seid erwachsene Menschen, verhaltet euch auch so. Aber

keine Angst, ich werde nichts erzählen. Schwindeln werde ich allerdings nicht für euch, sollte die Polizei mich über euch befragen.«

»Danke. Mehr kann ich nicht von dir verlangen.« Ihre Schultern sanken leicht hinab und sie seufzte kaum hörbar.

»Aber ich brauche für mein Schweigen ein paar Auskünfte.«

»Ich weiß nichts über den Mord an Fréderic, falls du darauf hinauswillst. Damit habe ich nicht das Geringste zu tun, und Antoine schon gar nicht. Die beiden waren schließlich verwandt.«

»Was haben Isabelle und Christian Duchamps miteinander zu schaffen?«

»Der Anwalt? Wie kommst du darauf?« Ihrem erstaunten Gesichtsausdruck nach, hatte sie die beiden noch nicht in irgendeinem privaten Verhältnis gesehen.

»Sie waren heute im Park. Jeder kam aus einer anderen Richtung, als wollten sie es wie ein zufälliges Treffen aussehen lassen. Sie stritten sich und ich frage mich, wieso? Vielleicht hat es etwas mit dem Tod von Fréderic zu tun.« Sie verschwieg das Gespräch zwischen den beiden und dem Mordopfer, das Monsieur Clairon gehört hatte.

Als hätte der Mann auf das Stichwort gewartet, erschien Christian Duchamps in Begleitung von Madame Chinon, unterhielt sich kurz mit Delphine und setzte sich mit der alten Dame auf ein Sofa.

»Er ist für die rechtlichen Belange der Firma zuständig. Da er das volle Vertrauen von Antoines Mutter besitzt, arbeitet er relativ selbstständig. Jedenfalls behauptet Antoine, dass er den Anwalt im Grunde nur in den wöchentlichen Projektmeetings trifft. Er unterschreibt die Verträge, die Christian Duchamps ausarbeitet und zeichnet dessen Rechnungen ab. Alles Routine für eine Immobilienfirma. Besonders nahe stehen die beiden sich nicht.«

»Mich interessiert Isabelle. Wie steht sie zu ihm?«

»Er kommt nie zu Besuch und sie spricht in meiner Gegenwart nicht über ihn. Der Mann gehört weder zur Familie noch zu den Leuten, zu denen Isabelle gesellschaftlichen Umgang pflegt.«

»Du wohnst bei den Chinons. Willst du behaupten, nichts mitbekommen zu haben?« Dienstboten und Kindermädchen wussten stets, was in den Häusern ihrer Arbeitgeber vorging, jedenfalls stand das so in den Krimis, die sie las. Sie hoffte, dass das auch stimmte.

»Vielleicht habe ich etwas mitgehört, das ich nicht sonderlich beachtet habe. Letzte Woche telefonierte Isabelle mit jemandem und das Gespräch wurde recht angespannt. Sie benutzt dann diese zischende Stimme, die einem eine Gänsehaut macht.« Madeleine schüttelte sich leicht, als könnte sie ein Kribbeln auf ihrer Haut bereits spüren. »Ich glaube, Christian Duchamps war dran.«

»Über was haben sie sich unterhalten?«

»Tut mir leid, ich konnte kaum ein Wort verstehen, die Kinder hatten Besuch und waren laut. Deswegen hat Isabelle sich auch nicht bemüht, besonders diskret zu sein oder in einen anderen Raum zu gehen. Ich hatte den Eindruck, dass sie ihn zu etwas drängen wollte, vielleicht sogar erpressen, jedenfalls drohte sie ihm damit, ihn auffliegen zu lassen.«

»Konntest du verstehen, womit sie ihn in der Hand hatte?«

»Leider nein.«

Eine Erpressung würde den Streit, den sie beobachtet hatte, erklären. Aber zu was wollte sie den Mann drängen? Wahrscheinlich sollte er auf der Aufsichtsratssitzung Antoine gegen Fréderics Ambitionen auf den Posten des Geschäftsführers beschützen. Der Anwalt gehörte nicht zu den Anteilseignern, aber sein Einfluss auf Madame Chinon war kaum zu überschätzen. Sie würde auf sein Urteilsvermögen vertrauen und Antoine den Rücken stärken.

»Ich suche mir eine ruhigere Ecke.« Madeleine stand abrupt auf und ließ Adeline allein zurück. Sie unternahm keinen Versuch sie aufzuhalten, mehr würde sie kaum von ihr erfahren, und die Frau brauchte einen Ort, um darüber nachzudenken, wie sie sich verhalten sollte und welche Zukunft ihr Verhältnis zu Antoine Chinon noch hatte. Adeline zweifelte, ob ihr Geheimnis einer intensiveren Ermittlung durch die Polizei standhalten würde. Mit Sicherheit war Capitaine Rousseau nicht so diskret wie sie und würde es benutzen, falls er annahm, dass es ihm in den Befragungen weiterhelfen könnte.

Was Adeline von dem Kindermädchen erfahren hatte, ließ sie die Beziehung zwischen Isabelle Chinon und Christian Duchamps erneut überdenken. Die Frau hatte Informationen gegen den Anwalt in der Hand und war bereit, sie für eine Erpressung zu benutzen. Wozu sie ihn zwingen wollte, schien offensichtlich zu sein: die Position ihres Ehemannes in der Firma zu stärken. Interessanter war, was die Frau entdeckt hatte. Welchen Fleck hatte der so charmant und freundlich wirkende Mann auf seiner weißen Weste?

Sie überlegte, Julie Bettencourt um Hilfe zu bitten. Die Journalistin kannte möglicherweise einen Insider in der Firma, der Informationen liefern konnte. *Unsinn.* Sie wischte die Idee zur Seite. Wenn es in der Firma bekannt wäre, könnte Isabelle ihn nicht mehr erpressen. Es blieb ihr nichts übrig, als es selbst herauszufinden.

Sie holte das Handy aus der Tasche der Jogginghose und schaltete es ein. *Ich habe keine Zeit zu verschwenden. Wenn ich hinter sein Geheimnis kommen will, muss ich jetzt handeln,* dachte sie. *Ich höre mich schon an wie Tante Simone.* Ein Gedanke, der ihr nicht sonderlich behagte.

Capitaine Rousseau betrat den Wintergarten, stellte sich neben Lieutenant Gaudry und betrachtete die Anwesenden. Er schwieg, bis Ruhe einkehrte und sich alle Augen auf ihn richteten.

»Wir haben Sie hierhergebeten, da sich heute Nacht erneut ein Giftanschlag ereignet hat. Dieses Mal war Madame Isabelle Chinon das Opfer. Ihr Ehemann hat überlegt gehandelt und der Notarzt konnte ihr Leben retten. Momentan ist sie außer Lebensgefahr und bleibt bis morgen im Krankenhaus.«

»Weiß man schon, wer dahintersteckt?« Die Frage kam von Christian Duchamps.

Adeline musterte ihn eingehend. Fragte er aus angemessener Neugierde und Furcht um die eigene Sicherheit oder war er darüber besorgt, ob die Polizei ihn verdächtigte. Immerhin hatte es zwei Menschen aus seinem engen Umfeld getroffen: die Frau, die ihn erpresste, und den Mann, gegen den er auf Wunsch seiner Erpresserin vorgehen sollte. Für beide Anschläge besaß er ein handfestes Motiv, was wahrscheinlich momentan nur sie und Isabelle Chinon wussten.

»Wir sind dem Täter auf der Spur«, erwiderte Rousseau. Wenn er sich mit einem solchen abgedroschenen Spruch behalf, konnte er wohl kaum greifbare Indizien gegen einen der Anwesenden besitzen.

»Zu Ihrer Sicherheit werden wir Ihre Zimmer durchsuchen«, fuhr er fort.

»Wie bitte?«, rief Hermine aufgebracht und sprang auf.

»Haben Sie etwas zu verbergen?«

»Nein, selbstverständlich nicht«, stammelte sie verwirrt. »Wie kommen Sie darauf?«

»Dann erlauben Sie, dass wir uns in ihrem Hotelzimmer umsehen?«, fragte Capitaine Rousseau süffisant.

Wie hätte sie seine Bitte ablehnen können, ohne schuldig auszusehen?

»Wenn das unbedingt notwendig ist«, antwortete sie widerwillig.

»Hat sonst jemand einen Einwand?«, fragte er. Der Verdacht gegen jeden, der sich weigerte, hing unausgesprochen, aber doch deutlich spürbar im Raum. Die Anwesenden schwiegen und vermieden den Augenkontakt mit dem Polizisten. Keiner von ihnen schien den Eindruck erwecken zu wollen, etwas zu verbergen zu haben.

»Wir werden die Polizei in vollem Umfang unterstützen«, ergriff Céleste das Wort. »Der Mörder von Fréderic muss gefunden werden.«

»Gut, dann ist das geklärt.« Er wandte seine Aufmerksamkeit

von der Frau ab und schaute zu den restlichen Familienmitgliedern. »Gibt es sonstige Einwände gegen eine Durchsuchung?«

»Erledigen Sie Ihren Job und sehen Sie zu, den Mörder zu überführen, bevor noch jemand zu Schaden kommt«, erwiderte Delphine Chinon, begleitet von zögerlichem Nicken der Anwesenden.

»Das werden wir«, versprach der Capitaine. »In der Zwischenzeit bitten wir Sie, hier zu warten. Es wird nicht allzu lange dauern.«

Adeline warf einen Blick auf das Display des Handys. Es ging auf fünf Uhr zu und der Himmel begann, sich am Horizont grau zu verfärben.

Krumme Geschäfte

In dem Augenblick schob Sébastien einen Servierwagen mit Kaffee und einer Frühstücksauswahl herein. Adeline steckte das Handy ein und holte sich einen Kaffee und ein Croissant.

»Die sind leider aufgebacken«, entschuldigte er sich. »Um diese Uhrzeit sind die frischen noch nicht eingetroffen.«

»Das macht nichts. Ich bin froh, überhaupt etwas zu bekommen, und der Kaffee wird mir helfen, die Augen aufzubehalten.«

»Geht mir ebenso.« Delphine trat zu ihr und hielt Sébastien ihre Tasse hin.

»So gut wie der bei Ihnen wird dieser kaum sein«, sagte Adeline.

»Woher weißt du ...?«, fragte sie. »Lass uns reden.« Delphine Chinon durchquerte den Wintergarten, öffnete die Schiebetür und trat auf die Terrasse. Adeline folgte ihr nach draußen.

»Wie kommst du darauf, dass ich mich mit Kaffee auskenne?«

»Gehört Ihnen nicht eine Caféhaus-Kette in Paris? Das Café Noir.«

»Das hast du herausgefunden?« Respekt lag in ihrer Stimme. »Die wenigsten Mitglieder meiner Familie wissen davon. Nicht, dass es sie besonders interessieren würde.«

»Es war nicht sonderlich schwer herauszufinden. Auf den Unterlagen, die Sie durchgelesen haben, als wir uns heute Nachmittag unterhalten haben, befand sich ein Logo der Firma. Etwas Recherche im Internet und es war klar.«

»Du bist clever«, sagte sie langsam und dehnte die Worte, als müsse sie noch entscheiden, ob es eine gute oder schlechte Sache für sie war.

»Wieso halten Sie es vor Ihren Verwandten geheim?«

Delphine zog einen Gartenstuhl vom Tisch weg und setzte sich.

»Privatsphäre ist mir wichtig«, sagte sie.

»Das ist eine dünne Erklärung.«

»Schau dir meine Geschwister und deren Familien an. Sie hängen am Tropf der Firma, die meine Eltern gegründet haben. Nimmt man sie ihnen weg, bleibt nichts. Keiner hat etwas Eigenständiges aus seinem Leben gemacht. Die einen wollen Geld und Luxus, die anderen sind hinter der Anerkennung meiner Mutter her. Trostlos.«

»Sie haben Café Noir und sind unabhängig«, sagte Adeline. »Das unterscheidet Sie von Ihren Geschwistern.«

Die Frau nickte und nippte an ihrem Becher. »Du hast recht. Mein Kaffee ist definitiv besser.« Sie schaute zu Adeline hoch. »Ich habe gehört, du arbeitest ebenfalls in einem Café. Hier in Beauregard.«

»Dem Fleur.«

»Solltest du nach Paris ziehen, ruf mich an, für fleißige Hände und eine clevere Frau habe ich immer einen Job.«

»Etwa in dem Laden in Turenne 35 oder wird der im Zuge der Sanierung aufgelöst?«

»Du hast dich tatsächlich gründlich über mich informiert. Falls dir die Gegend gefällt, kann ich dich dort unterbringen. Das Café läuft hervorragend.«

»Und die Schließung? Der Anwalt Ihrer Mutter hat den Mietern bereits gekündigt.«

»Hat er das behauptet? Nun ja, Christian stellt seine Arbeit gerne als komplizierter hin, als sie in der Realität ist.«

»Wie meinen Sie das?«

»Dann gebe ich dir einen kleinen Exkurs in die Geschäftswelt. Das Café Noir hat einen langfristigen Mietvertrag, den wir auf keinen Fall aufgeben werden. Christian hat keinerlei Handhabe, uns zu kündigen, was er auch gar nicht vorhat. Wir werden demnächst schließen und nach der Sanierung des Gebäudes das Café wieder eröffnen. Etwas moderner und hoffentlich effizienter als vorher.«

»Er weiß, dass Sie die Besitzerin sind?«

»Aber nein. Für Mietverträge habe ich meine eigene Anwältin. Damit befasse ich mich nur selten.«

»Dann erhalten Sie keine Sonderbehandlung«, murmelte sie vor sich hin. »Und die anderen Geschäfte, müssen die gehen?«

»Nicht dass ich wüsste. Christian hat mit den meisten einen ähnlichen Deal abgeschlossen. Mieter, die langfristige Verträge besitzen und seit Jahren pünktlich ihr Geld überweisen, sind ihm lieber als ein häufiger Wechsel und am Ende auch gewinnbringender.«

»Dann habe ich das wohl missverstanden. Ich hatte vermutet, die Klagen würden sich auf seinem Schreibtisch stapeln, aber was verstehe ich schon von Immobilienprojekten.« Adeline setzte sich ebenfalls. Sie stippte die Spitze des Croissants in den Kaffee und biss sie ab. Sie hatte ihn nicht falsch verstanden, der Mann hatte sie schlicht und einfach belogen. Oder er wollte sich vor Madame Chinon als fleißigerer Problemlöser darstellen, als er tatsächlich war. *Das muss ich herausfinden.*

»Ich gehe wieder rein. Vielleicht gibt es Neuigkeiten von Isabelle.« Delphine verabschiedete sich. Adeline blieb auf der Terrasse. Die Ruhe kam ihr gelegen, um über ihre Beobachtungen und die Hinweise, die sie seit ihrer Ankunft im Château erfahren hatte, nachzudenken.

Einige Puzzlestücke nahmen eine konkretere Form an, aber so sehr sie sie drehte und wendete, sie passten noch nicht zusammen. Wer konnte ein Interesse haben, sowohl Fréderic als auch Isabelle aus dem Weg zu räumen? Die beiden hatten kaum Gemeinsamkeiten, eher gegensätzliche Standpunkte. Fréderic wollte die Kontrolle innerhalb der Firma an sich reißen und Isabelle sollte darauf aus sein, die Position ihres Mannes zu festigen. Auf diese Weise konnte sie ihren luxuriösen Lebensstil weiterführen.

Wo lag ihr Denkfehler? Und wer konnte die dritte Partei sein, die durch den Tod der beiden gewann? Bestimmt nicht Louis, der kaum seinen eigenen Sohn vergiften würde. Außerdem schien er kein Interesse am Geschäft zu haben, wenn er sich durch Fréderic im Aufsichtsrat vertreten ließ. Christian Duchamps kam schon eher infrage. Er hätte die Frau, die ihn erpresste, ausschalten und mit dem Anschlag auf Fréderic seine Position in der Firma sichern können. Solange Madame Chinon die Fäden in der Hand hielt, konnte ihm niemand gefährlich werden. Und genau das wollte Fréderic ändern. Doch nach der Beobachtung auf dem Flur kam ihr auch der biedere Antoine nicht mehr so unschuldig vor. Wieso er den Tod eines Widersachers wollte, war klar, und die Motivation, seine Frau umzubringen, lag auf der Hand. Jeder würde verstehen, wenn Madeleine bei ihm blieb, um die Kinder zu versorgen. Nach einer angemessenen Trauerzeit stand ihm nichts mehr im Weg, ein neues Leben mit seiner Geliebten zu beginnen. Sie nickte, um ihren Gedanken zu bestätigen. Christian Duchamps und Antoine Chinon stiegen auf der Liste ihrer Verdächtigen weit nach oben.

Adeline schreckte auf, als ihr Handy vibrierte. Ein Blick auf das Display verriet ihr, dass es sich um eine unbekannte Nummer handelte. Julie Bettencourt kam ihr augenblicklich in den Sinn. Die Journalistin musste erfahren haben, dass es Neuigkeiten im Château gab.

»Hallo.«

»Hier ist Julie Bettencourt«, bestätigte die Anruferin Adelines Vermutung. »Kannst du sprechen oder hört dir jemand zu?«

»Ich sitze allein auf der Terrasse und halte mich an einer Tasse Kaffee fest. Hier ist niemand außer mir. Alle anderen befinden sich im Wintergarten und warten auf Neuigkeiten von der Polizei.«

»Was ist passiert?«, drängte sie Adeline.

»Ich bin mir sicher, dass die Polizei nicht möchte, dass ich mit Ihnen darüber spreche.«

Capitaine Rousseau würde sie liebend gerne bei Wasser und Brot einsperren, sollte er erfahren, mit wem sie gerade telefonierte.

»Niemand wird das herausfinden.«

»Daran zweifle ich. Der Capitaine wird es morgen in der Zeitung oder dem Internet lesen können. Er wird nicht lange brauchen, um auf mich zu kommen.«

»Hat er dich persönlich um Verschwiegenheit gebeten?«

»Das nicht«, gab sie widerstrebend zu.

»Du willst doch Journalistin werden. Das bedeutet, sich hin und wieder über die Regeln hinwegzusetzen. Die Leute verdienen es, darüber informiert zu werden, was vor sich geht.«

»Und Sie wollen mir dabei helfen, Journalistin zu werden, nicht wahr?« Adeline warf den Köder aus und wartete ab, wie die Frau reagieren würde.

»Selbstverständlich. Du bist aus dem Holz geschnitzt, das wir in unserem Beruf brauchen.«

Adeline schwieg. Das waren nur Phrasen, die die Reporterin von sich gab.

»Ich gebe dir mein Wort. Du lieferst die Informationen und ich bringe dich bei einer der Journalistenschulen unter.«

Die Frau hatte Adelines Zögern richtig gedeutet und handelte dementsprechend.

»Ich wäre dann so eine Art Investigativ-Journalistin.«

»Kann man so sehen«, bestätigte Julie Bettencourt.

»Ich gehe davon aus, dass Sie zu Ihrem Wort stehen.«

»Ehrenwort unter Journalisten.«

Sie zögerte, doch die Unterstützung dieser Frau konnte sie ihrem Traumberuf einen ordentlichen Schritt näherbringen.

»Na gut. Es hat einen weiteren Mordanschlag im Château gegeben. Dieses Mal war Isabelle Chinon das Opfer.« Sie erzählte, was geschehen war, auch wenn sie einige Einzelheiten ausließ. Das Verhältnis zwischen Antoine und Madeleine ging die Reporterin nichts an. Sie würde die Affäre nur in die Öffentlichkeit zerren, und das wollte sie dem Kindermädchen keinesfalls antun. Bisher gehörte die Frau zu denen, die Adeline am freundlichsten behandelt hatten.

»Gibt es schon einen Verdächtigen oder wenigstens eine heiße Spur?«, drängte die Journalistin.

»Zurzeit durchsucht die Polizei die Zimmer. Bis sie fertig sind, warten wir alle im Wintergarten.«

»Gut. Ruf mich an, sobald sich etwas ergibt.«

»Mache ich«, versprach Adeline.

»Gute Arbeit. Aus dir wird bestimmt eine hervorragende

Journalistin. Wie es aussieht, helfe ich gerade meiner zukünftigen Konkurrenz. Nicht sehr clever von mir.« Julie Bettencourt lachte und legte auf.

Das Lob der Frau zerstreute ihren Zweifel und sie entschied, zurück in den Wintergarten zu gehen. Vielleicht konnte sie etwas Interessantes aufschnappen.

Sie biss in das Croissant und trank den letzten Schluck aus dem Kaffeebecher, als sich die Tür öffnete und Christian Duchamps die Terrasse betrat.

»Ich nahm an, alle wären im Wintergarten und ich hätte hier etwas Ruhe. Störe ich?«

»Keineswegs. Setzen Sie sich doch.« Gerade mit ihm hatte sie sprechen wollen. Statt sich einen Vorwand auszudenken, um ein Gespräch mit ihm zu beginnen, kam er zu ihr. *Glück gehabt.*

»Etwas frische Luft wird mir gut tun. Drinnen sind alle ziemlich angespannt. Ich wünschte, wir würden bald diesen hinterhältigen Mörder schnappen. Die Warterei und die Vorstellung, wer wohl als Nächster dran sein könnte, ist nur schwer auszuhalten.«

Er legte ein Polster auf einen Gartenstuhl und setzte sich. Lässig schlug er ein Bein über das anderen und betrachtete sie. Sollte er etwas mit dem Giftanschlag zu tun haben, war es ihm nicht anzusehen. Seit sie ihn zum ersten Mal in Begleitung von Madame Chinon getroffen hatte, wirkte er stets selbstbewusst und überlegen. Bis auf den Streit im Garten. Der Zorn, der ihm im Gesicht gestanden hatte, war nur schwer zu übersehen gewesen, selbst auf Entfernung.

Adeline zögerte kurz, doch dann ergriff sie die Gelegenheit, den Mann auszufragen.

»Sie stehen Isabelle Chinon nahe?«

»So würde ich das nicht ausdrücken. Ich arbeite seit langem für die Familie Chinon und man trifft sich hin und wieder. Hauptsächlich auf Célestes Geburtstagsfeier. Ansonsten haben wir wenig miteinander zu tun. Aber sie ist die Frau von Antoine, mit dem ich geschäftlich zusammenarbeite, und ich sorge mich um sie.«

»Das verstehe ich. Daran ändert auch der Streit nichts, den Sie mit ihr hatten.«

»Streit? Worauf spielst du an?«

»Ich habe Sie zufällig gestern im Park gesehen. Ihre Unterhaltung wirkte nicht sonderlich harmonisch, um es nett auszudrücken.«

Er schwieg und sein Blick verlor etwas an Freundlichkeit, ebenfalls an Selbstbewusstsein. Er und Isabelle hatten sich Mühe gegeben, unbeobachtet zu bleiben, aber dabei versagt, was ihn offensichtlich ärgerte. Der Anwalt drehte den Kopf und schaute über den Park zum Waldrand, wo er sich mit ihr gestritten hatte.

»Ich will Ihnen natürlich nicht zu nahetreten«, entschuldigte sie sich, auch wenn es ihr keineswegs leidtat. Es war nur eine Floskel, die sein Schweigen unterbrechen sollte.

»Das hast du falsch interpretiert. Wir haben uns durch Zufall getroffen und hatten keinesfalls einen Disput. Worüber auch?«, wehrte er ab.

»Das erleichtert mich. Dann gibt es kein Problem, wenn Capitaine Rousseau mich erneut ausquetscht, ob mir im Château etwas aufgefallen ist. Der Mann ist ausgesprochen gut darin, anderen Daumenschrauben anzulegen oder einem die Worte im Mund umzudrehen.«

»Hast du bereits mit ihm darüber gesprochen?« Die Frage kam rasch und er richtete sich im Stuhl auf. Es war ihm wichtig, zu erfahren, was der Polizist wusste.

»Nein. Seitdem ich Sie beide gesehen habe, hat er mich nicht weiter beachtet. Und vorher war Isabelle Chinon kein Thema bei meiner Befragung, aber das wird sich nach dem Anschlag bestimmt ändern.«

»Da gibt es nichts zu berichten. Wir haben uns zufällig getroffen und über die Sitzung des Aufsichtsrats gesprochen. Wie gewöhnlich verlangte sie eine Erhöhung der Bezüge und ich habe auf Madame Chinon verwiesen, die das letzte Wort in Firmenangelegenheiten hat. Mag sein, dass sie das nicht gnädig aufgenommen hat, aber es handelte sich weder um einen Streit zwischen uns, noch hätte ich ihr überhaupt helfen können. Stimmberechtigt sind nur die Familienmitglieder.«

»Verstehe«, sagte sie. Er log sie an, davon war sie überzeugt. Adeline konnte sich nicht vorstellen, dass es der Frau nicht vollkommen klar war, wer die Entscheidungen in der Firma fällte. Von Christian Duchamps konnte sie höchstens hilfreichen Einfluss auf ihre Schwiegermutter erwarten, mehr aber auch nicht.

»Wissen Sie, mit wem ich heute noch gesprochen habe?«, fragte sie.

»Wie könnte ich?« Ein angespannter Unterton schlich sich in seine sonst so angenehme und ruhige Stimme.

»Mit Delphine.«

»Sie hat sich mit dir unterhalten? Ein kleines Wunder. Mir fällt kein gemeinsames Thema ein, das euch beide interessieren könnte.«

»Es hat mich ebenfalls gewundert, doch wir haben zwei gefunden. Das eine war Kaffee.«

Er zeigte auf Adelines Becher. »Besonders angenehm ist er hier im Château nicht. Aber morgens um fünf sind meine Erwartungen an die Küche eher niedrig.«

»Sie wusste, dass ich im Café Fleur in Beauregard aushelfe, und hat mir einen Job in einem ihrer Cafés in Paris angeboten.«

»Sie besitzt ein Café? Man lernt immer wieder etwas Neues über diese Frau.« Der Mann schmunzelte. Die Wendung, die das Gespräch genommen hatte, schien ihm zu gefallen, denn es führte von seiner Beziehung zu Isabelle Chinon weg.

»Eine interessante Person. Tatsächlich sollten Sie ihr Geschäft recht gut kennen.«

»Sollte ich das?« Er sprach langsam und zog die Worte leicht in die Länge, wie jemand, der eine Falle vermutete, sie aber noch nicht erkennen konnte und Zeit schinden wollte.

»Das Café Noir.«

Christian Duchamps stutzte. Die Augenbrauen hoben sich

kurz, doch seine Verblüffung dauerte nur einen Augenblick, bis er sich erneut im Griff hatte.

»Café Noir. Das sagt mir nichts.«

»Sie kennen die Mieter in der Rue de Turenne 35 nicht? Das wundert mich, schließlich sind Sie der Firmenanwalt und für die Mietverträge zuständig.«

»Da überschätzt du einen einfachen Anwalt«, wich er ihrer Frage aus.

»Ist auch bestimmt schwierig, so viele Mieter im Kopf zu behalten, vor allem bei einem komplizierten Projekt wie diesem.«

»Das ist wohl wahr, aber das ist der Job von Anwälten«, sagte er. »Aber jetzt muss ich wieder rein, bevor sie mich vermissen.« Er legte die Hände auf die Lehnen seines Stuhls und wollte aufstehen.

»Eine Frage hätte ich noch.«

»Das hat bestimmt Zeit«, wiegelte Christian Duchamps sie ab.

»Wie Sie meinen. Möglicherweise kann Capitaine Rousseau sie beantworten.«

Er ließ sich auf den Stuhl zurücksinken. Die Erwähnung des Polizisten hatte gewirkt.

»Wenn es sein muss, dann raus damit.« Inzwischen klang er genervt von ihren Fragen, was ihr nur zeigte, dass sie auf der richtigen Spur war. Der Anwalt steckte tief in der Sache drin, vielleicht hatte er sogar den Anschlag selbst ausgeführt.

»Sie erwähnten, dass es bei Turenne 35 zu vielen Klagen gekommen wäre. Vor allem von den gewerblichen Mietern.«

»Das stimmt. Es ist nicht unüblich bei solchen Großprojekten, dass wir die Geschäfte komplett austauschen, um eine ertragreichere Mieterstruktur zu bekommen. Die Investition lohnt sich nur, wenn das Endergebnis für die Firma lukrativ ist. Das beantwortet wohl deine letzte Frage.« Dieses Mal stand er auf. »Man sieht sich.«

»Delphine Chinon behauptete, keine Kündigung erhalten zu haben. Nur eine Aussetzung des Mietverhältnisses während der Sanierung.«

»Es wurde nicht allen Mietern gekündigt. Manche übernehmen wir.« Er nickte ihr zu und wandte sich ab. In diesem Augenblick wurde ihr klar, womit Isabelle ihn in der Hand hatte.

»Ich sehe keinen Grund, wieso Delphine gelogen haben könnte. Sie behauptete, keinem der Mieter wäre der Vertrag gekündigt worden. Deswegen konnte Isabelle Sie erpressen.«

Er stockte, verharrte kurz und drehte sich langsam zu ihr um. Adeline wünschte, es wäre nicht aus ihr herausgesprudelt, während sie mit dem Mann allein auf der Terrasse war. Sie blickte in den Wintergarten und suchte vergeblich den Blickkontakt mit Lieutenant Gaudry, die sich mit Antoine unterhielt. Sie würde nicht zu ihrer Rettung kommen, falls die Situation zwischen ihr und Christian Duchamps eskalieren sollte. Der Mann war größer und stärker als sie, und würde sie im Handumdrehen überwältigen können. Adeline griff nach dem Kaffeebecher. Sie würde damit werfen, sollte er sie angreifen. Nicht auf ihn, aber auf die Scheiben des Wintergartens. Das würde reichen, um die Aufmerksamkeit der Polizistin zu erregen.

»Niemand hat mich erpresst.«

»Sie haben Klagen der Mieter erfunden und dafür der Firma Ihre Honorare in Rechnung gestellt. Da Madame Chinon Ihnen blindlings vertraut, winkte Antoine sie durch, ohne sie genauer zu prüfen. Ich weiß nicht wie, aber Isabelle hat es herausgefunden.«

»Unsinn«, fuhr er sie barsch an. Sein Charme platzte wie eine Seifenblase. In diesem Augenblick schleuderte er ihr einen zornigen Blick zu, so wie bei Isabelle im Park. Sie hatte mit ihrer Vermutung richtig gelegen und seinen wunden Punkt getroffen. Wenn sein Betrug aufgedeckt wurde, war er als Anwalt vernichtet. Selbst Madame Chinon würde ihm nicht beistehen.

»Das lässt sich leicht herausfinden, oder nicht?«

Christian Duchamps trat an den Tisch und setzte sich. Der zornige Ausdruck in seinem Gesicht verblasste, übrig blieb ein müder Mann, der diesen Moment seit langem gefürchtet hatte. Es musste ihm bewusst gewesen sein, dass er mit seinen Betrügereien nicht ewig davonkommen konnte.

»Was willst du von mir?«

»Die Wahrheit«, erwiderte sie.

»Über was?«

»Was hat sich hinter den Kulissen abgespielt? Es ist klar, dass Isabelle Sie erpresste. Verlangte die Frau, dass Sie sich mit Antoine verbünden, um ihm Fréderic Chinon vom Hals zu halten? Madame Chinon schätzt Sie, daher sollte es kein Problem darstellen, Einfluss auszuüben. Sie muss sich aber verrechnet haben, wieso hätten Sie ihn sonst vergiftet haben? Wollte Madame Chinon nicht auf Sie hören und Sie bekamen Angst davor, im Gefängnis zu landen? War es so?« Mit jedem Wort sprach sie schneller und beugte sich zu ihm, während der Anwalt vor ihr zurückwich.

»Vergiftet?«, rief er. Abrupt drehte Christian Duchamps den Kopf und vergewisserte sich, ob jemand aus dem Wintergarten ihn hatte hören können. »Natürlich nicht«, fuhr er leiser fort. »Wie kommst du auf so eine verrückte Idee?«

»Wie wollten Sie Antoine beschützen?«

Er lehnte sich im Stuhl zurück und atmete tief aus. Sie hatte ihn geschlagen und er akzeptierte es. Christian Duchamps sah nicht aus, als würde er nach einer Ausflucht suchen, eher wie jemand, der resigniert hatte und sich seinem Schicksal stellte.

»Ja, das Miststück hat mich erpresst. Aber es war anders, als du dir das zusammengereimt hast.«

»Erzählen Sie!«

»Isabelle ist keine liebende Ehefrau, ganz sicher nicht. Geld und Ansehen ist alles, was für sie zählt. In dem Fall war der Frau ihr Prestige als Gattin eines erfolgreichen Geschäftsführers sogar weniger wichtig als ihre Einnahmen aus der Firma.«

»Deswegen wollte sie Antoines Posten erhalten. Ich bin sicher, er verdiente ausgezeichnet.«

»Madame Chinon hielt ihn finanziell an der kurzen Leine. Er erhielt ein angemessenes Gehalt, aber nicht so viel, wie Isabelle es sich vor ihrer Hochzeit vorgestellt hatte. Außerdem ist er ein konservativer Mensch. Auch in seinen Investitionen.«

»Fréderic sah das Geschäft komplett anders?« Es dämmerte Adeline, worauf er anspielte.

»Ja. Er beabsichtigte, aggressiv zu expandieren, die Mieten zu erhöhen und alteingesessene Mieter rauszuwerfen, um Luxuswohnungen zu bauen. Dem hätte Antoine niemals zugestimmt, auch wenn man damit mehr verdienen konnte. Wie gesagt, er ist recht konservativ.«

»Aber Isabelle sah das Potential für große Gewinne und eine deutlich höhere Ausschüttung an die Erben«, überlegte Adeline laut.

»Das stimmt. Sie hielt Fréderic für den besseren Geschäftsmann und setzte ihren Einsatz auf ihn. Ich sollte meinen Einfluss geltendmachen, dass Madame Chinon ihm eine Chance gab, sich in Turenne 35 einzubringen. Wäre er erfolgreich gewesen, hätte einem Wechsel des Geschäftsführers nichts mehr im Weg gestanden.«

»Dann hatten Sie tatsächlich keinen Grund, ihn zu vergiften«, gab sie zu. Adelines Theorie brach gerade vor ihren Augen in sich zusammen. Christian Duchamps konnte sie von der Liste der Verdächtigen streichen.

»Nicht den geringsten. Zu leicht hätte Céleste von dem Tee trinken und sterben können. Völlig ausgeschlossen, dass ich einen derart unausgegorenen Plan durchgeführt hätte. Nur ein Dummkopf wäre dieses Risiko eingegangen, um sich Fréderic vom Hals zu schaffen.«

Er suchte den Blickkontakt mit ihr und sie nickte ihm zu. Sie glaubte dem Mann, der davon ausging, dass sich die tödliche Dosis im Tee befunden hatte. Der wahre Mörder musste wissen, dass Fréderic das Gift bereits im Laufe des Nachmittags zu sich genommen hatte. Ein Grund mehr, ihm zu glauben.

»Was werden Sie jetzt unternehmen?«, fragte er.

»Herausfinden, wer Menschen vergiftet, bevor noch jemand stirbt.« *Oder ich an der Reihe bin.*

»Das meinte ich nicht.«

»Die Firma und deren Geschäfte kümmern mich nicht. An Ihrer Stelle würde ich reinen Tisch machen, denn ich fürchte, Ihr

Geheimnis wird die Mordermittlungen kaum überleben. Entweder wird die Polizei oder Isabelle Chinon es aufdecken.« *Genau wie das Verhältnis zwischen Antoine und Madeleine.*

»Sie werden nichts verraten?«, fragte er verwundert.

»Das habe ich nicht vor, jedenfalls nicht, solange ich nicht dazu gezwungen bin, um mich selbst vor dem Gefängnis zu bewahren. Sie wissen, ich stehe noch immer auf Capitaine Rousseaus Liste der Verdächtigen. Beeilen Sie sich lieber, bevor Ihnen jemand zuvorkommt. Es sieht nicht vorteilhaft für Sie aus, wenn die Frau, die sie erpresst hat, vergiftet wird.«

»Mache ich, aber zuerst will ich mit Céleste sprechen. Erst danach mit der Polizei.«

»Viel Glück.« Sie meinte es ernst. Der Anwalt war stets freundlich zu ihr gewesen, im Gegensatz zu manch anderen.

Er stand auf und ging hinein. Dieses Mal hielt sie ihn nicht auf, sondern folgte ihm nach einer Weile. Inzwischen erreichte der Rand der Sonne den Horizont und der Himmel hellte über Beauregard auf. Es würde ein schöner, aber auch heißer Tag werden.

Aus den Augenwinkeln bemerkte sie, wie Capitaine Rousseau den Wintergarten betrat und sich leise mit seiner Assistentin unterhielt. Die Aufmerksamkeit aller Beteiligten richtete sich auf ihn. Auch Adeline war neugierig, ob er eine Spur oder wenigstens einen Hinweis auf den Täter gefunden hatte. Den leeren Kaffeebecher stellte sie auf ein Tablett auf einem Tisch neben dem Servierwagen.

»Hat er etwas herausgefunden?«, fragte sie Paulette, die Pains au Chocolat in einen Korb legte.

»Weiß ich nicht, aber irgendetwas muss er entdeckt haben, so wie er grinst. Ein überheblicher Kerl.«

Adeline betrachtete den Capitaine und stimmte der Sous-Chefin zu. Mit zwei Polizisten im Schlepptau unterhielt er sich mit Lieutenant Gaudry, deren Blick über die Anwesenden streifte, als würde sie jemanden suchen. Sie fragte sich, worüber sie mit ihrem Vorgesetzten sprach. Was Paulette als überheblich bezeichnete, kam ihr eher wie eine siegessichere Miene vor. Ihr Bauchgefühl sagte ihr, dass die Durchsuchung etwas an den Tag gebracht hatte, das ihn zum Täter führte. Die Polizei war ihr einen entscheidenden Schritt voraus. Ihre eigene Theorie war gerade in sich zusammengebrochen wie ein misslungenes Soufflé. *Hauptsache, ich bin aus dem Spiel. Mehr wollte ich sowieso nicht erreichen.* Aber eine wirkliche Erleichterung würde sich wohl erst einstellen, sobald der wahre Täter entlarvt wurde.

Capitaine Rousseau trat vor und ein erwartungsvolles Schweigen legte sich über den Raum.

»Vielen Dank für Ihre Geduld. Die Durchsuchung ist abgeschlossen und Sie können zurück auf Ihre Zimmer. Es wird Ihnen guttun, etwas Schlaf nachzuholen.«

»Das ist alles, was Sie zu sagen haben?« Antoine richtete sich auf und trat vor ihn. »Meine Frau wurde vergiftet und Sie lassen uns über die Ermittlungen im Unklaren? Falls der Mörder noch hier im Schloss ist, werden wir wohl kaum in Ruhe schlafen gehen können. Wer weiß, wer als nächstes dran ist? Jemand hat es auf die Familie Chinon abgesehen. Das ist offensichtlich.« Antoine atmete schwer, als hätte ihn sein Ausbruch erschöpft. Den sonst so ruhigen und stillen Mann derart in Rage zu sehen, verblüffte Adeline. Hatte er doch mehr Gefühle für seine Frau, als die Affäre mit Madeleine sie vermuten ließ, oder war es die Angst um das eigene Leben, die ihn aufwühlte?

»Monsieur Chinon, ich kann Sie beruhigen, es wird keine weiteren Anschläge mehr geben.« Capitaine Rousseau winkte den beiden Polizisten, die hinter ihm standen, und trat zwei Schritte in den Raum.

»Mademoiselle Aubray, würden Sie meine Kollegen bitte begleiten?«

»Ich?« Madeleine starrte ihn mit geweiteten Augen an. »Was wollen Sie von mir?« Sie riss ihren Blick von ihm ab und sah sich ängstlich im Wintergarten um. Sollte sie auf Hilfe von einem Mitglied der Familie gehofft haben, wurde sie enttäuscht.

Selbst Antoine schaute sie ungläubig an und wich einen Schritt vor ihr zurück.

»Ihr glaubt doch nicht etwa, ich könnte zu so einem Verbrechen in der Lage sein?«, stammelte sie mit rauer Stimme. »Niemals hätte ich ...« Sie verstummte mitten im Satz, als ihr klar wurde, dass sich niemand schützend vor sie stellen würde. Von der Familie im Stich gelassen, warf sie Adeline einen flehenden Blick zu. Adelines Gedanken wirbelten wild durch ihren Kopf. Das Kindermädchen hatte sich noch nicht einmal auf ihrer Liste der Verdächtigen befunden. Einen Mord traute sie ihr niemals zu. Doch die Polizei musste etwas gefunden haben, dass sie veranlasste, Madeleine festzunehmen. Um was konnte es sich handeln?

Sie nickte Madeleine zu. Die sanft wirkende Frau war nicht dazu imstande, jemanden zu vergiften, das stand für sie fest, auch wenn einiges gegen sie sprach. *Mich haben sie ebenfalls verdächtigt, obwohl ich unschuldig bin, bei ihr wird es genauso sein.*

Das Kindermädchen ließ sich wie in Trance von den beiden Polizisten abführen. Die Blicke der Menschen im Wintergarten folgten ihr, bis sie außer Sicht war. Erst dann setzte ein Geraune ein, dass Capitaine Rousseau kurz darauf unterband.

»Sie können sich jetzt zurückziehen«, erlaubte er ihnen, auch wenn es eher einem Befehl glich. »Wir werden im Laufe des Tages die Befragungen fortsetzen. Nutzen Sie besser die Zeit, um sich auszuruhen.«

»Wir werden heute Nachmittag mit unserer Aufsichtsratssitzung fortfahren«, warf Madame Chinon ein, die sich rasch gefangen hatte. »Da Sie die mutmaßlich Schuldige in Gewahrsam haben, besteht kaum Dringlichkeit, uns erneut zu befragen.«

»Dem steht nichts im Weg. Verständlicherweise möchten wir unsere Arbeit abschließen, bevor die Zeugen abreisen.«

»Aber wieso hat sie ihn umgebracht? Niemand hat ihr etwas Schlimmes angetan, schon gar nicht Fréderic.« Alle drehten sich nach Hermine um, die sonst ihr Bestes tat, so wenig wie möglich in Erscheinung zu treten.

»Wir haben unsere Gründe«, erwidert Rousseau knapp. »Vertrauen Sie auf die Polizei.«

Delphine und Louis machten den Anfang und verließen den Wintergarten. Sie ging in Richtung der Treppe ins Obergeschoss, er in die Bar. Wahrscheinlich auf der Suche nach einem Drink, vermutete Adeline. Die anderen Familienmitglieder folgten. Zum Schluss blieben nur Paulette, die den Servierwagen aufräumte und wegfuhr, Lieutenant Gaudry und Adeline übrig.

»Hatten Sie mich ernsthaft in Verdacht?«, fragte sie die Polizistin. »Nur weil er sich mir gegenüber wie ein Ekel aufgeführt hat, ist das noch kein handfestes Motiv, ihn umzubringen. Das war lächerlich.«

»Jeder stand unter Verdacht, der am Samstag an der Familienfeier teilgenommen hat. Und es haben schon Menschen für deutlich weniger gemordet als einen angekratzten Stolz.«

»Es ist doch offensichtlich, dass das Gift im Tee nur eine Ablenkung war.«

»Wie kommen Sie darauf?« Statt es zuzugeben, interessierte es die Frau, wie viel Adeline wusste oder sich zusammenreimen konnte.

»Die Zeit war zu knapp, damit das Gift hätte wirken können. Außerdem vermute ich, dass die Menge an Eisenhutblättern im Tee nicht ausreichte, um den Mann umzubringen.« Das Erste hatte sie von Paulette erfahren und überprüft, beim Zweiten bluffte sie.

»Das hat der Rechtsmediziner bestätigt. Fréderic Chinon hat das Gift im Laufe des Nachmittags zu sich genommen. Wahrscheinlich in irgendeinem Dessert versteckt. Der Mann war bekannt dafür, eine Naschkatze zu sein«, gab sie zu. »Wir wollten den Täter, beziehungsweise die Täterin, wie sich jetzt herausstellte, in Sicherheit wiegen und das hat auch bestens funktioniert. Madeleine Aubray glaubte, als unscheinbares Kindermädchen unter dem Radar der Polizei zu fliegen, aber dem war nicht so.«

»Welchen Grund sollte sie haben, Fréderic Chinon zu vergiften?«

»Ich hätte Sie für schlauer gehalten«, erwiderte die Polizistin zu Adelines Überraschung. »Sonst bekommen Sie doch alles mit, was im Château vor sich geht.«

»Sie wissen davon?«

»Eine Person, die anonym bleiben wollte, hat uns eine Nachricht geschickt. Vielleicht ein Mitglied der Familie, möglicherweise aber auch nur ein Hotelangestellter. Letztlich ist es ohne Belang. Wenn Sie ebenfalls dahintergekommen sind, wieso haben Sie uns nicht darüber informiert?«

»So lange weiß ich es noch nicht. Jedenfalls war zu diesem Zeitpunkt Isabelle Chinon bereits vergiftet worden. Sie hatte Glück, dass es ihr nicht wie Fréderic ergangen ist. Sonst wäre sie jetzt tot.«

»Es war weniger eine Frage des Glücks als des Champagners, der sich im Zimmer der Eheleute befand. Ihrem Ehemann zufolge hat sie die Flasche fast allein getrunken und sich anschließend im Badezimmer übergeben. So ist sie den Großteil des Gifts losgeworden und das hat ihr das Leben gerettet.«

»Dann war es erneut Eisenhut?«

»Das kann ich nicht sagen, die Ermittlungen laufen noch«, erwiderte die Polizistin, nickte dabei aber leicht und unmissverständlich.

»Hier in der Gegend wächst die Pflanze nicht. Das hat mir der Feldhüter von Beauregard versichert, und der Mann kennt sich hier bestens aus.«

»Ist uns bekannt, wir sind schließlich keine Amateure, deswegen gehen wir von einer geplanten Tat aus. Mademoiselle Aubray muss den Plan bereits in Paris ausgeheckt und sich das Gift dort besorgt haben. Jedenfalls haben wir einen Vorrat in einem Plastikbeutel in ihrem Kleiderschrank gefunden.« Sie sah Adeline mit einem strengen Blick an. »Was Sie hier erfahren, bleibt unter uns. Verstanden?«

»Selbstverständlich.«

»Gut. Dann ruhen Sie sich jetzt aus. Heute Nachmittag werden wir uns nochmals mit Ihnen unterhalten.« Den Versuch der Polizistin, sie höflich rauszuwerfen, ignorierte Adeline. Sie konnte Madeleines flehenden Blick nicht aus dem Kopf bekommen.

»Die Ehefrau ihres Geliebten aus dem Weg zu räumen, könnte ich mir als Motiv noch vorstellen, aber Fréderic Chinon? Sie hatte so gut wie nichts mit ihm zu tun. Einmal im Jahr trafen sie sich hier zur Geburtstagsfeier.«

»Ein anderer Täter wäre Ihnen lieber?«

»Nein, aber einen glaubhafteren würde ich vorziehen.«

»Der Anschlag auf Antoines Frau zeigt, dass sie es darauf abgesehen hatte, die nächste Madame Chinon zu werden. Ich gehe davon aus, dass sie bereit war, ihren Geliebten vor jemandem zu schützen, der aggressiv daran arbeitete, ihn aus der Firma zu drängen. Sie hat sich dafür entschieden, zwei Gefahren für ihre zukünftige Ehe mit einem Streich aus der Welt zu schaffen.«

Adeline setzte zu einem Widerspruch an, doch ihr fiel kein schlagender Einwand ein. Die Theorie der Polizistin klang logisch und nachvollziehbar. Eifersüchtige Geliebte kamen selbst in ihren Krimis häufig vor. Nur ihr Bauchgefühl bäumte sich gegen die Vorstellung auf, dass Madeleine eine eiskalte Killerin war. *Als ob nette und schöne Menschen keine Mörder sein könnten.*

»Wir setzen unser Gespräch heute Nachmittag fort. Sehen Sie zu, hier zu sein, wenn wir Sie brauchen«, beendete Lieutenant Gaudry die Unterhaltung, nickte ihr zu und ging zu Capitaine Rousseau, der sich vor dem Wintergarten mit Antoine Chinon unterhielt. Die beiden Kinder hielt er an den Händen fest.

Adeline brauchte Abstand zu den Ermittlungen, um über alles in Ruhe nachzudenken. Sie ging in ihr Zimmer, packte ihre wenigen Sachen in den Rucksack und verließ das Château. Bevor sie den Helm aufsetzte, erhielt sie einen Anruf. Es war erneut Julie Bettencourt.

»Es wurde jemand festgenommen?« Die Journalistin kam direkt auf ihr Anliegen: Informationen.

»Die Polizei hat Madeleine Aubray zum Verhör mitgenommen.«

»Aus welchem Grund? Wurde während der Durchsuchung etwas Belastendes in ihrem Besitz gefunden.«

Adeline zögerte. Wenn sie jetzt der Frau verriet, was sie herausgefunden oder von Lieutenant Gaudry erfahren hatte, würde Madeleines Name bald auf den Titelblättern als Ehebrecherin und mutmaßliche Mörderin stehen. Sie atmete tief durch und versuchte Ordnung in ihre Gedanken zu bringen.

»Bist du noch dran?«

»Aber ja. Die Verbindung ist hier oben am Château miserabel.«

»Was hat die Polizei gesagt?«

»Isabelle Chinon wurde ebenfalls vergiftet, wahrscheinlich handelte es sich um die gleiche Pflanze wie bei Fréderic. Die Frau überlebte, da sie wohl etwas Schlechtes gegessen und sich hinterher übergeben hat.« Das Detail mit der Champagnerflasche ließ sie aus. Sie traute Lieutenant Gaudry zu, jedem einen anderen Grund genannt zu haben, um nachzuvollziehen, wer die Quelle der Presse war.

»Also steckt das Kindermädchen hinter allem«, sagte die Journalistin in einem nachdenklichen Ton, als hätte sie selbst diese Möglichkeit nicht in ihre Überlegungen einbezogen. »Welchen Grund hatte sie, zwei Menschen zu vergiften?«

»Das konnte ich nicht herausfinden«, log Adeline. Das Motiv der Frau war zu überzeugend. Würde es an die Öffentlichkeit kommen, wäre sie augenblicklich von der Presse vorverurteilt, das konnte sie ihr nicht antun. »Bestimmt wird es im Laufe des Tages eine Pressekonferenz im Bürgermeisteramt geben.«

»Dann ist es für uns zu spät, um der Konkurrenz zuvorzukommen. Sieh zu, ob du bis dahin noch etwas herausbekommst.«

»Ich tue mein Bestes.«

»Das solltest du stets tun, wenn du eine erfolgreiche Journalistin werden willst. Es sind die Informationen, die zählen, nicht die Art und Weise, wie du sie erhältst. Schreib dir das auf einen Zettel und leg ihn unter dein Kopfkissen.«

»Mache ich«, erwiderte sie leise und legte auf.

Entdeckungen

Adeline fuhr mit dem Roller durch das Tor zur Bégude und parkte vor dem Taubenturm. Sie fühlte sich hier wohler als in dem leeren Elternhaus auf der gegenüberliegenden Seite des Städtchens. Nicht gerade in dem Turm, den sie noch immer gruselig fand, aber im weitläufigen Rest der ehemaligen Kutschenstation.

Charlotte saß auf einem Sofa aus alten Holzpaletten im Schatten einer Markise und las in einem Buch. Sie schaute auf und lächelte, als sie den Innenhof betrat. Den Bewohnern der Bégude war Adeline stets willkommen und die Unruhe und Anspannung, die sie fest im Griff hatten, fielen von ihr ab.

»Was tut sich im Château? Ich hoffe, die Polizei ist endlich zu Vernunft gekommen und lässt dich in Ruhe.« Charlotte klopfte leicht mit der flachen Hand auf den Platz neben sich.

»Sieht ganz so aus«, sagte Adeline und setzte sich zu ihr. »Sie haben heute Morgen jemanden festgenommen.«

»Das sind doch erfreuliche Nachrichten, aber du siehst so aus, als würdest du dich nicht wirklich darüber freuen.«

»Alles hat zwei Seiten«, holte sie einen Spruch heraus, den ihre Mutter gerne zum Besten gab, und erzählte Charlotte von den Entwicklungen im Château, von ihrer Entdeckung der Affäre, über den Anschlag auf Isabelle bis zur Verhaftung von Madeleine.

»Was hast du jetzt vor?« Charlotte drückte Adelines Hand. »Wir werden dich unterstützen, so gut wir können.«

»Danke, das ist lieb. Du und Marguerite habt mir in den letzten Tagen schon so sehr beigestanden, ich habe keine Ahnung, wie es mir ohne euch gegangen wäre.«

»Dafür sind Freunde schließlich da.«

»Es ist befreiend, dass die Polizei sich nicht mehr für mich interessiert, aber ich mach mir Sorgen um Madeleine.«

»Du hältst sie für unschuldig? Kannst du die Frau so gut einschätzen?«

»Nicht wirklich, aber mein Bauchgefühl sagt mir, dass sie zu einer solchen Tat nicht fähig ist. Vielleicht bin ich naiv, doch eine eiskalte Giftmischerin stelle ich mir anders vor.«

»Man sieht den Leuten oft nicht an, was in ihrem Inneren vorgeht. Du hast auch nicht vermutet, dass sie eine Affäre mit ihrem Chef hat.«

»Das stimmt, aber die Vorstellung, dass sie hereingelegt wurde und im Château noch immer ein Mörder frei herumläuft, lässt mich einfach nicht los.«

Charlotte nahm eine Karaffe mit warmen Wasser, Ingwer und Zitrone vom Tisch und schenkte ein Glas ein, dass sie Adeline reichte.

»Trink was, das ist gesund und macht den Kopf frei. Das wirst du brauchen, wenn du deiner Freundin helfen willst.«

»Ist diese Journalistin noch in der Bégude?«

»Das Zimmer hat sie bis Ende der Woche gemietet, allerdings ist sie heute Morgen sehr früh weggefahren. Ich nehme an in die Stadt, um auf Neuigkeiten zu warten. Ihr habt euch knapp verpasst.«

»Das ist gar nicht schlecht.« Sie dachte an die Details, die sie ihr verschwiegen hatte. Die Journalistin würde nicht begeistert sein. Vielleicht sogar derart, dass sie ihre Entscheidung, sich für Adeline einzusetzen, bereute oder zurücknahm.

»Sie werden Madeleine in der Polizeistation vernehmen, und je nachdem, wie es ausgeht, für eine Weile dortbehalten, falls sie sie nicht direkt nach Nîmes ins Gefängnis bringen.« Adeline strich mit den Fingerspitzen über das Display ihres Handys, das neben ihr auf dem Sofa lag und fragte sich, ob sie die Journalistin nicht doch anrufen sollte. Die Frau wartete darauf, dass sie ihren Teil der Vereinbarung einhielt und sie über alles, was im Château vor sich ging, informierte, und sie hatte dem Deal zugestimmt. Sie schüttelte den Kopf, nahm das Telefon und packte es in den Rucksack. Solange sie nicht wirklich von Madeleines Schuld überzeugt war, würde sie keine Details über ihre Verhaftung ausplaudern. Es fühlte sich wie ein Verrat an dem Kindermädchen an.

»Der Capitaine wird eine Pressekonferenz geben«, sagte Adeline. »Er muss etwas zum Anschlag auf Isabelle Chinon sagen und wird kaum mit leeren Händen vor den Journalisten stehen wollen. Ich fürchte, Madeleine wird von ihm an die Wölfe verfüttert.«

»Wölfe? So denkst du über die Reporter? Ich dachte, es wäre dein Traumjob?«

»Ist es auch«, antwortete sie, doch es fühlte sich eher wie eine auswendig gelernte Floskel als eine ehrliche Antwort an. Sie zweifelte im Augenblick daran, ob sie tatsächlich das Zeug hatte, so tough zu werden und für eine gute Story über Leichen zu gehen, wie Julie Bettencourt es tat. In diesem Moment war sie auf jeden Fall zu müde und erschöpft dafür. Adeline stellte das Glas auf den Tisch, streckte die Beine aus und verschränkte die Arme hinter dem Nacken. Sie schloss die Augen und genoss die angenehme Wärme des Morgens. Sie gähnte ausgiebig. Es waren nicht nur die paar Stunden, die ihr heute Nacht gefehlt hatten, seit dem Tod von Fréderic hatte sie schlecht geschlafen. Hier fühlte sie sich geborgen.

Etwas Feuchtes berührte ihre Nase und Adeline knurrte abwehrend. Sie brauchte einen Augenblick, um sich zu erinnern, wo sie sich befand und wie sie hergekommen war. Jemand hatte ein weiches Kissen unter ihren Kopf und eine leichte Decke über sie gelegt. Noch ein bisschen, dachte sie und rekelte sich auf dem Sofa.

»Geh weg«, nuschelte sie verschlafen, als erneut etwas gegen ihre Nase stupste. Widerwillig öffnete sie die Augen und blickte direkt in zwei dunkelbraune Augen und eine lange Schnauze. Adeline schrie und sprang auf. Der Hund wich erschrocken vor ihr zurück.

»Alles in Ordnung?«, rief Marguerite, die Früchte von einem Feigenbaum pflückte.

»Guter Hund. Schön brav«, redete Adeline auf den Dobermann ein und drückte sich mit dem Rücken gegen die Lehne des Sofas. »Ich tu dir nichts und du mir auch nicht.« Der Hund legte den Kopf leicht schief und betrachtete sie neugierig.

»Voltaire.« Marguerite klatschte mit der flachen Hand mehrmals gegen ihren Oberschenkel. Es war offensichtlich der Name, auf den das Tier hörte, denn es wandte sich ab und lief zu Marguerite, die ihn ausgiebig hinter den Ohren kraulte.

»Mein Herz schlägt jetzt noch bis hoch in den Hals.« Adeline ließ sich auf das Sofa zurückfallen und klopfte gegen die Brust.

»Er war nur neugierig. Es tut mir leid, dass er dich geweckt hat. Eigentlich ist er ziemlich harmlos.«

»Zum Glück hat er mich nicht für eine Einbrecherin gehalten und zerfleischt.« Sie versuchte, lustig zu klingen, während sie den Hund im Auge behielt.

»Das ist ein Tier, aber nicht dumm. Welche Einbrecherin liegt schon im Hof auf einem Sofa und schläft friedlich?« Marguerite kam zu ihr und setzte sich neben sie.

»Der heißt Voltaire? Merkwürdiger Name. Seit wann gibt es einen Hund in der Bégude?«

»Seit gestern. Philippe hat den Dobermann zur Pflege aufgenommen. Einer seiner Freunde ist beruflich für ein halbes Jahr nach Marseille gezogen und darf keine Tiere in der Wohnung halten. Hier hat er eine Menge Auslauf und kann echte Einbrecher verscheuchen. Jedenfalls hofft Philippe darauf.«

»Hoffentlich erkennt er mich, wenn ich das nächste Mal zu Besuch komme.«

»Klar. Er hat dich ausgiebig beschnüffelt und ich habe ihm erklärt, dass du zur Familie gehörst«, sagte Marguerite und grinste.

»Hat er?« Sie erinnerte sich an den feuchten Nasenstupser. Es gefiel ihr nicht, beobachtet und dazu noch beschnüffelt zu werden, während sie schlief.

»Du hast doch nicht etwa Angst vor Hunden?«

»Nur vor welchen, die groß genug sind, um mich fressen zu können. Ich habe es eher mit Katzen, um ehrlich zu sein, oder niedlichen Kaninchen.« Sie trank einen Schluck aus dem Glas, das noch immer auf dem Tisch stand. »Wie lange habe ich geschlafen?«

»Charlotte sagte, sie hätte zwei Kapitel in ihrem Buch gelesen, nachdem du eingeschlafen warst. Sie ist in die Küche verschwunden und ich habe dir eine Decke übergelegt.«

»Dann ist das Kissen auch von dir. Danke.«

»Du sahst aus, als könntest du etwas Schlaf gebrauchen. Charlotte hat mir alles erzählt, ich bin also auf dem Laufenden. Wie es aussieht, haben sie dich vom Haken gelassen. Gut so.«

»Jedenfalls für den Moment«, erwiderte Adeline.

»Charlotte meinte, dass du das Kindermädchen für unschuldig hältst. Bist du dir sicher? Denn das würde bedeuten, dass der Mörder noch frei herumläuft.«

»Ich bin davon überzeugt, aber mir fehlt ein eindeutiger Beweis, um sie zu entlasten.«

»Was hast du vor?«

»Weitermachen. Was sonst? Du hast mich darauf gebracht zu ermitteln, und das werde ich jetzt nicht aufgeben. Ich kann mich nicht darüber freuen, nicht mehr als Verdächtige betrachtet zu werden und gleichzeitig zuzusehen, wie Madeleine für etwas verurteilt wird, von dem ich nicht glaube, dass sie es getan hat.«

»Kann ich helfen?«

»Klar. Ich muss so viel über den Rest der Familie herausfinden, wie es irgendwie geht. Irgendwer besitzt ein zwingendes Motiv für die beiden Morde, ich bin nur noch nicht dahintergekommen, wer es ist.«

»Dann mal los, das Internet ist unser Freund.«

»Ich hoffe, im Laufe des Tages ein paar Hinweise von Julie Bettencourt zu bekommen.«

»War sie bisher sonderlich hilfreich?« Dem skeptischen Ton nach, bezweifelte Marguerite das.

»Nicht wirklich«, stimmte Adeline zögerlich zu. Ihre Beziehung war eher eine Einbahnstraße. Die Informationen waren meistens von ihr gekommen und die Journalistin hatte wenig zurückgegeben, außer Versprechungen.

»Dann würde ich mich auch jetzt nicht drauf verlassen. Selbst ist die Frau, sollte auf unserer Fahne stehen.«

Adeline holte das Handy aus dem Rucksack und schloss es an der schmalen Powerbank an, die sie stets dabeihatte. Etwas legte sich unerwartet von hinten auf ihre linke Schulter und sie erstarrte. Mit angehaltenem Atem drehte sie langsam den Kopf. Es war die braune Schnauze des Dobermanns, der interessiert auf das Handy schaute. Die spitzen Ohren waren aufgerichtet wie zwei Antennen.

»Alles in Ordnung?«, sagte sie und seufzte, als ihr klar wurde, dass sie mit dem Hund sprach. *Als ob der mich verstehen würde.* Er sah zu ihr und rieb seinen Kopf an ihrer Wange. Adeline atmete vorsichtig ein.

Marguerite kraulte ihn kurz und stand auf. »Ich hole meinen Laptop, dann geht es los.«

»Du willst uns allein lassen? Ich kann mit Hunden echt nicht umgehen«, rief Adeline hinter ihr her.

»Ihr versteht euch doch ausgezeichnet. Ich glaube, er mag dich.«

»Bis er hungrig wird und mich für eine leichte Beute hält. Dann habe ich schlechte Karten, das ist ein Dobermann und kein Schoßhündchen.«

Marguerite lachte und ging ins Haupthaus, in dem ihr Zimmer lag. Eines von Charlottes Hühnern lief über den Hof und pickte Körner vom Boden auf. Der Hund hob den Kopf und verfolgte jeden Schritt.

»Das ist auch nichts zum Fressen«, flüsterte Adeline ihm zu und hoffte, ihn nicht auf eine Idee gebracht zu haben, doch er legte seine Schnauze wieder auf ihre Schulter. *Wenigstens sabbert er nicht.*

Sie lud ihren Browser und machte sich eine Notiz in ihr Notizbuch über die Familienmitglieder, bei denen sie ein Motiv vermutete oder sich eines vorstellen konnte.

»Das eliminiert Paulette, die mit der Familie und deren Geschäften nichts zu tun hatte. Genau wie Delphine Chinon. Die Frau war selbstständig und nicht auf das Geld der Firma angewiesen. Ihr Mietvertrag in dem Projekt Turenne 35 war gesichert, egal, wer sich als Geschäftsführer durchgesetzt hätte. Selbst wenn nicht, würde es ihr Unternehmen nur geringfügig treffen, falls sie eine ihrer Filialen schließen musste. Also kein Grund, das Risiko einzugehen, jemanden umzubringen«, erklärte sie Voltaire, der gespannt auf das Display des Handys schaute. »Wieso erzähle ich dir das? Als ob du etwas verstehen könntest.« *Wahrscheinlich, um mich zu beruhigen. Mit einem Pudel hätte ich einfacher leben können.*

Marguerite kam zurück und setzte sich zu ihr.

»Auf geht es. Wonach suchen wir? Hast du eine Vermutung?«

»Familie. Irgendwo muss es noch ein Geheimnis geben, das ich übersehen habe. Aber ich habe keine Ahnung, wo wir ansetzen sollten.«

»Wer?«

»Ich habe Paulette und Delphine von der Liste gestrichen, und Isabelle wird sich kaum selbst vergiftet haben.«

»Sie könnte die Dosis klein genug gewählt haben, um sicher zu sein, es zu überleben. Niemand würde sie mehr für schuldig halten und sie wäre aus den Ermittlungen raus.«

»Dann hätte sie die Flasche Champagner nicht trinken müssen, es sei denn, sie wollte sich doppelt absichern und die tatsächliche Dosis, die sie geschluckt hat, verschleiern. Für so raffiniert halte ich sie nicht. Außerdem glaube ich, dass Christian Duchamps mir die Wahrheit erzählt hat. Isabelle sah in Fréderic die bessere Option für die Geschäftsführung. Deswegen hat sie den Anwalt erpresst, ihr zu helfen. Sie besaß keinen Grund, ihn umzubringen. Genauso wenig wie Duchamps. Streichen wir beide ebenfalls von der Liste.«

»Und den Vater des Opfers?«

»Sicher. Den auch.«

»Dann bleiben noch Hermine mit ihrer schrägen Tochter und Antoine«, sagte Marguerite.

»Antoine besitzt die gleichen Motive wie Madeleine. Vielleicht wollte er sich einen Konkurrenten vom Hals schaffen und seine

Frau loswerden, um mit seiner Geliebten ein neues Leben zu beginnen. Für mich klingt das plausibel«, sagte Adeline.

»Nur hat die Polizei kein Gift in dessen Zimmer gefunden, sondern bei Madeleine. Wir haben fast alle möglichen Verdächtigen gestrichen, vielleicht solltest du dich damit anfreunden, dass du falschliegst und sie die Tat begangen hat.«

»Er hat sie in der Nacht besucht und hätte das Gift problemlos dort verstecken können.«

»Wieso sollte er seine Geliebte in Verdacht bringen?«

»Schwer zu sagen. Die Ermittler kamen ihm zu nahe und er suchte ein sicheres Lager für das Gift. Man weiß nie, ob man es nicht nochmal brauchen würde. Wahrscheinlich hat er nicht damit gerechnet, dass die Polizei alle Zimmer durchsuchen würde, auch die von denen, die bisher nicht verdächtigt worden waren.«

»Könnte sein.« Marguerite stimmte zwar zu, verzog aber ungläubig den Mund. Sie schien nicht überzeugt zu sein. »Oder er wollte sich beide vom Hals schaffen, seine Frau und seine Geliebte. Eine Liebschaft mit einem Kindermädchen führt nur selten vor den Altar.«

Der Gedanke war ihr bisher noch nicht gekommen, aber Marguerite konnte damit richtig liegen. Vielleicht sah er Madeleine nur als eine flüchtige Affäre mit einer jüngeren Frau an, die seinem von Isabelle nicht gerade geförderten Selbstbewusstsein guttat. *Möglicherweise bin ich tatsächlich zu naiv.* Sie lehnte sich tiefer in das Polster des Sofas. Voltaire hob die Schnauze und sah sie missbilligend an. Die Anspannung fiel langsam von ihr ab und sie betrachtete ihn. Besonders gefährlich oder bissig kam er ihr nicht vor. *Gut für mich, aber schlecht für Philippe, der einen Wachhund sucht.* Trotzdem zögerte sie, ihn zu streicheln.

»Hier ist was.« Marguerite tippte auf das Display des Tablets. »Sybille hat sich in einem Post über die Naturzerstörung in den Alpen aufgeregt.«

»Na und? Sie meckert den ganzen Tag auf den sozialen Medien über irgendetwas. Wieso nicht mal die Berge?«

»Hier sind Fotos. Sie muss kürzlich dort gewesen sein.«

»Sie wandert? Das kann ich mir kaum vorstellen.« Adeline nahm den Laptop und betrachtete die Bilder. Eindeutig waren es Aufnahmen von Gletschern und Wanderwegen in den Alpen. »Hätte ich bei ihr nicht erwartet.« Sie reichte es zurück. »Aber was bringt uns das?«

»Jean-Luc, der Feldhüter, behauptete, Eisenhut würde in gebirgigen Gegenden wachsen. Vielleicht hat sie es von ihrem Trip in die Berge mitgebracht.«

»Glaubst du, sie hat eine Ahnung, wie das Zeug aussieht? Mir kommt sie eher wie eine Klimaaktivistin vor, die Paris, die Uni und ihre Lieblingscafés so gut wie nie verlässt.«

»Lass mich weitersuchen.«

»Musst du nicht mehr«, sagte Adeline. »Ich habe es gefunden. Sie war mit Antoine, Madeleine und den Kindern in den Alpen. Hermine hat Fotos online gestellt. Sie hat einen langweiligen Account, nur Essen und verwackelte Landschaftsaufnahmen.« Sie klickte auf die Like-Anzeige unter dem Post. »Die Bilder gefallen kaum jemandem, vor allem ist niemand von der Familie dabei, nicht einmal diejenigen, mit denen sie zusammen im Urlaub war.« Die Frau schien einen sehr kleinen Freundeskreis zu besitzen, was Adeline nicht verwunderte. Hermine war introvertiert und tat ihr Bestes, so wenig wie möglich aufzufallen.

Antoine posierte in einem rustikalen Outfit und Wanderstiefeln vor einer malerischen Bergkulisse mit dem Mont Blanc im Hintergrund zwischen seinen beiden Kindern. Madeleine legte dem Mädchen die Hände auf die Schultern und lächelte in die Kamera. Am Rand des Fotos stand Sybille, deren Widerwille und Abscheu, dort sein zu müssen, geradezu aus dem Bild sprang.

»Wer hat die Aufnahme gemacht? Isabelle?«, fragte Marguerite.

»Kann ich mir nicht vorstellen. Die Frau wird nie im Leben auf eine Wandertour gehen. Die eleganten Pumps mit klobigen Wanderschuhen zu tauschen, kommt für sie nicht infrage.«

»Also sind die Bilder von Hermine.«

»Davon gehe ich aus oder glaubst du, Sybille würde freiwillig

Antoine und dessen Familie auf einem Urlaub in die Berge begleiten, wenn sie nicht von ihrer Mutter gezwungen wurde? Ich nicht.«

»Ich schaue nach, was Antoine postet.« Marguerite scrollte über das Social-Media-Profil des Mannes, während Adeline sich darüber wunderte, dass er überhaupt eines besaß.

»Da haben wir es«, rief sie triumphierend. »Der Kerl sieht zwar aus wie ein Buchhalter, ist aber ein echter Naturfreak.« Sie blätterte von einem Bild zum nächsten: Landschaft, Berggipfel und viele Pflanzen, die am Wegrand blühten.

»Halt an«, rief Adeline und tippte mit dem Finger auf das Display. »Das ist es. Genau so ein Foto hat mir Capitaine Rousseau gezeigt. Blauer Eisenhut. Damit wurde Fréderic ermordet, und beinahe auch Isabelle.«

»Der Name der Pflanze steht in der Bildbeschreibung, wie auch bei den anderen Fotos. Der Mann kennt sich mit allem, was so am Wegrand blüht, ziemlich gut aus. Er muss im Biologieunterricht in der Schule aufgepasst haben.«

»Er hat den Eisenhut im Urlaub gesammelt und zum Geburtstag seiner Mutter mitgebracht. Ich frage mich nur, wie lange er schon sein Verbrechen im Voraus geplant hat?«

»Vergiss nicht, Madeleine war ebenfalls dabei. Bestimmt hatte ihr die Pflanze gezeigt und erklärt, um was es sich handelt. Sie könnte ihn genauso gut gepflückt und im Gepäck gehabt haben.«

»Glaube ich nicht«, wischte Adeline den Einwand zur Seite. »Und Sybille traue ich einen Mord auch nicht zu. Wahrscheinlich hat sie den Vorträgen von Antoine überhaupt nicht zugehört.« Sie schaltete das Handy aus.

»Was hast du vor?«

»Ich fahre ins Château, was sonst? Capitaine Rousseau muss davon erfahren, bevor er Madeleine den Reportern als mutmaßliche Mörderin präsentiert. Antoine ist der Schuldige und würde ungeschoren davonkommen.«

»Du versteifst dich auf etwas, das du nicht beweisen kannst«, warnte Marguerite sie.

»Ich versuche mein Glück, was soll schon schiefgehen? Schlimmer als jetzt kann es für Madeleine kaum noch kommen.« Sie verstaute ihr Handy im Rucksack. »Ich rufe an und erzähle dir, wie es ausgegangen ist.«

»Viel Glück«, wünschte Marguerite, doch Adeline war bereits auf dem Weg zum Roller, der vor dem Taubenturm stand. Voltaire trabte neben ihr her und hechelte leise in der Hitze des späten Vormittags.

Der Verdacht

Der Fahrtwind kühlte angenehm im Schatten der Platanen, die die Landstraße säumten, und ihre Haare flatterten wild hinter ihr. Am Ende der Allee fuhr sie über die steinerne Brücke und durch das Tor auf das Gelände des Anwesens. Der rote Sportwagen stand neben dem Haupteingang, als wäre sein Besitzer noch immer ein Gast der Residenz. Adeline parkte den Roller daneben und stieg ab. Sie hatte es eilig und keine Lust, Zeit zu verschwenden und auf den Angestellten-Parkplatz zu fahren.

Mit den Fingern fuhr sie durch die zerzausten Haare und zupfte an ihrem T-Shirt, bis es ordentlich saß. Mit leichten Schritten lief sie die Treppe hinauf und wäre in der Halle fast mit Hermine Chinon zusammengestoßen.

»Was für ein Zufall. Ich habe Sie gesucht«, begrüßte Adeline die Frau, die ein mausgraues Kleid trug und die Haare streng zurückgebürstet hatte. Sie entsprach dem Klischee einer Gouvernante deutlich mehr als die lebenslustige Madeleine.

»Mich? Wie komme ich dazu?« Hermine trat einen Schritt zurück und strich eingebildete Falten aus ihrem geradlinig geschnittenen Kleid. Erstaunen, aber auch ein Schuss Ängstlichkeit, im Mittelpunkt zu stehen, lagen in ihrem Blick.

»Zufällig habe ich heute Morgen einige Bilder von Ihrem Ausflug in die Alpen gesehen.«

»Das ist verwunderlich. Normalerweise interessiert sich kein Mensch für meine Fotos.« Ein unausgesprochenes *oder für mich* hing zwischen ihnen, doch Adeline ging nicht darauf ein. Es würde sie nur ablenken und fehlte ihr gerade die Zeit.

»Es muss ein schöner Urlaub gewesen sein, den ganzen Tag draußen in der frischen Luft. Und dann die herrlichen Berge. Ich beneide Sie.«

»Es war eine nette Woche«, bremste sie Adelines Überschwang.

»So ein Mutter-Tochter-Urlaub ist doch etwas Besonderes.«

»Das stimmt schon«, gab sie widerwillig zu und musterte Adeline. Wahrscheinlich fragte sie sich, worauf sie hinauswollte und ob irgendwo eine Falle lauerte, in die sie hineintreten sollte. »Einmal im Jahr fahren wir gemeinsam weg. Dieses Mal war Antoine so freundlich uns mitzunehmen. Leider konnte Isabelle uns nicht begleiten, sie musste zu vielen gesellschaftlichen Verpflichtungen nachkommen, die sie unmöglich verschieben konnte.«

»Wenigstens waren seine Kinder mit ihm unterwegs.«

»Ja.« Falten erschienen auf ihrer Stirn. Die Frage, was Adeline von ihr wollte, musste sich ihr aufdrängen.

»Ihr Schwager scheint ein ganz besonderer Naturfreund zu sein, der sich in den Bergen hervorragend auskennt. Ich habe gesehen, dass er gerne Bilder von seinen Touren postet.«

»Das stimmt wohl«, sagte sie und seufzte leise. »Er fotografiert jede Pflanze, Stein oder Tier am Wegrand. Einmal mussten wir eine ganze Stunde Pause einlegen, damit er Murmeltiere beobachten konnte, und danach hielt er einen langen, zoologischen Vortrag über das Sozialverhalten der Tiere. Er liebt es, zu dozieren und sein Wissen zu vermitteln.«

Noch ein Grund, wieso seine Ehefrau lieber in Paris bleibt. Diese Art von Oberlehrer mag niemand.

»Antoine fährt regelmäßig im späten Frühjahr zum Wandern nach Chamonix in die Alpen«, fuhr Hermine fort. »Bestimmt hat er bereits eine goldene Ehrennadel vom Tourismusverband für herausragende Treue. Ich frage mich, wie er es den Rest des Jahres in Paris aushält.« Ein verschmitztes Grinsen huschte über ihr Gesicht und verschwand rasch wieder. Ob sie etwas über seine eheliche Treue wusste, für die er sicher keine Ehrennadel gewonnen hätte? Sie hatte immerhin viel Zeit mit ihm und Madeleine verbracht, und man musste schon ein hervorragender Schauspieler sein, um sich während des gesamten Urlaubs nicht zu verraten. Es erstaunte sie, dass der Mann seine Schwägerin überhaupt eingeladen hatte, ihn zu begleiten.

»Sybille teilt die Begeisterung für das Wandern?«

»Sie bleibt lieber im Ort und sieht sich dort um. Jedem das seine«, sagte sie und zog die Falten auf der Stirn etwas tiefer. Der Mutter-Tochter-Urlaub schien doch eher eine erzwungene als eine freiwillige Unternehmung zu sein. Aus eigenem Antrieb kam Sybille sicher nicht mit. Es stellte wohl eine Gegenleistung für die Finanzierung ihres Lebens dar, vermutete Adeline und erinnerte sich daran, wie man der Tochter auf dem Foto angesehen hatte, wie sie es verabscheute, mit der Familie unterwegs sein zu müssen. Auch gestern Abend hatte sie die Gelegenheit genutzt und sich mit dem Wagen ihrer Mutter aus dem Staub gemacht. Sie war nicht wieder aufgetaucht, bis Adeline in die Bégude gefahren war. Das Auto hatte sie ebenfalls nicht auf dem Parkplatz bemerkt. *Das schließt Sybille wohl als Täterin aus, schließlich hatte sie die Residenz früh verlassen, um nach Avignon zu fahren.* Alles deutete mehr und mehr auf Antoine als Täter hin.

Hermine sah auf die Uhr. »Tut mir leid, aber ich muss mich auf den Weg machen. Capitaine Rousseau erwartet mich zu einer letzten Befragung, auch wenn mir nichts einfallen würde, das ich ihm noch berichten könnte.« Unerwartet suchte die sonst so scheu wirkende Frau den Blickkontakt mit Adeline. »Die arme Madeleine. Sie war immer so lieb zu den Kindern. Wer hätte ihr so eine Tat zugetraut? Ich ganz sicher nicht. Was kann sie nur dazu gebracht haben?«

»Geht mir genauso. Sie wirkte nicht gerade wie eine Mörderin.«

»Hätte Antoine doch nur dieses giftige Zeug nicht entdeckt und uns gezeigt«, murmelte sie.

»Eisenhut?« Adeline sah die Frau wissbegierig an, aber nun wich sie ihrem Blick wieder aus. Ob sie sich verplappert hatte und es ihr nun unangenehm war, Madeleine weiter in Verdacht gebracht zu haben?

»Ich habe nicht genau hingehört, weil ich einen Stein im Schuh hatte, um den ich mich kümmern musste, aber Antoine hat ihr den Eisenhut gezeigt und einen längeren Vortrag über seine Wirkung gehalten.«

»Hat sie die Pflanze gepflückt oder etwas davon mitgenommen?«

»Das kann ich nicht sagen, ich bin ein Stück vorausgegangen, um Fotos vom Panorama zu schießen.« Sie sah erneut auf ihre schmale Armbanduhr. »Jetzt muss ich los, sonst warten sie auf mich, und ich will den Capitaine nicht verärgern.«

Hermine verabschiedete sich von ihr und ging an der Rezeption vorbei ins Innere des Anwesens.

Adeline sah sich um, doch Sébastien konnte sie nicht entdecken. Er war wohl irgendwo in der weitläufigen Residenz unterwegs. Daher beschloss sie, nach Paulette zu suchen. Irgendwie musste Antoine das Gift in Fréderics Essen gemischt haben und sie fragte sich, wie er es geschafft hatte, ohne bemerkt zu werden. Sie stieg die schmale Kellertreppe hinab und fand Paulette in der Kaffeeküche, wie sie verschiedene Desserts auf Tellern anrichtete.

»Hallo Adeline, du kommst gerade recht.« Die junge Sous-Chefin reichte ihr ein Dessertschälchen und einen kleinen Löffel. »Versuch mal.«

»Danke.« Adeline probierte die helle Crème. »Lecker.«

»Zitronencreme mit einem Hauch von Vanille. Für das Abendessen.«

»Deine Gäste werden wirklich verwöhnt.«

»Das hoffe ich doch«, erwiderte sie und lachte. »Aber deswegen bist du nicht hier, oder täusche ich mich?«

»Tust du nicht. Da sind ein paar Sachen von Samstag, an die ich mich nicht mehr gut erinnere. Bestimmt kannst du mir auf die Sprünge helfen.«

»Geht es um den Mordfall? Ich dachte, die Polizei hat die Täterin geschnappt und eingesperrt.«

»Wie es aussieht, stimmt das«, sagte sie zögerlich. Noch wollte sie bei ihr nicht mit ihrem Verdacht rausplatzen.

»Dann ist doch alles in bester Ordnung.«

»Ich muss gleich bei Capitaine Rousseau antanzen und er wird mich über Samstag ausquetschen, ich will keine Fehler machen und würde deswegen gerne meine Erinnerungen auffrischen. Hilfst du mir dabei?«

»Geht klar, was interessiert dich?«

»Du hast doch die Cafés Gourmand zusammengestellt.«

»Gehört zum Job. Ein Kaffee und eine kleine Auswahl an Desserts im Miniaturformat ist sehr beliebt bei meinen Gästen und wird oft nachgefragt.«

»Was hatten wir im Angebot?«

Paulette holte einen Teller aus dem Schrank und stellte ihn auf den Tisch.

»Wir nehmen an jedem Tag eine andere Auswahl, aber am Samstag für die Chinons hatten wir Mousse au Chocolat.« Sie nahm drei Gläschen aus dem Kühlschrank. »Weiße, helle und dunkle Mousse.«

Adeline nickte, daran konnte sie sich noch gut erinnern, besonders an die mit der fast schwarzen, leicht bitteren Schokolade, von der sie zwei gegessen hatte.

»Dann kleine Crêpes mit gesalzenem Karamell, aber die habe ich momentan nicht hier. Eine Tartelette mit Erdbeeren, Pistaziencreme, Flan mit Himbeermousse, Eclairs und eine Auswahl an Macarons. Das war alles. Ich kann mir nicht vorstellen, wie irgendjemand Teile von Eisenhut damit servieren will, ohne dass es auffällt.«

»Du hast die Brownies vergessen«, sagte Adeline.

»Nein«, erwiderte Paulette bestimmt. »Oscar lehnt Muffins und Brownies ab. Er hält das für amerikanisches Zeug, das in seiner Küche nichts verloren hat. Die Einstellung ist unsinnig, aber er ist der Chef und hat hier das Sagen.«

»Keine Brownies?«, hakte Adeline nach.

»Definitiv nicht.«

»Danke, du bist ein Schatz«, rief sie, wirbelte herum und rannte aus der Kaffeeküche

»Hallo Adeline«, begrüßte Sébastien sie, der einen Servierwagen mit Gläsern vor sich herschob.

»Keine Zeit«, rief sie und hastete an ihm vorbei, den langen

Flur hinab zum Verhörraum von Capitaine Rousseau. *Vielleicht hätte Monsieur Mazet die Polizei besser im Kerker unterbringen sollen, das wäre passender gewesen.*

Ohne anzuklopfen, stürmte sie hinein. Vier Augenpaare richteten sich augenblicklich auf sie. Zu ihrer Überraschung saßen Antoine und Hermine gemeinsam vor dem Schreibtisch.

»Was soll das?«, fuhr Capitaine Rousseau sie an.

»Ich muss eine Aussage machen.«

»Das kannst du, wenn wir hier fertig sind.« Er war aufgebracht und fiel auf das Du zurück. Ein Zeichen, dass er sie nicht ernst nahm, sondern gerne abwimmeln würde.

»Ich weiß, wer Fréderic ermordet hat«, schleuderte sie ihm an den Kopf.

»Und das wäre?«, schaltete Lieutenant Gaudry sich ein, bevor ihrem Chef der Kragen platzte und er Adeline rauswerfen konnte.

»Das würde mich ebenfalls sehr interessieren«, warf Antoine ein, während Hermine sie verschreckt ansah. »Denn Madeleine ist dazu nicht imstande. Aber das will mir die Polizei nicht glauben.« Bestätigend nickte er.

Adeline zog einen Stuhl heran und setzte sich. Antoine und Hermine drehten sich zu ihr.

»Dann mal los«, forderte Capitaine Rousseau sie auf und warf seiner Kollegin einen genervten Blick zu.

»Ich kenne das Motiv, das Sie Madeleine unterstellen.«

»Du weißt von uns?« Antoine wich im Stuhl zurück und sah sie verblüfft an. »Hat sie …«

»Nein. Madeleine hat kein Wort erzählt. Ich war im Badezimmer, als Sie sie gestern Nacht besuchten. Es war kaum zu übersehen, wie Sie zueinander stehen.«

»Wir wissen von dem Verhältnis«, warf Lieutenant Gaudry ein. »Monsieur Chinon hat uns davon in Kenntnis gesetzt.«

»Dann hatte er das gleiche Motiv und die Gelegenheit wie Madeleine. Wieso wurde nur sie festgenommen?«

»Weil wir nur bei Mademoiselle Aubray eine Tüte mit Eisenhut gefunden haben«, sagte Capitaine Rousseau. »Seine Geliebte hat ihm einen Konkurrenten vom Hals geschafft, danach wollte sie den Weg freimachen, die nächste Madame Chinon zu werden. Doch ihr Plan ist nicht aufgegangen.«

»Isabelle war betrunken und hat sich übergeben«, stimmte sie ihm zu.

»Sie hatte es am Magen«, verteidigte Antoine seine Frau, obwohl alle wussten, dass es eine Schwindelei war.

»Das Motiv ist solide und sie hatte die Gelegenheit, Isabelle Chinon zu vergiften, aber meine Ermittlungen geben auch eine alternative Möglichkeit her.«

»Und die wäre?« Capitaine Rousseau grinste süffisant, so viel hielt er von ihren *Ermittlungen.* »Immer raus damit. Erleuchten Sie uns.« Er machte sich über sie lustig, aber etwas anderes hatte sie nicht erwartet und sie ließ sich von ihm nicht verunsichern.

»Antoine Chinon fährt seit Jahrzehnten nach Chamonix in die Alpen und kennt dort jeden Stein. Aber in diesem Jahr haben ihn Madeleine und die Kinder begleitet.«

»Wir nehmen an, dass das Kindermädchen die Giftpflanze von einem Ausflug mitbrachte«, sagte Lieutenant Gaudry, die einen Hauch interessierter als ihr Chef klang.

»Hatten Sie zu der Zeit bereits ein Verhältnis mit Madeleine?«, fragte Adeline den Mann.

»Nein. Aber während des Urlaubs kamen wir uns näher«, gab er zu. Eine leichte Röte, die sie nicht erwartet hatte, zog über seine Wangen.

»Was Ihnen nicht entgangen sein durfte«, wandte Adeline sich an Hermine.

»Mir?« Sie schüttelte den Kopf. »Keineswegs. Im Gegensatz zu dir schnüffele ich anderen Menschen nicht hinterher.«

»Hermine Chinon hat mir gegenüber zugegeben, dass sie anwesend war, als Antoine den Eisenhut entdeckte und einen Vortrag über dessen Giftigkeit hielt«, sagte sie zu Lieutenant Gaudry.

»Er hat andauernd mit seinem Wissen geprahlt.«

»Auch Sie hätten die Pflanze mitnehmen können.«

»Das wäre aufgefallen, oder?«, erwiderte sie und ein scharfer Unterton, den sie bei der sonst so schüchternen Frau noch nie bemerkt hatte, schlich sich in ihre Stimme.

»Genau wie bei Madeleine.«

»Hattest du nicht ein Problem mit deinen Schuhen und bist später nachgekommen?«, fragte Antoine. »Ein Stein im Schuh, jedenfalls hast du das bei mir behauptet. Jetzt erinnere ich mich wieder daran.«

»Kann sein. So genau weiß ich das nicht mehr. Aber welches Motiv sollte ich haben, Fréderic und Isabelle umzubringen?« Hermine machte eine abwehrende Handbewegung in Adelines Richtung. »Das sind doch nur Hirngespinste eines übereifrigen Schulmädchens.«

»Fréderic hat Ihnen das Leben schwer gemacht und Sie bei jeder Gelegenheit gedemütigt. Auf der Feier drohte er, Ihnen und Sybille den Geldhahn abzudrehen, sobald er Geschäftsführer werden würde. Ich stand daneben, wie Sie wissen.«

»Das hat er gerne behauptet«, bekräftigte Antoine. »Und ich bin überzeugt, er hätte es mit Freude getan, sobald er die Geschäftsleitung übernommen hätte. Er konnte euch beide nie leiden.«

»Dann stand nicht nur Ihr Lebensstil infrage, sondern auch das Studium Ihrer Tochter. Ich nenne das ein Motiv. Dazu kommt die Rache an Fréderic.« Adeline suchte den Blickkontakt mit Hermine, doch diese vermied es, ihr in die Augen zu sehen.

»Er war ein Mistkerl«, gab sie zu. »Aber wie hätte er gegen den Willen von Céleste den Posten des Geschäftsführers übernehmen können? Darum musste ich mir keine Sorgen machen.«

»Doch, das war notwendig.« Sie wandte sich zu Antoine. »Christian Duchamps stellt der Firma überzogene Rechnungen aus. Wissen Sie davon?«

»Seit heute Morgen. Er hat Klagen erfunden und abgerechnet. Wir haben selbstverständlich die Mitarbeit mit sofortiger Wirkung beendet. Aus Rücksicht auf ihre Freundschaft hat meine Mutter darauf verzichtet, Anzeige zu erstatten.«

»Sie wissen auch, dass Isabelle davon Kenntnis hatte und ihn erpresste?«, fragte Adeline.

»Nein. Das ist mir neu«, antwortete er erstaunt. »Was wollte sie von ihm?«

»Es tut mir leid, das zu sagen, aber sie sah in Fréderic einen fähigeren Geschäftsführer als in Ihnen und erhoffte sich deutlich höhere Gewinne.«

»Der Idiot wollte mit seinen riskanten Geschäften die Firma gefährden. Nie hätte ich ihm meinen Posten überlassen«, brauste der Mann auf.

»Christian Duchamps sollte seinen Einfluss bei Ihrer Mutter geltend machen und ihn unterstützen, im Gegenzug sicherte er ihrer Frau eine großzügige Auszahlung aus den Gewinnen zu.«

Er öffnete den Mund, um zu widersprechen, doch kein Ton kam heraus. Es musste ihm schlagartig klar geworden sein, wie knapp er am Rauswurf aus der Firma vorbeigeschrammt war. Und das alles auf Betreiben seiner eigenen Ehefrau.

»Dann besitzt Antoine ein stärkeres Motiv als ich«, stellte Hermine fest. »Auch ohne eine heimliche Geliebte hatte er jeden Grund, seine Frau umzubringen.«

»Ein gutes Argument«, stimmte Capitaine Rousseau ihr zu.

»Außerdem hätte er bei seinem nächtlichen Besuch das Gift problemlos bei ihr verstecken können. Er musste nur warten, bis die Polizei es finden würde.«

»Sie hätten es genauso gut dort deponieren können«, sagte Adeline.

»Ich wohne in der ersten Etage, das Zimmer des Kindermädchens befindet sich in der zweiten.«

»Erinnern Sie sich noch? Wir trafen uns in der Nacht. Sie kamen die Treppe aus der Etage herunter, in der das Zimmer von Madeleine liegt.«

»Als der Polizeichef mich über den Anschlag informierte, habe ich sofort nach Sybille gesehen. Sie ist ebenfalls in einem dieser Löcher unter dem Dach untergebracht.«

»Also waren Sie auf der Etage, auf der das Zimmer von Mademoiselle Aubray liegt?«, fragte die Polizistin. Capitaine Rousseau lehnte sich in seinem Stuhl zurück und verschränkte die Arme über der Brust, während er Hermine eindringlich musterte. Die unauffällige Frau schien in den Ermittlungen durch sein Raster gefallen zu sein. Niemand traute der introvertierten Hermine einen Mord zu.

»Ja«, erwiderte sie barsch. »Aber der Polizeichef hat doch das Zimmer des Kindermädchens abgeschlossen, nachdem er sie in den Wintergarten geschickt hat. Wie hätte ich es betreten können.«

»Doch das Zimmer von Sybille war nicht verschlossen«, sagte Adeline. »Ich nehme an, es existiert auch dort eine Verbindungstür, wie in meinem Zimmer, und ich wette, der Schlüssel hängt ebenfalls an einem Haken neben dem Türrahmen.«

»Das ist mir nicht bekannt«, erwiderte sie barsch. »Auf jeden Fall habe ich in Madeleines Schrank kein Gift deponiert. Außerdem wusste ich nichts von Isabelles Abkommen mit dem Anwalt. Wieso hätte ich sie vergiften sollen?«

»Das kann ich erklären«, sagte Adeline.

Hermine warf ihr einen verärgerten Blick zu. Ihre Finger umklammerten die Lehne des Stuhls. So fest, dass die Knöchel deutlich hervortraten.

»Sie bewohnen das Zimmer neben Monsieur Clairon. Er beschwerte sich bei der Hotelleitung über Leute, die auf dem Flur gestritten haben. Der Beschreibung nach handelte es sich um den Anwalt, Fréderic und Isabelle. Auch wenn er nicht mehr sonderlich gut hört, trifft das nicht auf Sie zu. Die drei waren nicht vorsichtig genug, und Sie haben zufällig erfahren, was sich abspielen sollte. Es war abzusehen, dass das Komplott erfolgreich sein würde, und Sie mussten handeln. Zum Glück waren Sie darauf vorbereitet und schlugen während der Feier am nächsten Tag zu. Ich vermute, Sie haben mitbekommen, dass Ihre Schwiegermutter Fréderic am Abend zu einem Gespräch in ihren Bungalow eingeladen hat, und vermuteten, sie wollten über einen Wechsel der Firmenleitung sprechen. Das mussten Sie verhindern.«

»Alles Hirngespinste. Nichts davon kannst du beweisen. Das muss ich mir nicht länger gefallen lassen.« Sie drückte sich vom Stuhl hoch, doch ein Wink von Capitaine Rousseau stoppte sie.

»Ich würde mir die Theorie unserer Zeugin gerne anhören. Wie wurde Fréderic vergiftet?«

»Hermine Chinon wusste, dass in der Aufsichtsratssitzung über den Posten des Geschäftsführers abgestimmt werden sollte, und war schon bei der Anreise bestens vorbereitet für den Fall, dass es eine ungünstige Wendung nehmen würde.«

»Es stand auf der Tagesordnung, die an alle Familienmitglieder verteilt worden war«, stimmte Antoine ihr zu.

»Nachdem sie das Gespräch auf dem Flur belauscht hatte, blieb keine Option mehr, außer Fréderic aus dem Weg zu schaffen. Am besten, bevor es zu dem Treffen zwischen ihm und Céleste kam.«

»Wie sollte ich ihn vergiften? Du hast alle Getränke und Desserts serviert. Ich habe die Küche nicht betreten.«

»Indem Sie eine seiner Schwächen oder besser gesagt eine seiner schlechten Angewohnheiten ausnutzten. Es ist mir schon im Café Fleur aufgefallen, dass Fréderic seine Finger nicht von den Tellern anderer Leute lassen kann. Er klaute den Keks seiner Großmutter, den ich zum Tee legte.« Sie schaute zu Hermine. »Genau wie er den Brownie von Ihrem Teller stibitzte. Er war so dreist, sich darüber zu beschweren, dass er etwas zu trocken wäre, um Ihnen danach eine dumme Bemerkung an den Kopf zu werfen. Nun ja, ganz frisch war er tatsächlich nicht mehr, Sie haben ihn schließlich vor Ihrer Abfahrt aus Paris gebacken, also am Freitagmorgen.«

»Was habe ich mit Desserts zu tun? Das Hotel ist für das Essen zuständig. Er lag bei meinem Café Gourmand.«

»Nein, das tat er nicht. Der Chefkoch verabscheut Brownies, daher werden in der Residenz keine gebacken oder serviert. Er musste von woanders stammen, und es gibt nur eine Möglichkeit. Sie haben den Brownie mit Gift versetzt und als Köder für Fréderic mitgebracht. Es war Ihnen klar, dass er der Gelegenheit, vor Ihren eigenen Augen etwas vom Ihrem Teller zu stehlen, nicht widerstehen würde. Raffiniert eingefädelt.«

Lieutenant Gaudry blätterte kurz in den Unterlagen. »Tatsächlich. Der Rechtsmediziner hat Reste eines Brownies in seinem Mageninhalt gefunden.«

»Es war Ihnen klar, dass es eine Weile dauern würde, bis das Gift ihn umbrachte. Seine Großmutter war auf dem Weg in den Bungalow, wo er auf sie wartete. Sie wollten das Risiko nicht eingehen, dass sie zu früh kam und den Notarzt rief, deswegen haben Sie sie abgepasst und in ein Gespräch verwickelt, was auch perfekt funktioniert hat.«

»Ich konnte Fréderic nicht ausstehen, das gebe ich zu, aber welchen Grund sollte ich gehabt haben, Isabelle zu vergiften?« Ihr Kopf ruckte hin und her, in einem Versuch, sowohl Adeline als auch die Polizisten im Blick zu behalten. Panik schlich sich in ihre Stimme.

»Sie haben sehr wohl im Urlaub mitbekommen, dass Antoine Chinon und Madeleine Aubray sich nähergekommen sind. Die Gelegenheit, den Verdacht auf einen von beiden zu lenken, konnten Sie sich nicht entgehen lassen. Auf den ersten Blick besaßen sie handfeste Motive. Es war Ihnen klar, dass die Polizei sich darauf stürzen würde. Außerdem war es eine hervorragende Möglichkeit, es Isabelle heimzuzahlen, dass sie sich mit Fréderic abgesprochen hatte, um Ihnen zu schaden. Nicht nur Ihnen, sondern auch Ihrer Tochter, deren Zukunft ohne das Geld der Familie ziemlich düster aussah. Das konnten Sie auf keinen Fall zulassen«, sagte Adeline.

»Nichts davon kannst du beweisen«, fauchte Hermine sie an. Die Frau stand kurz davor, die Fassung zu verlieren und in Panik zu geraten. Das kunstvoll errichtete Kartenhaus war dabei, in sich zusammenzustürzen. Etwas, womit sie nicht gerechnet hatte.

»Ich bin nicht die Einzige, die den Brownie auf Ihrem Teller gesehen hat. Sie müssen ihn mitgebracht haben, eine andere Erklärung gibt es nicht«, sagte Adeline.

»Am besten, wir schicken einen Kollegen von der Polizei in Paris in Ihrer Wohnung vorbei. Bestimmt finden wir noch Spuren von Ihrem Backwerk oder von Eisenhut. Die Leute von der Spurensicherung sind darauf spezialisiert, die kleinsten Mengen aufzuspüren. Die Technik ist heutzutage weit entwickelt«, kam ihr Lieutenant Gaudry zu Hilfe.

Hermine richtete sich im Stuhl auf und starrte sie wütend an. Sie zog die Lippen zwischen die Zähne, bis nur noch ein dünner Strich zu sehen war.

Die Polizistin zog ihr Handy aus der Tasche und legte es vor sich auf den Tisch. »Einen Untersuchungsrichter zu finden, der die Durchsuchung genehmigt, wird ein Kinderspiel sein. Soll ich?«

Die Frage hing für einen Augenblick in der Luft. Die Blicke der beiden Frauen kreuzten sich wie Klingen. Dann senkte Hermine den Kopf und ließ die Schultern sacken.

»Du Miststück«, zischte sie in Richtung von Adeline. »Wieso musstest du dich einmischen? Alles wäre perfekt gelaufen, wenn du deine Nase nicht in Sachen gesteckt hättest, die dich nichts angehen.«

»Ich werde keine Unschuldige wegen Ihnen ins Gefängnis wandern lassen.«

»Unschuldig«, schnaubte die Frau. »Eine Ehebrecherin weniger ist kaum ein Verlust.«

»So wie Fréderic kein Verlust ist?«, fuhr Antoine sie an. »Du bist eine eiskalte Mörderin.«

»Er war ein ekelhafter Snob, der sich für etwas Besseres hielt und für den Profit jedes noch so schmutzige Mittel rechtfertigte. Es ist nicht schade um ihn. Ich musste verhindern, dass er die Zukunft meiner Tochter gefährdete. Sybille ist alles, was mir geblieben ist, nachdem Charles gestorben ist.«

»Wieso der Tee?«, fragte Adeline. »Es musste Ihnen doch klar sein, dass die Menge nicht reichen würde, Fréderic umzubringen. Außerdem war die Gefahr hoch, dass Céleste davon trinken würde, falls Sie es nicht schafften, sie lange genug abzulenken.«

»Die Eisenhutblätter waren nur als Ablenkung gedacht. Wer würde sich noch für einen Brownie interessieren, wenn das Gift im Tee gefunden worden war?«

»Sehr clever«, stimmte Lieutenant Gaudry ihr zu. »Aber woher kannten Sie den Code zur Tür?«

»Céleste liest viel. Meistens langweiliges Zeug. Am Samstag war sie in der Bücherei im Ort und Fréderic hat sie vor dem Schloss abgesetzt. Natürlich war es ihm egal, dass sie die schwere Tasche zum Bungalow schleppen musste. Glücklicherweise war ich an der Rezeption, als sie eintrafen. Céleste wollte noch einige Details der Feier mit Monsieur Mazet besprechen und ich habe ihr angeboten, die Bücher in ihren Bungalow zu bringen. Sie hat es gerne angenommen und mir den Code für die Tür gegeben.«

Sie zuckte mit den Schultern. Ihre ausgeklügelte Planung hatte ihr letztlich nichts genutzt.

»Ihre Tochter dürften Sie für eine lange Zeit nur selten sehen, falls sie überhaupt bereit ist, ihre Mutter im Gefängnis zu besuchen«, sagte Lieutenant Gaudry.

Hermines blickte auf und sah zu Capitaine Rousseau. »Darf ich Sie noch sprechen, bevor Sie mich einsperren?«

Der Mann nickte zustimmend. »Aber nur kurz, dann bringen wir Sie direkt nach Nîmes.«

Lieutenant Gaudry stand auf und führte Hermine ab. Antoine sah ihr hinterher, zu erschüttert, um einen Ton herauszubringen.

»Ich nehme an, Sie werden Madeleine freilassen?«, fragte Adeline.

»Sobald wir das Geständnis von Hermine Chinon aufgenommen haben.«

»Dann wird es heute eine Pressekonferenz geben?«

»Sie ist für den späten Nachmittag geplant, es gibt keinen Grund etwas zu ändern.«

»Außer, dass Sie eine neue Täterin nennen.«

»Bisher haben wir den Namen von Mademoiselle Aubray nicht genannt. Irgendwer muss ihn der Presse gesteckt haben. Wahrscheinlich ein Angestellter der Residenz.« Capitaine Rousseau musterte Adeline intensiv, als hätte er sie in Verdacht. Womit er nicht falschlag. Aber sie war mit Sicherheit nicht die einzige Quelle, die die Journalisten nutzten.

»Dann kann ich jetzt gehen?«

»Selbstverständlich. Aber halten Sie sich zur Verfügung, um Ihre Aussage zu Protokoll zu geben.«

Adeline verließ den Raum. Lieutenant Gaudry und Hermine Chinon waren nicht mehr zu sehen. Doch Sébastien wartete auf sie.

»Du hast die Mörderin überführt?«, fragte er und strahlte sie an.

»So weit würde ich nicht gehen, aber ein paar der Hinweise, die die Polizei auf ihre Spur gebracht haben, kamen von mir.«

»Du bist ganz außergewöhnlich.«

»Unsinn«, wies sie das Kompliment zurück, während Wärme in ihre Wangen stieg. *Bestimmt bin ich rot wie ein gekochter Hummer.*

»Ohne dich wären sie nie dahintergekommen. Sie sollten dir einen Orden verpassen.«

Sie stellte sich auf die Zehen und küsste ihn auf die Wange.

»Vielen Dank, das ist sehr lieb von dir. Aber nun muss ich los.« Mit schnellen Schritten hastete sie den Flur hinab und fragte sich, was für ein Teufel sie geritten hatte, ihm erneut einen Kuss zu geben. Sie würde Beauregard demnächst verlassen, jetzt war nicht die Zeit, sich enger an den Ort zu binden.

Sie durchquerte die Eingangshalle und trat hinaus. Vor dem Schloss parkte ein Streifenwagen. Einer der beiden Polizisten lehnte sich mit der Hüfte gegen den Kotflügel und trank Kaffee aus einem Thermosbecher. Von Hermine und Lieutenant Gaudry war nichts zu sehen. Wahrscheinlich verabschiedete sie sich noch von ihrer Tochter.

Adeline zog ihr Handy aus der Hosentasche und rief Julie Bettencourt an. Rasch erzählte sie von der Festnahme.

»Danke, das hilft mir sehr.«

»Halten Sie sich an unsere Absprache?«

»Selbstverständlich. Ruf mich morgen an. Ich sehe, was ich für dich tun kann.«

Die Journalistin legte auf, bevor Adeline nachfassen konnte. Beim letzten Gespräch hatte die Frau noch deutlich zuversichtlicher geklungen. Ein unangenehmes Ziehen machte sich in ihrem Bauch breit, das sie auf ihre Nervosität schob. Bald würde sie einen entscheidenden Schritt auf dem Weg zu ihrem Traumberuf machen.

Der Taubenturm

Marguerite hatte ein spätes Frühstück vorbereitet und einen Tisch für sie beide gedeckt. Die halboffene Remise, in der früher die Kutschen untergestellt worden waren, war sechs oder sieben Meter hoch und besaß ein vorspringendes Ziegeldach, das sowohl Schatten spendete als auch vor Regen schützte. Auf dem gepflasterten Boden standen zwei Sofas und ein länglicher Tisch. Hier war es ruhiger als im Innenhof und sie konnte ungestört lesen oder sich mit Marguerite unterhalten.

»Du hast ihn echt geküsst?«, fragte ihre Freundin und stellte eine Kanne mit Kaffee und eine Schale mit heißer Milch auf den Tisch.

»Ja. Keine Ahnung wieso. Aber nur auf die Wange, nicht richtig. Ich war nach dem Verhör mit den Polizisten und Hermine so durch den Wind, dass ich nicht ordentlich nachdenken konnte.«

»Und jetzt?«

»Mach kein Drama draus. Es war ein freundschaftlicher Kuss, nichts Besonderes. Außerdem werde ich ihn wahrscheinlich nie wieder sehen. Um das Château und Madame Chinon werde ich in Zukunft einen weiten Bogen schlagen. Da kannst du sicher sein.« Sie nahm ein Croissant und strich etwas Butter auf die Spitze, bevor sie sie abbiss. »Danke für das Frühstück. Solltest du jetzt nicht in der Bücherei sein?«

»Um die Zeit ist nie viel los. Schon gar nicht, wenn meine beste Kundin hier bei mir ist und wir gemeinsam essen.«

»Ich liebe es hier«, gestand Adeline.

»Aber du planst noch immer, uns zu verlassen und nach Paris zu gehen? Was macht eigentlich deine Journalistin, diese Bettencourt?«

»Keine Ahnung. Seit der letzten Pressekonferenz geht sie nicht mehr ans Telefon. Wie es aussieht, hat sie meine Nummer blockiert und ist mit ihren Kollegen von der Presse abgereist.«

»Willst du noch immer so werden wie sie? Nur so schaffst du es in eine Redaktion einer Pariser Zeitung.«

»Leute auszunutzen, ihnen Versprechungen machen und sie fallen lassen wie eine heiße Kartoffel, sobald man sie nicht mehr braucht? Meinst du das?«

»So in etwa.«

»Wenn ich so werden muss, um als Journalistin Karriere zu machen, verzichte ich darauf. Dann serviere ich lieber die nächsten Jahre Kaffee im Fleur.«

»Oder nimmst den Job an, den deine Tante Simone für dich klarmachen will. Ich habe sie eben gesehen, wie sie eine Lieferung Käse in die Küche gebracht hat.«

Adeline seufzte tief und rollte mit den Augen. »Alles, nur das nicht. Sie würde mich bei jeder Begegnung daran erinnern, was für ein Glück ich habe, ihre Nichte zu sein. Als nächstes wird sie mit Fotos von möglichen Ehepartnern auftauchen. Außerdem bin ich nicht geschaffen für so einen Job. Ich würde die Akten durcheinanderbringen und die gesamte Ordnung ins Chaos stürzen.«

»Sieh an«, sagte Marguerite und schaute zum Durchgang im Hauptgebäude, der in den Innenhof führte. »Madame Chinon.«

»Was?« Adeline drehte sich um. Es war tatsächlich Madame Chinon, allerdings nicht Céleste, sondern Delphine. Neben ihr trabte Voltaire mit einem gelben Tennisball im Maul.

»Als Wachhund macht er nicht gerade eine tolle Figur«, sagte Adeline. »Das hat Philippe sich bestimmt anders vorgestellt.«

»Darf ich«, bat Delphine Chinon und zeigte auf das zweite Sofa.

»Selbstverständlich. Möchten Sie einen Kaffee?«, lud Marguerite sie ein, während Adeline die Frau betrachtete und sich fragte, was sie wohl hergeführt hatte. Eigentlich sollte Delphine Chinon bereits auf dem Weg nach Paris sein.

»Ein ausnehmend schönes Anwesen«, sagte sie und setzte sich. »Hier gefällt es mir deutlich besser als im Château. Dort ist es doch ein wenig steif. Beim nächsten Geburtstag nehme ich mir hier ein Zimmer.«

»Andere würden behaupten, die Bégude wäre eine halbe Ruine«, sagte Marguerite.

»Ich bin in einer Familie aufgewachsen, die sich mit Immobilien, Bauen und Renovieren auskennt. Hier ist schon einiges saniert worden und das Anwesen hat viel Potential. Ich bin sicher, ihr werdet etwas Beeindruckendes daraus machen.«

»Ich hatte vermutet, Sie wären bereits auf dem Weg nach Paris. Was bringt Sie zu uns?«, fragte Adeline.

»Ich soll dich herzlich von meiner Mutter grüßen. Sie freut sich darauf, dich mal wieder zu sehen. Ich hätte sie mitnehmen können, aber ich wollte gerne allein mit dir sprechen.«

»Soll ich besser gehen?«, fragte Marguerite.

»Keineswegs«, wehrte Delphine ab. »Ihr seid schließlich befreundet.«

»Um was geht es?«

»Mein Angebot steht noch. Solltest du nach Paris ziehen, kannst du bei mir jederzeit einen Job in einem meiner Cafés bekommen.«

»Danke, aber es sieht nicht so aus, als würde das in absehbarer Zeit geschehen.«

»Das ist wahrscheinlich auch besser so«, sagte Delphine zu Adelines Erstaunen. »Du bist zu talentiert, um hinter einem Tresen zu stehen.«

»Wie kommen Sie darauf?«

»Ohne dich würde jetzt eine Unschuldige im Gefängnis sitzen. Du warst cleverer als die Polizei, was schon einiges heißen will.«

»Ich hatte nur Glück«, wehrte sie ab.

»Auch Glück muss man sich erarbeiten.«

»Also sind Sie nicht hierhergekommen, um mir ernsthaft einen Job bei Café Noir anzubieten? Dann bleibe ich vorläufig im Fleur in Beauregard, solange, bis ich weiß, was ich mit meinem Leben anstellen will.«

»Du hast der Familie sehr geholfen und ich würde dir gerne etwas unter die Arme greifen.«

»Was meinen Sie damit?«

»Ich bin bereit, in eine junge Frau zu investieren, von der ich mir einiges verspreche.«

»Ein Investment?« Adeline verstand nicht, worauf sie hinauswollte.

Voltaire sprang auf das Sofa und Delphine streichelte sein Fell. Sie schien sich in der Gegenwart des Wachhundes recht wohl zu fühlen. *Wahrscheinlich hilft er Einbrechern dabei, ihre Beute in den Wagen zu schleppen.*

»Ich unterstütze häufig junge Leute, die mit einer vielversprechenden Geschäftsidee zu mir kommen. Mir wurde damals von einem Freund geholfen, als ich das erste Café eröffnete. Jetzt gebe ich etwas zurück. Ich habe gehört, dass du mit dem Gedanken spielst, auf eine Journalistenschule zu gehen und ich bin bereit, es zu finanzieren.«

»Danke«, sagte Adeline verblüfft. »Damit hätte ich niemals gerechnet.«

»Es war schon ihr Traum seit der Grundschule«, warf Marguerite ein. »Sie wird bestimmt eine hervorragende Journalistin.«

»Ist das so?« Delphine betrachtete Adeline eingehend.

»Das war es, aber meine Pläne haben sich ein wenig geändert«, erwiderte sie. »Die letzten Tage haben mir eine neue Sicht auf den Job einer Reporterin verschafft. Es ist mir klargeworden, dass es wohl doch nicht der Traumberuf ist, den ich mir wünsche.«

»Aber du hast Pläne für deine Zukunft?«, fragte Delphine.

»Kommen Sie mit«, bat Adeline und erhob sich. Sie ging über den Rasen und führte die beiden um das Hauptgebäude herum. Vor dem Taubenturm blieb sie stehen. Zu ihrer Überraschung war ihre Tante noch in der Bégude und unterhielt sich mit Charlotte und Philippe. *Hoffentlich kommt sie nicht gerade jetzt, um mir den Job in der Stadtverwaltung aufzudrängen.* Doch diesen Gedanken drängte sie rasch aus ihrem Kopf. Im Moment ging es um etwas Wichtigeres.

»Das gruselige Ding hat mich immer geängstigt. Aber ich habe entschieden, mein Leben in die eigenen Hände zu nehmen und in die Bégude zu ziehen.« Sie sah zu Marguerite. »Falls das Angebot noch steht.«

»Jederzeit.«

Sie winkte Philippe und Charlotte heran, Tante Simone folgte ihnen neugierig.

»Wir würden uns freuen, wenn du zu uns ziehen würdest«, betätigte Charlotte.

»Dann würde ich in dem Taubenturm wohnen wollen«, entschied Adeline.

»Sagtest du nicht, er wäre gruselig?«, fragte Delphine.

»Ja, aber das ist unsinnig. Es existieren keine Gespenster und an dem Turm ist nichts, was mir Angst machen sollte. Er ist für mein Vorhaben ideal, und da die Studiengebühren wegfallen, kann ich viel Zeit und ein bisschen Geld reinstecken, um ihn zu renovieren und mir ein Zuhause zu schaffen. Außerdem haben wir jetzt einen Wachhund, der mich beschützt.«

»Und was hast du mit deinem Leben vor?« Delphine betrachtete sie, als hätte sie mehr als nur eine Ahnung, was Adeline sich vorstellte.

»Ich will noch immer Journalistin werden und den Menschen die Geschichten aus ihrer Umgebung erzählen, doch auf keinen Fall so werden wie Julie Bettencourt und ihre Kollegen. Ich werde mein eigenes Geschäft aufbauen, ganz so, wie ich es mir wünsche.«

»Hier in Beauregard, in der Bégude?«, fragte Delphine.

»In den letzten Tagen habe ich gelernt, dass es in unserer Region genug Spannendes und Lesenswertes gibt, die erzählt werden wollen. Ich muss nur genauer hinschauen.« Sie trat einen Schritt zurück und legte den Kopf in den Nacken, um den gesamten Turm in ihr Blickfeld zu bringen. »Ins Erdgeschoss kommt ein kleines Studio und Arbeitszimmer, in den beiden Etagen darüber kann ich wohnen. Natürlich wird es erst mal sehr einfach ausgestattet sein, aber nach und nach kann ich mir professionelles Equipment zulegen.«

»Wie schön.« Marguerite legte ihren Arm um Adelines Schultern und zog sie zu sich. »Wir freuen uns auf dich.«

»Hört sich nach einem soliden Plan an«, sagte Delphine. »Halt mich auf dem Laufenden. Ich will wissen, welche Fortschritte du machst.«

»Werde ich«, versprach sie.

»Dann kannst du das hier gebrauchen.« Tante Simone reichte Adeline einen Umschlag. »Ein Geschenk, für das du dich nicht bedanken musst«, kam ihr die Frau zuvor. »Ich bin überzeugt, dass du es klug anlegen wirst.«

»Tut mir leid, aber den Job in der Stadtverwaltung werde ich nicht nehmen. Das ist nichts für mich«, sagte sie zu ihrer Tante.

»Ist schon gut«, erwiderte sie zu Adelines Überraschung. »Ich hatte nicht erwartet, dass zu zusagst.«

»Du bist nicht sauer?«

»Ach, woher denn.« Sie trat näher an Adeline. »Ich habe schon immer gesagt, dass es viel besser ist, für sich selbst zu arbeiten als für andere Leute. Zeig, was in dir steckt.«

»Es wird ein Haufen Arbeit, doch ich schaffe das«, sagte sie.

»Natürlich wirst du das. Schließlich gehörst du zu meiner Familie. Wir können anpacken, wenn es sein muss«, versicherte ihre Tante. »Allerdings musst du deiner Mutter beibringen, dass du ausziehen willst.« Sie betrachtete den Taubenturm und schüttelte leicht den Kopf. »Und dann auch noch in diese Ruine. Es wird ihr nicht gefallen. Ganz und gar nicht.«

Adeline seufzte. Damit traf Tante Simone exakt ins Schwarze. Ihre Mutter würde sich gegen ihren Umzug sträuben. *Aber mir bleiben zwei Wochen Zeit, mir einen Plan auszudenken, wie ich sie überzeugen kann.*

»Sieh zu, dass es bis dahin halbwegs wohnlich aussieht«, riet ihr Tante Simone. »Wenn du möchtest, kann ich dir etwas zur Hand gehen.«

»Das würdest du tun?« Adeline war verblüfft. Sie hatte nicht damit gerechnet, dass sie ihre Pläne gutheißen würde, von Unterstützung bei der Renovierung ganz zu schweigen.

»Sicher. Philippe hat mich überredet, ihn mit meinem Käse zu beliefern, also bin ich in nächster Zeit häufiger mal hier. Da kann ich dir auch etwas zur Hand gehen. Wir Frauen müssen schließlich zusammenhalten.«

»Vielen Dank.«

»Dann steh hier nicht rum, fang an! Die Arbeit macht sich nicht von allein.«

»Mache ich.«

Adeline ging zum Turm. Mit beiden Händen fasste sie die Tür und zog daran. Die Angeln quietschten metallisch und der Boden der Tür schleifte über das Gras.

»Komm Voltaire«, forderte sie den Wachhund auf, der jedoch nicht die geringste Lust zeigte, zu ihr zu laufen und sich stattdessen in den Schatten eines Hortensienbuschs legte. »Es gibt hier keine Gespenster«, rief sie ihm zu, doch er regte sich nicht. *Eine echte Hilfe ist er wirklich nicht.*

Adeline trat in den Turm, entriegelte die Fenster und stieß die Fensterläden auf, die schief davorsaßen. *Nichts vertreibt Gespenster schneller als frische Luft, Putzwasser und ein neuer Anstrich.* Sie packte das rostige Bettgestell, das quer vor der Treppe zum Obergeschoss stand und schleifte es hinaus. Morgen würde sie aufs Bürgermeisteramt gehen und die Müllabfuhr bestellen, damit sie den Plunder der letzten Jahrzehnte abholte.

Es hatte lange gedauert, bis sie sich zu dieser Entscheidung durchgerungen hatte, doch es fühlte sich richtig an. Adeline sah sich um. Das ist mein neues Zuhause, die Bégude und dieser Turm.

Danke

Es freut mich, dass Sie Adeline Fréchet bei ihren Ermittlungen in Beauregard begleitet haben.

Die Rückmeldung meiner Leserinnen und Leser ist mir ausgesprochen wichtig – über Kritik, Lob und Anregungen freue ich mich und werden Ihnen gerne antworten.

Meine E–Mail Adresse ist: Camille@C-Villain.de

Newsletter: Um keine Neuveröffentlichung zu verpassen, können Sie sich über den QR-Code für den Newsletter anmelden, der in der Regel einmal im Monat erscheint.

Bücher von Camille Audette

Ein Gast der Bégude kommt bei einer Wanderung ums Leben. Mathieu Passard, der Polizeichef von Beauregard, geht von einem Unfall aus, doch Adeline hat ihre Zweifel.
Auf eigene Faust macht sie sich auf die Suche nach einem gerissenen Mörder.

Der nächste Fall für Adeline ist in der Vorbereitung und wird im Herbst 2024 erscheinen.

Bücher von Christophe Villain

Capitaine Sandrine Perrot und Brigadier Adel Azarou ermitteln in den quirligen Küstenorten und dem malerischen Hinterland der Bretagne.

Bisher erschienen
- Die Tote auf dem Zöllnerweg
- Die Tote aus Saint-Malo
- Die Tote vom Mont-Saint-Michel
- Der Tote in der Bücherstadt
- Der Tote in der Mühle
- Die Tote am Strand

Capitaine de Varenne und Lieutenant David bilden eine Sondereinheit, die Altfälle in Frankreich unter die Lupe nimmt.

Bisher erschienen:
- Das Grab in der Ardèche
- Mord in der Unterwelt